W0248186

ro
ro
ro

Sofie Cramer, geboren 1974 in Soltau, ist Drehbuchautorin und entwickelt Film- und Fernsehstoffe. Seit ihrem Überraschungserfolg «SMS für dich» hat sie bereits mehrere Romane unter dem Pseudonym Sofie Cramer geschrieben. Sie lebt mit ihrer Familie in der Nähe von Hamburg.

«Sofie Cramer ist die deutsche Version von Cecelia Ahern.»
Literaturmarkt.info

Mehr zur Autorin unter www.sofie-cramer.de

Kati Naumann, geboren 1963 in Leipzig, schreibt Romane, Drehbücher, Gedichte, Songtexte, Hörspielreihen und arbeitete an diversen Musik- und Kindersendungen für das Fernsehen mit. Sie lebt mit ihrer Familie in Leipzig und London.

«Naumann macht ihre Leser einfach unglaublich glücklich.»
Literaturmarkt.info

Mehr zur Autorin unter www.katinaumann.de

Sofie Cramer & Kati Naumann

Nachtflug

Roman

Rowohlt Taschenbuch Verlag

Originalausgabe
Veröffentlicht im Rowohlt Taschenbuch Verlag,
Reinbek bei Hamburg, November 2018
Copyright © 2018 by Rowohlt Verlag GmbH, Reinbek bei Hamburg
Umschlaggestaltung FAVORITBUERO, München
Umschlagabbildung alazur/Shutterstock
Satz aus der Baskerville bei
Pinkuin Satz und Datentechnik, Berlin
Druck und Bindung CPI books GmbH, Leck, Germany
ISBN 978 3 499 27411 4

Unsere Träume können wir erst dann verwirklichen,
wenn wir uns entschließen, einmal daraus zu erwachen.

Josephine Baker

Ingrid 16:17 Uhr

«Mrs. Ingrid Meier, please proceed immediately to the baggage security check!»

Ich erstarrte mitten in der Bewegung. Es fühlte sich an, als wäre ich wieder zwölf: Gerade war ich noch voller Vorfreude auf die Schulferien gewesen, und dann wurde ich beim Fahnenappell nach vorn gerufen. Einen Moment lang erwog ich, so zu tun, als hätte ich die Durchsage nicht verstanden.

«Frau Ingrid Meier, bitte begeben Sie sich umgehend zur Gepäcknachkontrolle!»

Es hatte keinen Sinn, amtlichen Aufforderungen nicht nachzukommen. Besonders dann nicht, wenn sie so nachdrücklich durch einen Lautsprecher verstärkt wurden. Hilflos drehte ich mich im Kreis. Wo musste ich hin? Was war überhaupt eine Gepäck*nach*kontrolle? Was wollte man dort von mir? Wie lange würde es dauern? In der Nacht hatte ich davon geträumt, den Flug zu verpassen. Vor lauter Angst hatte ich mich bereits vier Stunden vor Abflug zum Flughafen Berlin-Schönefeld bringen lassen.

Es gab Dinge, die man niemals nachholen konnte. Wenn man sie verpasste, waren sie für immer vorbei.

Aber ich durfte diesen Flug auf keinen Fall verpassen. Und damit die einzige Chance, jemals nach Amerika zu kommen. Und die allerletzte Chance, Milan wiederzusehen.

Vielleicht machten sie bei mir nur eine Stichprobe? War ich zufällig ausgewählt worden? Ich beschloss nicht danach zu fragen. Wenn man wollte, dass etwas schnell vorüberging, tat man einfach, was verlangt wurde.

Vor mir standen ein Bundespolizist und eine Sicherheitsmitarbeiterin. Sie klopfte auf den Koffer.

«Ist das Ihr Gepäckstück?», fragte sie.

Ich starrte auf den grünen, unförmigen Koffer. Er war mir fremd, und ich wusste nicht, was ich antworten sollte. Ich hatte ihn von meinem Schwager geliehen, der mich an diesem verregneten Novembertag zum Flughafen gefahren hatte, damit ich mit dem Ungetüm nicht umsteigen musste. Nie zuvor hatte ich einen Koffer diesen Ausmaßes benötigt. Das lag daran, dass ich noch niemals eine so lange Reise unternommen hatte. Genau genommen hatte ich überhaupt noch nie eine Reise mit dem Flugzeug unternommen.

«Also gehört Ihnen dieser Koffer nun oder nicht?»

Ich versuchte eine Antwort zu finden, die nicht gelogen war, aber die Untersuchung auch nicht in die Länge ziehen würde.

«Ich habe diesen Koffer aufgegeben, das stimmt», bestätigte ich vorsichtig.

Der Bundespolizist verglich meinen Namen mit dem Gepäckanhänger.

«Sie haben darin ein Nunchaku», stellte die Sicherheitsfrau fest.

Was meinte sie nur? Nunchaku klang nach einem Tier. Mir fiel der Pelzkragen an meinem Cape ein.

«Ist das verboten?», fragte ich verunsichert.

«Allerdings», bekam ich erklärt. «Bitte öffnen Sie den Koffer!»

Ich machte mich sicher noch mehr verdächtig, weil ich den Verschluss nicht gleich fand. Und als ich ihn endlich zu fassen bekam, schaffte ich es erst im dritten Anlauf die Schnalle aufzudrücken, die den Reißverschluss frei gab.

«Bitte treten Sie zurück!», forderte mich der Bundespolizist auf.

Der Kofferdeckel klappte hoch, und mein ganzes Leben quoll heraus. Ich hatte alles mitgenommen, was mir wichtig war, denn ich wusste ja nicht, wie lange ich wegbleiben würde. Da waren Fotoalben, ein kleiner Glücksbringer von meinem Sohn Christian, mein Kalender, mehrere Bündel Briefe, meine zweite Handtasche, meine Regenjacke, ein wenig Wäsche, alle Kleider, die halbwegs hübsch aussahen, und meine beiden Paar Pumps. Bisher war mir noch nie aufgefallen, wie zerkratzt und schiefgetreten die Absätze waren.

Die Sicherheitsmitarbeiterin hob das Cape mit dem Pelzkragen an.

«Ich dachte, es wäre … Kaninchen», stotterte ich verzweifelt.

Sie sah mich verständnislos an. «Ich suche ein Nunchaku. Das Würgeholz. Und Patronenhülsen.»

Sie studierte das Röntgenbild meines Koffers noch einmal intensiver.

«Könnte das auch ein Sprenggürtel sein?», fragte der Bundespolizist plötzlich und tippte auf den Bildschirm.

Was? Ich suchte fieberhaft nach einem Ausweg.

«Kann ich meinen Koffer vielleicht einfach hierlassen?», fragte ich und spürte, wie meine Kehle eng wurde.

Beide schüttelten missbilligend den Kopf. Mit behandschuhten Händen durchstöberte die Frau von der Sicherheit weiter den Koffer und tastete meine Sachen mit einem Ding ab, das wie eine Spülbürste aussah. Sie faltete mein schäbiges Nachthemd auseinander und meine neue Unterwäsche. Ich hatte den Fliederton schön gefunden und zum ersten Mal in meinem Leben Geld für Markenunterwäsche ausgegeben. Die sah zwischen den schmalen Handschuhfingern nun schrecklich unförmig aus, und ich zog instinktiv meinen Bauch ein. Aus meiner Waschtasche rollten Zahnbürste, Zahncreme, Gesichtscreme und ein neuer Lippenstift. Normalerweise schminkte ich mich nicht. Aber seit Milans Anruf war nichts mehr normal. Ich hatte sogar Parfüm gekauft und mir auf die Handgelenke gesprüht.

«Na bitte», sagte die Frau in der Uniform plötzlich und holte zwei Metallhülsen heraus.

«Ich male», erklärte ich. «Aquarell. Ich wollte im Green Mountain Nationalpark malen. Indian Summer, Sie verstehen? Das soll ganz wunderbar sein!»

Ich öffnete die Hülsen, die ich miteinander verbunden hatte, damit nichts verlorenging, und schüttete zum Beweis meine Pinsel und Stifte aus. Der «Sprenggürtel» stellte sich als mein Rollmäppchen mit den Farbtuben heraus. Ich hatte schon immer gern gemalt. Es brachte Farbe und Leichtigkeit in mein Leben.

«Damit kriegen Sie auf dem Rückflug noch mehr Probleme», versicherte mir die Frau.

Ich zuckte mit den Schultern. Der Rückflug war mir gleichgültig. Ich musste nur hinkommen.

Sie stopfte alles wieder in den Koffer und erklärte mir tonlos, dass ich gehen dürfe.

«Nach Hause?», fragte ich niedergeschmettert.

Sie verdrehte die Augen. «Zu Ihrem Gate. Die Maschine wartet auf Sie. Beeilen Sie sich!»

Im Hinausrennen sah ich, wie sich die beiden Uniformierten Blicke zuwarfen. Sie hielten mich für eine Idiotin. Aber sie irrten sich. Ich flog nach Amerika! Und dort würde ich mein ganzes Leben nachholen!

Jakob 17:35 Uhr

Ich sah schon wieder auf meine Uhr, obwohl seit dem letzten Blick kaum eine Minute vergangen sein konnte. Aber irgendein Idiot hielt den ganzen Laden auf. Jedenfalls hatte die Stewardess so etwas angedeutet und um Entschuldigung gebeten, was sie sicher nur in der Business Class tat. Eigentlich sollten Touristen und Geschäftsleute getrennt nach New York fliegen, sinnierte ich, während ich die Massen an bunten Koffern beobachtete, die am Gate nebenan in eine Boeing 747 geladen wurden. Das wäre für alle Beteiligten einfacher, vor allem so kurz vor Thanksgiving. Vielflieger wie ich könnten viel Zeit sparen, weil die meisten von uns ohne Extragepäckstück reisten. Das größte Gepäck ist ohnehin das, was man nicht abgeben kann. Ich richtete mich auf. All die Verantwortung drückte schon jetzt auf meine Bandscheiben, obwohl ich nicht mal eineinhalb Jahre dabei war.

An Schlaf war kaum zu denken, obwohl ich in New York einen wichtigen Termin hatte, bei dem mein Verstand messerscharf arbeiten musste und mein Urteilsvermögen nicht getrübt sein durfte. Wieder durchfuhr mich dieser stechende Schmerz. Ich atmete tief ein und aus und hielt dann die Luft an. Das tat ich immer, wenn sich mein Kreuz meldete. Ich bildete mir ein, mich dadurch etwas zu strecken, auch wenn mein befreundeter

Fitnesstrainer Nick darüber nur müde hätte lächeln können.

Seit 17 Monaten bestand mein einziger Sport darin, jeweils morgens und abends drei Blöcke durch Manhattan zu eilen, um vom Hotel ins Büro und wieder zurückzukommen. Die freien Abende, an denen ich im Central Park gejoggt war, konnte ich an einer Hand abzählen. Dabei war das eines der Highlights gewesen, wegen derer ich anfangs Feuer und Flamme gewesen war für diesen Job in New York. Natürlich bedeutete die Stelle auch einen gigantischen Karrieresprung. Und mein Gehalt samt Boni war ebenfalls nicht zu verachten. Doch wenn ich so weitermachte, würde ich spätestens mit 38 einen Bandscheibenvorfall erleiden.

Ich seufzte. Es wäre sicher das Beste, die Akten, so schnell es ging, durchzuarbeiten, um die Rückenlehne wenigstens für zwei, drei Stunden waagerecht stellen zu können und etwas Schlaf zu bekommen, bevor der Flieger in Newark landete. Glücklicherweise blieb der Platz neben mir leer, sodass ich all meine Unterlagen ausbreiten und trotzdem meinen Laptop nutzen konnte. Flüchtigkeitsfehler konnte man sich bei *Parson & Simon LLP* grundsätzlich nicht leisten. Auch nicht an einem Brückentag, an dem normale Arbeitnehmer frei hatten. Bei der kurz bevorstehenden Fusion zweier Software-Riesen ging es um einen dreistelligen Millionenbetrag. Auch wenn niemand in der Firma es offen ausgesprochen hatte, wusste jeder der rund 30 angestellten Juristen, dass nur die Besten von der

Firmenchefin höchstpersönlich für dieses extrem wichtige Projekt ausgewählt worden waren. Wenn ich dem Druck nicht standhielt, war ich definitiv falsch in dem Geschäft.

Unweigerlich musste ich an meinen Vater denken. Wie oft hatten wir früher darüber diskutiert, was einen guten Anwalt eigentlich auszeichnet. Und jedes Mal hatte ich widersprochen, wenn Johann von Wieding, der hoch angesehene, ehemalige Vorsitzende Richter am Landesverfassungsgericht Brandenburg, behauptete, es gäbe für Juristen kein höheres Gut als das der reinsten Objektivität. Er wäre sicher stolz auf seinen jüngsten Sohn gewesen, weil der einen solch verantwortungsvollen Job machte. Andererseits war es wohl besser, dass er die abartigen Auswüchse der Finanzwelt, die wie ein bösartiger Tumor auch die Justiz und die Politik befallen hatten, nicht mehr miterleben musste.

Wieder blickte ich auf meine Uhr. Wir hatten bereits über zehn Minuten Verspätung und würden auf einen nächsten Slot warten müssen, um endlich abzuheben. Es ärgerte mich, auch nur eine Minute länger als nötig in diesem Kasten verbringen zu müssen, gleichwohl die Sitze mittlerweile beinahe unverschämt viel Freiheit für meine langen Beine boten. Es half nichts. Ich klappte meinen Laptop auf, atmete nochmals tief durch und machte mich konzentriert an die Arbeit.

Ingrid 17:45 Uhr

Die Strecken innerhalb des Flughafens waren schrecklich weit. Nur sieben Minuten sollten es bis zum Gate sein, hatte mir die Bundespolizistin versichert. Doch es waren sicher längst mehr als sieben Minuten vergangen. Vielleicht täuschte ich mich aber auch. Ich hatte in der ganzen Hektik nicht mehr auf die Uhr gesehen. Jeder Weg, den man zum ersten Mal ging, kam einem viel länger vor, als er in Wirklichkeit war.

Ich keuchte. Vielleicht lief ich in diesem ringförmigen Gebäude in die falsche Richtung? Ich las die Nummern auf den gelben Schildern über den Gates, um mich zu orientieren, und hetzte weiter.

Meine große Handtasche wurde immer schwerer. Ich presste sie fest an mich. Meine Mutter behauptete immer, dass Diebe genau solche Situationen ausnutzten. Und in Berlin müsste man ohnehin mit allem rechnen.

In den letzten Wochen hatte sie mir immer wieder subtil Zeitungsnotizen zu Überfällen in Berlin, Artikel über Bandenkriminalität in den USA und Berichte von Flugzeugabstürzen untergeschoben. Die Zeitschriften lagen, wie zufällig aufgeblättert, auf ihrem Küchentisch, auf dem Telefonschränkchen im Flur und neben der Toilette. Sie hatte mir ordentlich Angst gemacht, sodass ich meinen Pass schließlich im BH versteckt hatte.

Meine Mutter war eindeutig gegen diese Reise. Sie hatte schon Einwände, wenn ich in ein anderes Stadtviertel fuhr. Normalerweise sah ich jeden Tag bei ihr vorbei, manchmal mehrmals. Das machte ich so, seit mein Vater nicht mehr lebte. Sie rief mich an, wenn sie eine Obstkonserve nicht aufbekam und wenn ihre Nachbarn den Fernseher zu laut gedreht hatten.

Natürlich bereitete mir der Gedanke, dass sie nun ohne mich klarkommen musste, Kopfzerbrechen. Aber mein Schwager hatte versprochen, während meiner Abwesenheit nach ihr zu sehen. Vielleicht würde ihr das sogar guttun. Wenn ein Mann sie besuchte, ließ sie sich bestimmt nicht so gehen wie bei mir.

Was hatte sie mir für Vorhaltungen gemacht! Meine Mutter war nämlich nicht nur gegen meine Reise, sie war vor allem gegen Milan. Sie hatte ihn noch nie gemocht. Beide trennten Welten.

Ihre Abschiedsworte am Morgen waren gewesen: «So eine Schnapsidee. In deinem Alter müsstest du wirklich verantwortungsbewusster sein.» Eingeschnappt fügte sie noch hinzu: «Kann ich dich dort wenigstens anrufen?»

Mein Schwager hatte ihr noch einmal geduldig erklärt, dass sie nun ihn würde anrufen müssen, wenn sie Geschirr aus dem obersten Schrank brauchte, und zwar so lange, bis ich zurückkam.

Beide ahnten nicht, dass ich mit dem Gedanken spielte, mein Rückflugticket verfallen zu lassen.

Wieder wurde mein Name ausgerufen, ich sollte mich umgehend zu meinem Gate begeben.

Ich begann zu rennen. Bei jedem Schritt spürte ich die Ecken des Passes in meinem Ausschnitt. Ich fand das beruhigend, denn so wusste ich, dass er noch da war. Solange ich das kleine, rote Büchlein bei mir hatte, in dem auch Einreiseerlaubnis und Flugticket steckten, war alles gut. Einen Reisepass zu besitzen, bedeutete Freiheit. Ihn zu benutzen, bedeutete Mut.

Endlich erreichte ich das Gate. Davor stand eine Flughafenmitarbeiterin, die zu telefonieren schien. Als ich näher kam, merkte ich, dass sie es war, deren Stimme gerade aus allen Lautsprechern tönte.

«Letzter Aufruf für Frau Ingrid Meier …»

Ich war nicht sicher, was unhöflicher war, sie zu unterbrechen oder sie ihre Ansage beenden zu lassen, obwohl ich doch nun da war. Ich stellte mich an den Schalter und hob höflich meine Hand.

«Frau Meier?», fragte sie.

Ich nickte und versuchte, wieder zu Atem zu kommen.

«Endlich! Ihre Flugtickets und Ihren Pass, schnell!», forderte sie.

Das brachte mich in Verlegenheit. Mein Plan war gewesen, den Pass vorher auf der Toilette aus meinem Versteck zu holen. Aber jetzt hatte ich keine Gelegenheit mehr dazu. Ich sagte mir, dass ich dieser Frau im ganzen Leben niemals wieder begegnen würde, und griff beherzt in meinen Ausschnitt.

Mit spitzen Fingern nahm die Flughafenmitarbeiterin den Pass, mein Ticket piepste unter dem roten Licht des Scanners, und dann gab sie den Weg für mich frei.

Ich betrat eine merkwürdige, gewundene Röhre und sah an deren Ende die geöffnete Tür des Flugzeugs.

Meine Reise begann!

Jakob 17:55 Uhr

Beinahe hätte ich laut losgeflucht, aber ich konnte mich gerade noch beherrschen, als in letzter Sekunde eine ältere Dame mit hochrotem Kopf in die Business Class drängte und sich mit einem tiefen Seufzer direkt neben mir auf den Platz fallen ließ. Ich konnte nur noch eilig meine Akten wegziehen. Warum setzte sie sich nicht einfach auf den freien Platz neben dem Asiaten auf der anderen Seite des Ganges?

Wortlos nickte ich ihr zu und machte mich direkt wieder an meine Excel-Tabelle. Wegen dieser verpeilten Touristin verspätete sich also der Abflug. Das konnte ja heiter werden!

Gegen Ruckler im Flieger hatte ich nichts. Auch Schnarcher konnten mir bei der Arbeit für gewöhnlich nichts anhaben, weil ich die neusten Noise-Cancelling-

Kopfhörer von Bose für meinen iPod nutze. Doch gegen ein aufdringliches Duftwasser war ich machtlos. Und meine Nachbarin stank wie eine ganze Parfümerie, sodass ich Mühe hatte, mich zu konzentrieren. Wenn die geduldige Flugbegleiterin ihr nicht zur Hand gegangen wäre, hätte sie sicher bis zum übernächsten Slot gebraucht, um ihre Utensilien in der Gepäckablage über uns zu verstauen. Noch zwei weitere Male schnallte sie sich ab und sprang auf, um an ihrer ausladenden Handtasche herumzunesteln, obwohl die Stewardess sie freundlich ermahnt hatte, nicht mehr aufzustehen.

«Das ist mein erstes Mal!», rief mir meine unliebsame Sitznachbarin auch sogleich ins Ohr, so laut, dass ich sie trotz Stings letztem Album *57th & 9th* nicht ignorieren konnte. Ich nickte erneut mit zusammengepressten Lippen und versuchte, mich wieder auf meine Bilanzen zu konzentrieren. Dennoch entging mir leider nicht, welch nervösen Eindruck sie machte. Mit ihrem bunten Klatschmagazin fächerte sie sich frische Luft zu. Es fehlte nur noch, dass sie nach meiner Hand griff, während wir endlich in den Berliner Abendhimmel abhoben. Weil ich es am Flughafen nicht mehr geschafft hatte, einen Happen zu essen, hing mein Magen bereits in den Kniekehlen. Es würde sicher noch eine weitere halbe Stunde vergehen, bis das Abendessen serviert wurde, dachte ich schlecht gelaunt. Ich war dermaßen genervt von der Verspätung, dass ich garantiert nicht den Eindruck erweckte, ich sei auch nur ansatzweise an irgendeiner Form von Konversation interessiert.

«Sind Sie auch so aufgeregt?», fragte meine Nachbarin in lupenreinem Sächsisch.

«Wie?» Irritiert nahm ich meinen Kopfhörer ab. Ich hielt ihn aber hoch, um zu signalisieren, dass ich ihn gleich wieder benutzen würde.

«Nicht? Dann fliegen Sie wohl öfter?», sagte die Dame anerkennend und schaute mich mit groß aufgerissenen, grünlichen Augen über den Rand ihrer Lesebrille an. «Durften Sie schon mal vorn ins Fahrerhaus gucken?»

«Ich versteh nicht», entgegnete ich und versuchte nicht einmal höflich zu klingen. Denn ich hatte wirklich Wichtigeres zu tun, als den gesamten Flug über mit dieser trutschigen Tante über die neueste Herbst-Diät zu plaudern.

Wie war eine so gewöhnliche Erscheinung mit selbstgestrickter Jacke mit Lochmuster überhaupt in die Business Class geraten? Ihre hellbraunen, am Ansatz leicht ergrauten Haare waren zwar akkurat frisiert, aber sicher nicht von einem Nobel-Coiffeur in Berlin-Grunewald.

«Ich habe mir solche Gedanken gemacht, neben wem ich auf diesem langen Flug wohl sitze. Da kann man ja Pech haben, nicht wahr?», sagte sie und beugte sich vertraulich zu mir herüber, «aber als ich Sie gesehen habe, wusste ich sofort, wir werden uns prächtig verstehen.»

Ich zog eine Augenbraue in die Höhe, atmete tief ein und aus und hielt erneut die Luft an.

Ehe ich mir eine passende Replik überlegen konnte, die mir diese Frau vom Hals halten würde, plapperte sie auch schon weiter: «Sie müssen wissen, ich reise das erste Mal nach New York. Ach, was sage ich, ich reise das erste Mal nach Amerika!»

Sie kicherte, lehnte sich nochmals zu mir herüber und ergänzte konspirativ im Flüsterton hinter vorgehaltener Hand: «Und ich bin auch noch nie geflogen!»

Ingrid 18:01 Uhr

Meine Glückssträhne hatte mit Milans Brief begonnen. Sie setzte sich fort, als das Flugzeug mit mir an Bord startete, und gipfelte darin, dass ich neben einem erfahrenen Flieger saß, der dafür überraschend jung aussah.

Auf den ersten Blick erkannte ich, dass er ein netter Mann war, auch wenn er einen Anzug trug. Anzüge schüchtern mich normalerweise genauso ein wie Uniformen. Aber als ich kam, hatte er gleich seine Papiere weggeräumt, um mir Platz zu machen. Und er nahm für mich seinen Mantel vom Sitz und hängte ihn über einen versteckten Haken an der Lehne vor ihm. Diese Flugzeugkonstrukteure hatten wirklich an alles gedacht! Sein Mantel besaß ein kleines fest vernähtes Metallschildchen als Aufhänger. Mir sind bei meiner Arbeit schon alle möglichen Arten von Aufhängern begegnet, abgerissene Stoffbändchen, schicke Ketten und unpraktische Haken.

Am Aufhänger eines Mantels erkennt man, was für ein Mensch sein Besitzer ist. Metallaufhänger benutzen auf Sicherheit und Stabilität bedachte Menschen.

Mein Schwager, dessen Koffer jetzt hoffentlich im Flugzeugbauch lag, verreiste viel, denn er war Vertreter für Klebstoffe. Er hatte mir Angst gemacht mit seinen Schauergeschichten über beengte Sitze, schreckliche Zugluft und dicke, nach Schweiß riechende Sitznachbarn. Nichts davon war eingetroffen. Mein Sitz fühlte sich bequemer als ein Logenplatz an, es war erstaunlich warm, der Mann neben mir nahm nicht viel Platz in Anspruch und wirkte sehr gepflegt. Wie gut, dass ich an diesem Morgen nicht knauserig mit meinem teuren Parfüm gewesen war. Man will schließlich den besten Eindruck machen, wenn man eine lange gemeinsame Reise vor sich hat.

Ich beschloss mich vorzustellen.

«Ich bin Ingrid Meier», sagte ich zu meinem Weggefährten und streckte ihm die Hand hin.

«Von Wieding», antwortete er. «Jakob von Wieding.»

Ein Adliger! Meine Glückssträhne hielt an. Ich las in der *Bunten* gern die Berichte über die Königshäuser. Dann kam es mir so vor, als wäre ich mitten aus dem sozialistischen Alltag in eine Märchenwelt katapultiert worden. Was machte es da schon, dass ich das ewige Aschenputtel blieb? Die Welt besteht nun einmal aus zwei Sorten von Menschen. Denen, die Großes leisten, und denen, die ihnen den Rücken freihalten.

Als das Flugzeug zu rollen begann, krallten sich meine Hände in die Armlehnen. Man sollte früher mit dem Fliegen beginnen, nicht erst in meinem Alter. Andererseits, besser man flog mit 56 zum ersten Mal nach Amerika als niemals.

Herr von Wieding schien gar nicht zu bemerken, dass unser großes Abenteuer begann. Er starrte auf die Papiere in seiner Hand und sah müde aus. Sofort meldete sich in mir der Mutterinstinkt.

«Müssen Sie etwa arbeiten?», fragte ich ihn. «Was sind Sie denn von Beruf?»

«Jurist», antwortete er einsilbig.

Schon bereute ich meine Frage, denn nun würde er mich nach meinem Beruf fragen. Ich hatte mich noch immer nicht daran gewöhnt, dass aus mir nichts geworden war. Das erschreckte mich viel mehr als das Gefühl, dick zu sein. Ich hatte schließlich genügend Zeit gehabt, mich an mein Gewicht zu gewöhnen. Ein Kilo pro Jahr ist nicht viel. Und dreißig Jahre sind eine lange Zeit. Mein beruflicher Absturz hingegen war schlagartig erfolgt, sozusagen über Nacht.

Ich beschloss die Flucht nach vorn anzutreten und sagte: «Ich bin Garderobiere.»

Er sah mich verwirrt an. Vermutlich wusste er mit dieser Berufsbezeichnung nichts anzufangen.

«Ich arbeite in der Garderobe am Opernhaus», erklärte ich. «Sie verstehen? Ich kümmere mich um die Mäntel und Jacken der Besucher.»

Er zuckte hilflos mit den Schultern. Es schien ihm peinlich zu sein, dass ich nur an einer Garderobe arbeitete. Ich versuchte den Schaden auszubessern.

«Früher habe ich Fotoautomaten bedient», fügte ich erklärend hinzu.

«Ich dachte, die funktionieren inzwischen ganz von allein?», wollte er wissen.

«Eben!», bestätigte ich. «Deshalb musste ich dann Regale einräumen, bis Schlecker pleiteging.»

«Aha», machte Herr von Wieding nur und blätterte seine Unterlagen durch.

Ich konnte fühlen, wie er mich in eine bestimmte Schublade stopfte. Aber in die gehörte ich nicht. Ich weiß nicht, warum mir das wichtig war, aber ich wollte nicht, dass er mich für dumm hielt. Deshalb erklärte ich: «Ich hatte ein Einser-Abitur. Und ich habe studiert. Ich durfte mein Studium nur nicht abschließen.»

«Tja, das soll vorkommen», sagte er gedehnt. «Mein bester Freund ist aus reiner Faulheit durch die Abschlussprüfung gerasselt.»

«Aber ich war nicht faul!», wehrte ich mich. «Ich hab nur …» Ich suchte nach dem richtigen Wort und sagte schließlich leise: «Ich hab wohl Mist gebaut.»

Zum ersten Mal lächelte er. Dann setzte er seine Kopfhörer wieder auf und sah auf den Papierstapel vor sich. Der Mann arbeitete eindeutig zu viel. Ein bisschen Ablenkung würde ihm guttun. Aber wie in aller Welt verwickelte man einen erfolgreichen Anwalt in ein interessantes Gespräch? Plötzlich schoss mir die passende Frage durch den Kopf.

«Glauben Sie an Gerechtigkeit?»

Er nahm die Kopfhörer wieder ab und blickte mich erstaunt an. Ich wurde selten angesehen, also wirklich angesehen. Meistens drückten mir die Leute einen Mantel in die Hand und starrten durch mich hindurch. Sie dachten dann, ich merke nicht, dass ihr Kragen speckig war und der Aufhänger locker. Und Menschen, die so jung und gut gekleidet waren wie mein Sitznachbar und einen so perfekten Haarschnitt trugen, sahen besonders gern durch mich hindurch.

Er aber schenkte mir einen ernsten Blick und erklärte: «Nein. Ich bin Jurist, kein Priester.»

Er hatte gezögert. Also glaubte er doch ein wenig an Gerechtigkeit. Das machte mir Hoffnung für das, was vor mir lag.

Jakob 18:07 Uhr

Ich atmete nochmals tief durch und rieb mir meine müden Augen. Es hatte keinen Sinn. Ehe ich nicht etwas Essbares bekam und die lästige Dame neben mir Ruhe gab, würde ich keinen Step weiterkommen. Was hatte sie gefragt? Ob ich an Gerechtigkeit glaube? Obwohl es doch bloß ein Wort ist, ging es mir durch Mark und Bein. Sofort sah ich vor meinem geistigen Auge meinen Vater, den Inbegriff von Gerechtigkeit. Für ihn als großen Richter waren Recht und Gerechtigkeit stets synonym. Für mich als Vertreter des Kapitals eher weniger. Wenn es irgendwo nicht gerecht zuging, dann auf den freien Märkten. Dort regierte allein das Gesetz des Stärkeren. Es war vielleicht ein Trost, dass mein Vater nicht mehr erleben musste, wie ein gewissenloser Kapitalist ohne Moral Grundrechte mit Füßen trat und sich anschickte, als Möchtegernstaatsmann das wohl mächtigste Land der Welt zu regieren.

«Sie sind sicher so einer von denen, die man im Fernsehen sieht und die Unschuldige vor der Todeszelle bewahren, richtig?» Die Frau neben mir sah mich mit großen, aber durchaus freundlichen Augen an. Und auch wenn ich es nicht gerne zugebe, traf mich ihre Frage.

«Frau Meier, ich muss Sie enttäuschen. Ich bin kein Anwalt der Sorte, die Sie aus dem Fernsehen kennen. Ich bin bloß Fachmann für Paragraphen und Zahlen. Und so leid es mir tut …» Ich raschelte mit den Unterlagen. «Die muss ich jetzt auch gründlich durchgehen.»

Ich wartete ihre Reaktion nicht ab, sondern schaute demonstrativ auf meinen Bildschirm. Wie konnte man nur so aufdringlich sein? So neugierig? Womöglich hatte meine Sitznachbarin zu DDR-Zeiten für die Stasi gespitzelt und war deswegen von der Uni geflogen? Ich mochte es noch nie, ausgefragt oder kontrolliert zu werden. Schon in der Pubertät war ich sehr geschickt darin gewesen, mich den Verhören meiner Eltern zu entziehen. Vielleicht bin ich auch deswegen Jurist geworden. Weil ich den Spieß lieber umdrehe und selbst auf die Jagd nach Antworten gehe.

Konzentriere dich, ermahnte ich mich innerlich. Wenn du die Kalkulation nicht in den ersten beiden Stunden des Fluges aufstellst, wirst du es vermasseln. Denn nach unserer Ankunft würde keine freie Minute bleiben, um gut vorbereitet zum Meeting zu erscheinen. Gerade als ich innerlich abwog, welches Defizit ich besser würde vertuschen können – das der unzulänglichen Vorbereitung auf den wichtigsten Termin des Quartals oder den mangelnden Schlaf –, versuchte Frau Meier sich mit der Bedienleiste ihres Sitzplatzes vertraut zu machen. Sie schien hoffnungslos überfordert und glitt urplötzlich in die Waagerechte ab.

«Ach herrje!», entfuhr es ihr so laut, dass sich auch der asiatisch aussehende Geschäftsmann nebenan und das Ehepaar vor uns nach ihr umsahen.

Sofort bot ich meine Hilfe an: «Darf ich Sie wieder nach oben befördern?»

Frau Meier nickte nur.

Um ehrlich zu sein, konnte ich mir nur deswegen ein Grinsen verkneifen, weil mein Rücken es nicht guthieß, dass ich ihren Sitz wieder senkrecht stellte.

«Mit Technik kenne ich mich nicht so gut aus», erklärte sie verlegen. «Ich bin eher den Künsten zugeneigt, wissen Sie?!»

So so, sie war also *den Künsten* zugeneigt. Vermutlich häkelte sie Spitzendeckchen … Trotzdem hatte ich irgendwie Mitleid mit ihr. Wieso konnte sich eine Garderobiere überhaupt einen Flug in der Business Class leisten? Vielleicht hatte sie die Reise in dem Preisausschreiben eines Klatsch-Magazins gewonnen.

«Die Bedienfunktionen der neuen Business Class dieser Airline lassen sich am besten intuitiv erfassen», versuchte ich meiner Nachbarin Mut zu machen. «Sie können die entsprechenden Knöpfe sogar mit geschlossenen Augen finden. Oder wenn Sie nachher eine Schlafbrille tragen.» Ich hoffte, sie verstand diese Anspielung, damit ich wenigstens nach dem Essen in Ruhe weiterarbeiten konnte.

«Business Class?», fragte sie erstaunt und sah sich unsicher in der nahezu voll besetzten Kabine um. «Was bedeutet das?»

Sosehr ich mich auch bemühte, es nicht zu tun: Ich musste lachen. Diese Frau hatte einerseits das Zeug dazu, mich innerhalb kürzester Zeit in den Wahnsinn zu treiben. Andererseits war sie das beste Entertainment-Programm, das ich jemals an Bord einer Boeing erlebt hatte!

«Das heißt, dass Sie im Vergleich zu den Herrschaften in der Holzklasse hinter uns ein Vielfaches für das Flugticket hingeblättert haben. Dafür genießen Sie aber ein mehrgängiges Menü, Alkohol bis zum Abwinken, Beinfreiheit, weich gepolsterte Sitze, die – wie Sie ja inzwischen wissen – mit einer Schlaffunktion ausgestattet sind – und eigentlich auch eine angemessene Privatsphäre.»

Ich hob meine Augenbrauen und bemühte mich um ein charmantes Lächeln.

Sprachlos betrachtete Frau Meier die breite Lederkonsole zwischen uns. Diese Frau hatte offensichtlich von nichts eine Ahnung.

Ingrid 18:14 Uhr

Ich fühlte mich etwas schwummrig und war mir nicht ganz sicher über die Ursache. Lag es an dem Sekt, den mir die Stewardess so nett angeboten hatte, dass ich nicht nein sagen wollte? Lag es an der Höhe, in der wir uns befanden, oder an dem, was Herr von Wieding gerade gesagt hatte?

Ich saß auf einem Logenplatz. Niemals wäre ich auf die Idee gekommen, mir ein Zugticket für die 1. Klasse zu kaufen. Auch im Kino nahm ich immer die billigsten Sitze. Ich versuchte, zu verstehen, was das bedeutete, und kam zu keinem Ergebnis.

«Was kostet denn so ein Ticket in der Business Class?», fragte ich Herrn von Wieding gespannt.

Er guckte mich entgeistert an, so, als hätte ich mich nach dem Preis seiner Unterwäsche erkundigt. Dann antwortete er: «Kommt darauf an. Wenn Sie kein Vielflieger sind und kurzfristig buchen – ich schätze knapp 3000 Euro. Für eine Strecke.»

«Ist das Ihr Ernst?»

Ich schnappte nach Luft und trank noch einen Schluck. 3000 Euro! Das war die Miete von Christians WG-Zimmer für ein ganzes Jahr. So viel würde der altersgerechte Umbau der Wohnung meiner Mutter kosten.

«Warum gibt er denn so viel Geld für mich aus?», fragte ich entsetzt.

Herr von Wieding reagierte mit einem amüsierten Schulterzucken. «Sie scheinen ihm etwas zu bedeuten. Wer immer er ist.»

Prompt wurde ich rot. Aber mein Reisebegleiter hatte recht. Würde ich Milan nichts bedeuten, hätte ich meinen Flug selbst zahlen müssen und würde jetzt nicht in der Nobelklasse sitzen. Würde ich Milan nichts bedeuten, hätte er mich gar nicht erst zu sich gebeten.

Ich nippte den letzten Rest aus meinem Glas und hinderte die schöne Stewardess mit der Hochsteckfrisur daran, nachzufüllen. Ich konnte mich schließlich nicht schon in der ersten halben Stunde betrinken. Ich vertrug doch überhaupt nichts.

Inzwischen waren wir über der Wolkengrenze, und ich wagte zum ersten Mal, über den Kopf von Herrn von Wieding hinweg, einen Blick aus dem Fenster. Jetzt, wo ich den Boden nicht mehr sah, vergaß ich, wie weit oben wir waren. Der Himmel leuchtete in einem tiefen Schwarzblau.

«Sehen Sie irgendwo Sterne?», fragte ich meinen Nachbarn und tippte ihn an. «Ich dachte, wenn wir über den Wolken sind, wären da überall Sterne!» Er hatte schließlich einen Fensterplatz. Wenn es da draußen Sterne gab, musste er sie sehen.

Doch Herr von Wieding stöhnte nur auf.

«Oh?», fragte ich besorgt. «Tut Ihnen etwas weh?»

«Wie kommen Sie darauf?», fragte er irritiert und spielte mit seinen Kopfhörern.

«Sie haben gestöhnt.»

«Ach, bloß die Bandscheibe», presste er knapp hervor und sah wieder auf seinen aufgeklappten Computer.

«Die Bandscheibe ist der Spiegel der Seele», erklärte ich ihm.

«Dann ist es um meine Seele wohl schlecht bestellt.» Er schloss kurz die Augen und lehnte seinen Kopf nach hinten. Ich betrachtete sein klassisches Profil.

Wenn meine Nachbarin einen jungen Mann sah, der ihr gefiel, sagte sie immer vieldeutig: «Wenn ich jetzt dreißig Jahre jünger wäre!» Mir hätten diese dreißig Jahre nichts genützt. Ich war nie schön gewesen. Niemand hatte damals verstanden, warum Milan ausgerechnet mich erwählt hatte, am wenigsten ich selbst. Aber wenn Wunder passieren, sollte man nicht groß fragen, sondern sich einfach darüber freuen. Also auch über das Flugticket und meinen Reisebegleiter.

«Das mit dem Rücken dürfen Sie nicht auf die leichte Schulter nehmen», redete ich ihm ins Gewissen. «Alles, was Sie bedrückt, drückt auch auf Ihre Bandscheibe.»

Er winkte ab. «Bei mir läuft alles bestens.»

Aber eine Bandscheibe log nicht.

Jakob von Wieding saß so steif neben mir, dass ich ihn am liebsten in die Arme genommen hätte. Vermutlich durfte er nicht einmal vor sich selbst zugeben, was ihn belastete. Wie konnte ich ihm nur helfen? In Zeitschriften las ich am liebsten die Rubriken mit den psychologischen Tipps. Die konnte man in jeder Lebenslage gebrauchen. Immer wieder wurden dort vertrauensbildende Maßnahmen erwähnt. Das Prinzip war ganz einfach. Wenn man wollte, dass sich der andere öffnete, musste man etwas von sich selbst preisgeben.

Deshalb sagte ich: «Ich kenne so etwas. Jahrelang hatte ich Herzprobleme. Und wollen Sie wissen, woran es lag?»

Er atmete tief durch und klickte mit seinem lackschwarzen Kugelschreiber mehrmals auf die Lehne. Schließlich erwiderte er: «Ich vermute, an Ihrem Studienrausschmiss?»

«Nein! Natürlich nicht!» Oder doch?, überlegte ich. Hing nicht am Ende alles irgendwie zusammen?

«Wenn Sie also darüber reden möchten …?», fragte Herr von Wieding.

Er sah mich jetzt zum ersten Mal aufmerksam an und brachte mich damit aus der Fassung. Ich hatte über *seine* Gemütslage reden wollen und nicht über meine.

«Na, kommen Sie schon», lächelte er. «So schlimm kann es nicht gewesen sein. Hat man Ihnen vielleicht ein Päckchen Haschisch untergejubelt?»

«Bei uns gab es keine Drogen», wehrte ich mich. Wie konnte jemand so etwas von mir denken!

«Gab es die nicht überall?», wunderte sich Herr von Wieding.

«Nicht bei uns. Nicht in der DDR», stellte ich klar.

Er nickte zufrieden und bohrte weiter: «Was war es dann? Haben Sie sich in den Klassenfeind verliebt? Oder sich mit dem Lehrkörper eingelassen?»

Er ahnte nicht, wie dicht er dran war. Ich merkte, wie ich schon wieder rot wurde.

Als die Stewardess vorbeischwebte, streckte ich ihr mein Sektglas doch wieder hin, damit sie nachschenken konnte.

«Sie haben keine Ahnung», stellte ich fest, nachdem ich einen großen Schluck getrunken hatte. «Ein Studienausschluss ging damals ganz schnell.»

«Verzeihen Sie», entschuldigte sich Herr von Wieding. «Ich wollte Ihnen nicht zu nahe treten.»

Die vertrauensbildende Maßnahme lief in die falsche Richtung. Ich musste ihn wieder auf Kurs bringen. Bevor er etwas anderes fragen konnte, blätterte ich die Illustrierte auf, mit der ich mir eben noch Luft zugefächelt hatte. Sie war ein bisschen abgegriffen, weil sie schon seit längerer Zeit in meiner Handtasche lag.

Ich zeigte meinem Reisegefährten den Artikel über die New Yorker Philharmoniker und ihren Dirigenten.

«Das», erklärte ich, «war der wirkliche Grund für meine Herzprobleme. Und jetzt sind Sie dran.»

«Ich sitze wohl zu viel am Computer», wehrte ich ab und warf einen Blick auf das Borddisplay, das die inzwischen erreichte Flughöhe anzeigte, um abzuschätzen, wann endlich mit dem Abendessen zu rechnen war.

Da mir offenbar keine andere Wahl blieb, als diese ungewollte Konversation fortzuführen, kapitulierte ich, legte Kopfhörer und Stift beiseite und klappte meinen Laptop zu.

Frau Meier machte einen harmlosen Eindruck. Und doch lag etwas sehr Gescheites in ihrem Blick. Ich erwischte mich dabei, wie ich anhand ihrer Gesten versuchte abzuklopfen, ob ich es ihr zutrauen würde, für die Stasi gespitzelt zu haben. Das würde zumindest erklären, warum sie so schnell das Thema hatte wechseln wollen. Andererseits war ihr Bedürfnis, über ihre Nöte zu sprechen unübersehbar, wie wohl auch der Bericht über die MET zeigen sollte.

«Fliegen Sie deswegen nach New York?», fragte ich und deutete auf das Schmierblatt, das Frau Meier zu mir herübergeschoben hatte.

«Ja und nein», war ihre Antwort.

In Gedanken blieb ich bei meiner Kalkulation, weil mich wirklich nicht interessierte, ob Frau Meier nun im Flieger saß, um primär der Kultur oder ihren Shoppinggelüsten zu frönen. Irgendwie nervten mich all die Touris, die meinten, die Stadt aller Städte bestens zu kennen, bloß weil sie ein Mal im Leben Selfies auf dem Broadway gemacht oder auf der 5th Avenue in einem gelben Taxi im Stau gestanden haben. New York hat weit mehr zu bieten als seine Klischees und ist viel mehrdimensionaler, als es je ein Besucher erahnen könnte.

«Lieben Sie die Oper auch so?», fragte Frau Meier. «Wie ich Sie um Ihre New-York-Reisen beneide! Sie können jederzeit die Metropolitan Opera besuchen.»

Ich musste an mich halten, um nicht bitter aufzulachen. Wenn die wüsste! Für gewöhnlich arbeitete ich dort zwölf, vierzehn Stunden am Tag. Ich flog also wirklich nur noch zum Arbeiten nach New York und nutzte die Zeit fernab von zu Hause möglichst sinnvoll, um verlängerte Wochenenden herauszuholen, damit sich die Heimflüge auch lohnten. Dabei hatte ich nie genug Energie, um auszugehen. Selbst Einladungen von Kollegen empfand ich als lästige Pflicht. Alles, was meinen Alltag bestimmte, war, zu funktionieren. Nicht ein einziges Mal hatte ich mich durch eine Opernvorstellung, ein Museum oder das Theater ablenken lassen. Wenn, dann würde ich mir auch lieber ein Baseball-Spiel angucken. Aber immerhin joggte ich, wenn es sich einrichten ließ. Entweder im Central Park oder am Wasser entlang. So war ich eines Abends auch zufällig in eine Open-air-Übertragung der MET hineingeraten. Aber das war es dann auch schon in Sachen Kultur.

Ich schüttelte also zaghaft mit dem Kopf und erklärte: «Das letzte Mal habe ich in Berlin *La Traviata* gesehen.»

«Verdi! Ich liebe Verdi! Aber … Ist die Geschichte nicht schrecklich traurig?», fragte Frau Meier, während ihre Augen zu leuchten begannen.

Die Frage war zum Glück bloß rhetorischer Natur. Sie schien in ihrem Element zu sein und sprach mit einem wehmütigen Ausdruck weiter: «Ich muss bei Verdi immer weinen. Ganz gleich, ob ich der Musik im Opernhaus lausche oder zu Hause auf meiner Musikanlage. Es endet immer traurig. Wer will schon eine Oper über glückliche Menschen hören?»

«Auf Ihrer Musikanlage», wiederholte ich mechanisch, wie ich es immer tat, wenn ich nicht wirklich zuhörte und trotzdem den Eindruck von ungeteilter Aufmerksamkeit vermitteln musste.

Frau Meier nickte: «Ratenkauf. Und angeschlossen hat sie mir mein Schwager, der Bruder meines Mannes.»

«Sie sind verheiratet?», hörte ich mich höflichkeitshalber fragen. Denn eigentlich überraschte es mich nicht, dass Frau Meier liiert war. Sie gehörte vermutlich zu der Sorte Mensch, die sich unwohl fühlten, wenn sie mehr als zwei Stunden allein waren.

Ich wusste nicht, welches Thema mich mehr langweilen würde: die Operngeschichten oder ihr sicher sehr aufregendes Liebesleben. Mein Magen knurrte hörbar. Und auch mein Rücken erinnerte mich zunehmend daran, wie groß der Druck war. In der Zeit, als Laptops im Handgepäck verboten waren, wäre ich womöglich dankbar gewesen für ein wenig Ablenkung aus meinem festgefahrenen Leben, das nur noch aus Job und Organisation bestand. Aber so ertappte ich mich, wie ich in Gedanken immer wieder zu meinen Pflichten abschweifte.

«Verheiratet?» Frau Meier lachte nervös. «Ja, sogar mehr als das. Doppelt hält besser, sag ich immer.»

«Sie meinen Kirche und Standesamt?», fragte ich irritiert.

«Nein, es ist alles etwas komplizierter», behauptete sie. «Zwar nicht so kompliziert wie bei Verdi, aber auch mein Herz gehört eigentlich einem anderen.»

Ich fürchtete schon, sie würde jetzt ohne Vorwarnung eine Arie trällern. Doch sie lächelte nur vieldeutig und tippte mit ihren dicklichen Fingern abermals auf die Fotos in ihrer Zeitschrift. In großen Buchstaben war dort der Name *Milan Bering* zu lesen. Zu meiner Schande musste ich gestehen, dass mich der Name zwar aufhorchen ließ, ich ihn aber nicht zuordnen konnte.

«Er hat es weit gebracht», klärte Frau Meier mich sogleich ungefragt auf. «Er ist Dirigent der New Yorker Philharmoniker. Oder besser gesagt, er war es.»

«Ist er tot?», fragte ich zurück.

Frau Meier sah mich erschrocken an.

«Hab ich etwas Falsches gesagt?», fragte ich sicherheitshalber und atmete tief durch. Dies war kein gewöhnlicher Flug. Der Flieger wackelte öfter, als ich es gewohnt war. Und ich wusste schon zu Beginn kaum noch, wie ich sitzen sollte, ohne dass es unangenehm war.

«40 Jahre stand er im Rampenlicht», verkündete Frau

Meier stolz und betrachtete das Bild in der Zeitschrift eingehend. «Und plötzlich ist es vorbei. Krebs ist nicht fair.»

«Sie müssen ein großer Fan von ihm sein, wenn Ihnen das so nahegeht», versuchte ich das Gespräch wieder auf etwas Erfreulicheres als Krankheiten zu lenken.

«Bin ich sein Fan?», fragte sie sich selbst und lächelte versonnen.

Darüber musste sie offensichtlich länger nachdenken und schwieg eine Zeitlang, sodass ich kurz versucht war, mich wieder meiner Arbeit zu widmen. Doch plötzlich schlug sie die Zeitschrift entschlossen zu und sagte: «Nein, ich bin kein Fan. Milan Bering ist mein Mann.»

Ingrid 18:38 Uhr

«Sie sind die Frau eines MET-Dirigenten?», fragte Herr von Wieding ungläubig.

Ich nickte. «Ja, Milan Bering ist mein Mann.» Es fühlte sich gut an, diesen Satz zu sagen, den ich so lange nicht hatte sagen dürfen. Aber wenn ich Milan in einer Illustrierten sah, konnte ich es mir selbst kaum vorstellen. Dieser erfolgreiche, welterfahrene Mann mit Hut und Künstlerschal – und ich?

Ich zupfte meine Bluse zurecht, die über den Knöpfen

schon wieder etwas spannte, und richtete mich auf. Mir war natürlich bewusst: Ähnlich glaubhaft wäre es für meinen Reisegefährten wohl gewesen, wenn ich behauptet hätte, die amtierende Miss Europa zu sein.

«Jedenfalls denkt Milan, dass ich seine Frau bin», schränkte ich vorsichtig ein.

Herr von Wieding sah mich überrascht an. «Juristisch sollte das eigentlich klar geregelt sein», stellte er fest.

Er schob seinen Computer beiseite und sah mich aufmerksam an. Ganz offensichtlich war jetzt sein Interesse geweckt. Sofort fing ich an, nervös in meiner Handtasche herumzuwühlen. Aber ich hatte dieses Thema, das ich sonst immer vermied, angesprochen, weil ich eine Antwort wollte. Mein Sitznachbar war Anwalt. Er musste sich mit solchen Problemen auskennen.

«Also, mein Schwager sagt …», setzte ich an, wurde jedoch sofort unterbrochen.

«Der Bruder von Milan Bering?», versuchte Herr von Wieding die Fakten zu sortieren.

«Nein, der Bruder von Wolfgang.»

«Wolfgang?»

«Mein anderer Mann», erklärte ich und verbesserte mich sofort: «Ich meine natürlich Exmann. Aber wir sind noch nicht geschieden. Wobei das ohnehin nicht zählt, weil es nur eine Vernunftsehe war.»

«Vor Gericht sind solche Gründe irrelevant. Noch nicht geschieden bedeutet verheiratet», stellte Herr von Wieding klar.

«Meine Eltern haben damals gesagt, ich kann froh sein, dass mich überhaupt noch einer nimmt, bei dem Makel, der an mir klebt. Und dann auch noch ein Maurer! Das war praktisch, wissen Sie? Wo meine Eltern doch das Gartenhaus gebaut haben. Und im Baustoffhandel gab es ohne Beziehungen weder Mörtel noch Steine», erklärte ich so sachlich wie möglich.

Meine Eltern hatten sich immer in mein Leben eingemischt. Sie hatten mir eingeredet, dass ich allein nicht klarkommen würde. Und plötzlich saß ich anstelle von Milan mit Wolfgang auf dem Sofa, der Bier trank statt Rotwein und sich für Fußball statt für Opern begeisterte. Meine Eltern mochten ihn, weil er gutes Geld heimbrachte und ordentlich zupacken konnte. Das tat er allerdings auch, wenn ich nicht spurte. Vielleicht konnte er nichts dafür. Er hatte nie eine Chance gehabt bei mir. Neben Milan konnte er gar keine Chance haben.

Meine Eltern waren nie warm geworden mit Milan, sie verstanden seine Welt einfach nicht. Deshalb war meine Mutter auch so gegen diese Reise gewesen. Wenn mein Schwager ihr nicht gut zugeredet hätte, wäre ich wohl gar nicht geflogen.

«Unsere Eltern haben großen Einfluss auf uns», sagte Herr von Wieding nachdenklich. «Eigentlich ein Leben lang.»

Das kannte er sicher von seinen Mandanten. Denn er wirkte auf mich nicht so, als würde er sich wie ich von einer verdrossenen Mutter herumkommandieren lassen.

«Auf dem Standesamt haben Sie aber unterschrieben?», fragte er und sah mich an, als würde er mich für ein bisschen verrückt halten.

«Aber es war doch nur wegen Christian», versuchte ich die dümmste Entscheidung meines Lebens zu verteidigen.

«Und wer ist jetzt wieder Christian?», erkundigte sich mein Sitznachbar verwirrt.

«Mein Sohn.»

Ich holte mein Portemonnaie aus der Tasche und öffnete es. Es war ein altes Lederding, schon ganz abgeschabt, und das Fach mit dem Folienfenster war ganz ausgebeult von den vielen Fotos, die dahinterklemmten. Ich zog alle heraus und reichte sie rüber.

«Das ist Christian als Baby. Und hier macht er gerade seine ersten Schrittchen. Oh, und da hat er seinen Wackelzahn verloren! Seine Zuckertüte war viel größer als er, sehen Sie?», fragte ich.

«Nett», sagte Herr von Wieding und sah sich ungeduldig um.

Vielleicht musste er auf die Toilette? Weil er aber keine Anstalten machte, aufzustehen, führte ich unsere nette Unterhaltung fort: «Sie haben wohl keine Kinder?»

«Doch», sagte er knapp und gab mir die Bilder zurück.

«Das hier müssen Sie sich aber noch ansehen.» Ich hielt ihm ein Foto unter die Nase. «Das ist Christian bei *Jugend musiziert*, als er die Auszeichnung bekommt. Und hier beim Klavierspielen. Sehen Sie seine wunderschönen Hände? Die hat er von seinem Vater», erzählte ich stolz.

«Sagten Sie nicht, er ist Maurer?», wunderte sich mein Sitznachbar.

«Aber Christian ist doch nicht von Wolfgang! Sein Vater ist natürlich Milan», stellte ich richtig.

Herr von Wieding unterdrückte ein Lächeln. «Ich fasse mal zusammen», sagte er, «Sie fliegen zu einem weltberühmten Dirigenten, der glaubt, dass Sie mit ihm verheiratet sind. Allerdings sind Sie in Wirklichkeit mit einem anderen verheiratet, mit dem Sie ein Kind großgezogen haben, das wiederum vom Dirigenten ist. Korrekt?»

«Ja, schon, aber so wie Sie das sagen, klingt es, als wäre ich … ein Flittchen», wehrte ich mich.

«Auf so eine Idee würde ich bei Ihnen niemals kommen», sagte Herr von Wieding trocken und grinste schief.

Seine Verhältnisse waren sicher so geordnet und korrekt wie sein Anzug.

«Ach, es ist alles viel komplizierter», beteuerte ich. «Die Dame im Reisebüro hat es auch nicht verstanden. Denn ich musste ja den Namen ändern lassen. Ich heiße doch gar nicht mehr Bering.»

Und dabei war es ein so schöner Name. Fast so schön wie von Wieding. Auf jeden Fall eine ganz andere Klasse als Meier. Mit zwei kleinen Unterschriften hatte ich Milan verraten. Aber davon wusste er nichts. Für ihn war alles noch so wie damals. Es war einfach zu verlockend gewesen, ihn in dem Glauben zu lassen. So oft hatte ich mir gewünscht, alles wieder rückgängig machen zu können. Und das hier war nun meine Chance: In Amerika war alles anders, auch die Gesetze. Vielleicht galten meine Unterschriften dort gar nicht. Dann konnten wir einfach da weitermachen, wo es vor über 30 Jahren aufgehört hatte.

Ich holte das einzige Bild heraus, das ich von Milan und mir besaß, unser Hochzeitsfoto. Weil keine Rosen aufzutreiben gewesen waren, hatte ich eben fleischfarbene Gerbera genommen. Ich hätte Milan auch mit einem Brautstrauß aus Löwenzahn geheiratet.

«Sehen Sie?», sagte ich und gab das Bild weiter.

«Tatsächlich», bemerkte Herr von Wieding überrascht. Offensichtlich hatte er mir die ganze Geschichte bisher nicht geglaubt. Und jetzt dachte er sicher auch nur, was damals alle gedacht hatten: Dass ich schon rein äußerlich einfach nicht zu dem schönen Mann mit den feingeschnittenen Gesichtszügen passte. Aber im Inneren waren wir Seelenverwandte. Niemand verstand Milan so wie ich. Niemand wusste so wie ich, was er wirklich brauchte.

Ich hatte mich in ihn verliebt bei seiner allerersten Vorlesung als Gastdozent an meiner Uni. Es ging um die Magie der Oper. Und ich hatte das Gefühl, dass er nur zu mir sprach. Damals studierte ich Musikwissenschaft im zweiten Studienjahr. Milan war zwanzig Jahre älter, und meine Freundin Dagmar behauptete, er hätte keinen so guten Ruf, was Frauen betraf. Dabei hatte er einfach noch nie die richtige Frau getroffen. Dass ich die Richtige für ihn war, sah man doch auch daran, dass es weder vor mir noch nach mir eine andere Frau Bering gegeben hatte. Ich blieb die Einzige, obwohl es doch schon so lange her war.

«1982. Es ging alles so schnell», sagte ich nachdenklich. «Haben Sie schon mal unüberlegt gehandelt?»

«Eher nicht», bekam ich nach kurzem Zögern zur Antwort.

«Aber wenn man einfach weiß, alles ist richtig, dann muss man nicht warten. Wir haben jedenfalls sofort geheiratet, und ich wurde sofort schwanger.» Ich dachte kurz nach und fragte dann: «Haben Sie schon mal Gras geraucht?»

Er starrte mich ungläubig an. «Sagen Sie nicht, Sie haben?», fragte er zurück und hob seine dunkelblonden, schmalen Augenbrauen.

«Natürlich nicht», beruhigte ich ihn. «Aber so stelle ich mir das vor. Es war ein Rausch, diesen wunderbaren Mann begleiten zu dürfen. Und wie ein Rausch war es auch viel zu schnell vorbei.»

«Was ist passiert?» Herr von Wieding lehnte sich in seinem Sessel zurück und sah mich aufmerksam an.

«Ich war noch schwanger, als Milan die unglaubliche Chance bekam, mit der Dresdner Philharmonie nach Paris zu reisen. Sie wissen ja, wir durften sonst nicht in den Westen», erzählte ich. «Milan hatte vorher keinen Reisepass bekommen. Man hatte ja immer Angst, dass die Leute nicht wiederkamen. Und Milan hielten sie für einen Wackelkandidaten. Aber nach unserer Hochzeit durfte er plötzlich doch fahren.»

«Verstehe», sagte Herr von Wieding. «Weil er nun eine schwangere Ehefrau hatte.»

«Ja», bestätigte ich. «Das war die beste Reiseempfehlung, die ein DDR-Künstler kriegen konnte.»

Herr von Wieding, der sicher öfter nach Amerika flog, konnte sich das vermutlich nicht vorstellen. Aber für Milan öffnete sich plötzlich das Tor zur Welt. Und auch für mich, als seine Gefährtin, blitzte ein bisschen Licht durch den Spalt. Wenn ich an den Moment dachte, in dem er das Visum erhalten hatte, fühlte ich immer noch das Glück, das ich mit ihm teilte.

«Ich habe ihn zum Bahnhof gebracht. Das ganze Orchester ist in den großen Fernreisebus eingestiegen mit all ihren Instrumenten und den Koffern und der Harfe, und das Letzte, was ich von Milan sah, war sein weißer Schal am Fenster.»

Ich musste ein bisschen seufzen. Es war eine so glückliche Erinnerung.

«Lassen Sie mich raten! Er ist dort geblieben?», riss mich mein Reisegefährte aus diesem schönen Gefühl.

Ich nickte: «Er hat mit seiner Kunst Paris verzaubert – und Paris wohl ihn.»

Herr von Wieding schüttelte fast unmerklich den Kopf. «Finden Sie es richtig, eine schwangere Frau zurückzulassen?»

«Aber verstehen Sie denn nicht?», rief ich aufgebracht. «Das ist Leidenschaft! Man muss doch im Leben etwas haben, wofür man bereit ist, alles zu opfern! Für mich ist das Milan! Und für Milan ist es die Kunst!»

Herr von Wieding machte ein seltsames Gesicht, das

ich nicht deuten konnte. War ich zu aufbrausend gewesen? Plötzlich hörte ich ein merkwürdiges Geräusch. Und jetzt verstand ich auch seinen Gesichtsausdruck.

«War das etwa Ihr Magen?», fragte ich erschrocken. «Ach, Sie Ärmster! Ich rede und rede, und Sie sind am Verhungern.»

Ich suchte in meiner Handtasche nach der Verpflegungstüte, die mir mein Schwager zugesteckt hatte. Ich fand darin in Alufolie verpackte Brote und einen Briefumschlag, auf den er sehr sorgfältig meinen Vornamen geschrieben hatte. Es war sicher eine Liste von Dingen darin, die ich mitbringen sollte.

«Hier nehmen Sie», sagte ich. «Leberwurst! Hausschlachtene.»

Er zögerte ein wenig. Ich befürchtete schon, dass er Vegetarier war, denn das sind neuerdings doch alle, aber dann griff er zu.

«Vielen Dank! So etwas hatte ich eine Ewigkeit nicht mehr.»

Der beruhigende Geruch von Leberwurst breitete sich aus. Ich musste daran denken, dass mir mein Schwager morgens manchmal Brote für die Arbeit vorbeibrachte, und fühlte mich plötzlich sehr allein.

Ich sah aus dem Fenster. «Was ist jetzt unter uns?», wollte ich wissen.

«Vermutlich Schottland», gab Herr von Wieding zwischen zwei Bissen zur Antwort.

So weit weg war ich also schon von zu Hause. Aber jede

Minute, die mich von meiner Heimat entfernte, brachte mich Milan näher.

Bevor ich mir auch ein Brot nahm, sammelte ich meine Fotos ein, die noch auf dem kleinen Klapptisch verstreut lagen.

«Haben Sie auch Bilder dabei?», fragte ich. «Von Ihren Kindern? Ich liebe Kinderbilder! Die müssen Sie mir unbedingt zeigen! Keine Widerrede! Sie durften meine schließlich auch sehen.»

Jakob 18:54 Uhr

Selten hatte mir eine Zwischenmahlzeit so gut geschmeckt wie das Brot von Frau Meier. Ich konnte mich allerdings auch nicht erinnern, wann ich das letzte Mal eine Stulle mit Leberwurst gegessen hatte. Zu Hause gab es grundsätzlich keine tierischen Produkte, sofern ich nicht selbst einkaufte, was mir viel zu selten gelang. Die wenige Zeit, die ich in Berlin hatte, verbrachte ich lieber mit den Kids auf dem Spielplatz oder im Schwimmbad. Wenn ich ehrlich war, waren solche Ausflüge allerdings auch eine Verlegenheitslösung. Denn ich war meist unsicher im Umgang mit Kindern, wie Veronika auch nie müde wurde, zu betonen. Sie fand eigentlich immer einen Grund, mich auf meine Verfehlungen als Vater hinzuweisen, was mich nicht gerade ermunterte, mich mehr einzubringen. Auch wenn sie das gerne gesehen hätte. Aber ich liebte meine Familie. Obwohl es nicht meinem Wesen entsprach, mit privaten Fotos zu posen, kam ich dem Wunsch von Frau Meier durchaus gerne nach.

Ich holte mein Smartphone hervor und hielt es ihr unter ihre neugierige Nase. Gleich das erste Bild einer ganzen Serie vom letzten Sommer zeigte meine Kleine, wie sie im Sandkasten unseres großzügigen Gartens spielte.

«Das ist Eleonore.»

«Wie entzückend! Wie alt ist die Kleine? Zwei oder drei?», fragte Frau Meier und lächelte mich erfreut an.

«Anfang des Jahres werden die beiden drei. Das ist mein Sohn Frederik», erklärte ich, als ich das nächste Bild zeigte, das die beiden beim Eisessen zeigte.

«Sie haben Zwillinge? Nein, wie schön! Und was für ein goldiges Pärchen!»

Frau Meier schien so angetan von den Bildern, dass sie mir sogleich das Handy entriss. «Das muss ich mir genauer ansehen», sagte sie und setzte ihre Brille auf, die sie zuvor auf dem Tischchen abgelegt hatte.

«Sie können das Display auch vergrößern», erklärte ich und zeigte ihr gleich auch noch, wie man zum nächsten Bild wischte.

Frau Meier wirkte erstaunt und bewunderte der Reihe nach verzückt die Bilder. Ich fühlte mich geschmeichelt und bestätigt in meinem heimlichen Verdacht, dass meine

Kids wirklich etwas Besonderes waren. Sie waren niedlich, klar. Das fanden wohl alle Eltern von Kleinkindern. Aber insgeheim war ich stolz auf die faszinierenden Eigenschaften der beiden, dass es mir manchmal schwerfiel, diskret darüber zu schweigen. Etwa wenn Kollegen höflich nach der Familie fragten, aber eigentlich keine Details hören wollten. Frau Meier jedoch schien ehrlich interessiert.

«Der Kleine ist Ihnen wie aus dem Gesicht geschnitten! Und das Mädchen? Kommt das nach Ihrer Frau?»

Ich fühlte mich ertappt. Im Grunde hatte ich mir über diese Frage noch nie Gedanken gemacht. Das war eher ein Thema für die typischen Frauengespräche bei uns zu Hause, etwa wenn meine Mutter zu Besuch war. Dann ging es meist darum, wann welches Kind zuerst windelfrei war oder mit welchen Tricks man ihnen den Schnuller abgewöhnte. Meine Mutter war Meisterin darin, vor ihren Freundinnen mit ihren Enkelkindern anzugeben. Als Oma aber machte sie sich allenfalls mit Geschenken beliebt.

«Vielleicht können Sie das besser beurteilen als ich?», entgegnete ich und wartete auf ein Foto, das Veronika zeigte.

Meine Nachbarin wischte sich durch die Galerie. «Ihre Frau ist aber nirgends zu sehen», wunderte sie sich.

Ich stutzte und nahm ihr mein Telefon freundlich nickend wieder ab, um selbst nachzusehen. Es stimmte. Die meisten Bilder hatte Veronika gemacht und mir per WhatsApp geschickt. Erst im Ordner vom Vorjahr wurde ich fündig. Auf Weihnachtsbildern, die die ganze Familie zeigten: Veronika und unsere Kids neben meiner Mutter, meinen Schwiegereltern, meinem jüngeren Bruder Leonard und meiner älteren Schwester Johanna mit ihrem Mann und den beiden Söhnen.

«Ganz links, die Dunkelblonde, das ist Veronika», sagte ich zu Frau Meier, die mir das Telefon sofort wieder abnahm.

«Wie hübsch sie ist! Und Sie passen so gut zusammen. Was haben Sie nur für eine schöne Familie», sagte sie und sah mich aufmunternd an.

Ich fühlte mich erneut geschmeichelt und nickte dankbar.

«Obwohl Sie beide auf dem Foto nicht besonders glücklich aussehen.» Ihre Worte erwischten mich kalt. «Gibt es bei Ihnen etwa auch immer Streit zu Weihnachten?»

Die Frage war mir viel zu persönlich. Ich wollte also automatisch widersprechen. Aber Frau Meier hatte verblüffenderweise ins Schwarze getroffen. Ich hasste Feiertage dieser Art. Und vermutlich sah man mir das auch an.

«Nun ja, wir machen uns beide nicht sonderlich viel aus Familienfesten», versuchte ich mich zu rechtfertigen, obwohl es sie eigentlich nichts anging. «Sie wissen schon, die ganzen lästigen Vorbereitungen, und wenn dann alle am gedeckten Tisch sitzen, muss man noch so tun, als würde man all die Arbeit so nebenbei erledigen.»

«Ach, hören Sie doch auf», lachte sie und knuffte mich

zu meiner Verblüffung vertraulich in den Oberarm, «ich weiß doch, wie so was läuft. Die meiste Arbeit bleibt doch an uns Frauen hängen. Wir müssen eben immer den Überblick bewahren und alles zusammenhalten.»

Ich wusste nicht, was ich dazu sagen sollte. Genauso gut hätte dieser Vorwurf von Veronika kommen können. Irgendwie hatte ich aber dennoch das Bedürfnis zu widersprechen. «Das mag sein. Aber glauben Sie mir, die Rolle des Mannes heutzutage ist auch nicht ohne.»

Frau Meier hob skeptisch die Augenbrauen. Ihren faltigen Mund umspielte ein leichtes Grinsen.

«Im Ernst», setzte ich mit erhobener Stimme nach, «wie sollen wir Karriere machen, Geld ranschaffen und dabei stets verständnisvolle Ehemänner und liebevolle, präsente Väter sein, die jede Minute ihrer ohnehin knapp bemessenen Freizeit der Familie und dem Haus opfern?»

Das Gesicht von Frau Meier wurde plötzlich ernst. War ich zu schroff gewesen?

Aber es stimmte doch! Würde es nach Veronika gehen, müsste ich mich vierteilen. Ich sollte, so oft es ging, nach Hause kommen, mich «auch mal» um Frederik und Eleonore kümmern, den Großeinkauf erledigen sowie Reparaturen am Haus vornehmen, für die sie viel besser einen Handwerker beauftragen konnte. Ich sollte ordentlich Geld verdienen, zwischen zwei Kontinenten hin- und herjetten und an meinen «freien» Tagen den Gute-Laune-Daddy geben und ständig Programm mit den Kindern machen. Anstatt mal entspannt in den Tag hineinzuleben und das, wofür ich so hart schuftete, einfach zu genießen.

«Wie ich sagte: Wahre Leidenschaft und Liebe erfordern eben große Opfer!», verkündete Frau Meier.

Es lag wohl an meiner Angespanntheit, dass ich für einen kurzen Moment geglaubt hatte, eine ältere Dame wie sie könnte verstehen, mit welchen Problemen ich zu kämpfen hatte.

«Ach, vergessen Sie es», entgegnete ich und sah mich erneut nach der Stewardess um. Allmählich wurde es wirklich Zeit, das Essen zu servieren.

Frau Meier ließ nicht locker. «Wissen Sie, ich bin vielleicht nicht besonders klug, aber man braucht auch kein abgeschlossenes Studium, um zu merken: Es muss einen Grund geben, warum Sie auf das Thema so anspringen.» Ihr verstörend sachlicher Ton provozierte mich geradezu.

«Sorry, aber ich *springe auf das Thema an*, weil ich ein vielbeschäftigter Mann bin, der quasi wöchentlich zwischen New York und Berlin hin- und herpendelt, in der Firma jeden Tag aufs Neue beweisen muss, dass er sein Jahresgehalt auch wert ist, und der mit 35 Jahren seiner Familie bereits ein schönes Leben in einer Villa in Charlottenburg ermöglichen kann. Ich finde, das ist Verantwortung, oder wie Sie es nennen, *Opfer* genug. Davon müssten Sie doch ein Lied singen können! Waren Sie nicht diejenige, die von ihrem Mann schamlos ausgenutzt wurde und sich womöglich aus reinem Selbstschutz ihrer Opferrolle gar nicht bewusst war? Denn es tut mir leid, aber ich kann rein gar keine Opferbereitschaft darin erkennen, seine Familie im Stich zu lassen, bloß weil man sich angeblich der Musik verschrieben hat!»

Der Flieger wackelte plötzlich kurz und heftig. Frau Meiers Augen weiteten sich, und ich hatte schon Sorge, meine Sätze würde sie zum Heulen bringen. Stattdessen setzte sie zum Gegenangriff an: «Bloß weil Sie sich ungerecht behandelt fühlen, müssen Sie nicht auf meinem Milan rumhacken!»

«*Ihr* Milan?!» Nun war ich es, der sie mit großen Augen ansah.

«Wie gesagt, er hat nie wieder geheiratet», erklärte meine Nachbarin trotzig. «Ich bin seine Frau. Und eine Frau, die ihrem Mann ewige Treue geschworen hat, ist nun mal zu großen Opfern bereit.»

Sie klang entschlossen, oder sprach sie sich nur selbst Mut zu?

Plötzlich tat sie mir leid. Ich zögerte, wollte die angespannte Situation schon mit einem meiner Sprüche auflockern. Aber ich konnte es nicht. Irgendwer musste dieser armen Frau doch die Wahrheit sagen!

«Frau Meier, ich will Ihnen nicht zu nahe treten. Aber meinen Sie nicht, die Ehe war für Milan Bering von vornherein bloß einfach Kalkül?»

Sie schwieg und wandte ihren Blick ab.

Vorsichtig setzte ich nach: «Vielleicht sollte ich das

nicht sagen, aber es deutet doch alles drauf hin, dass dieser Mann Sie damals nur benutzt hat.»

Sie presste die Lippen aufeinander und sah mich wieder an. Mit Tränen in den Augen. Verdammter Mist!

Ingrid 19:08 Uhr

«Sie haben doch gar keine Ahnung!», rief ich lauter als beabsichtigt.

Der Mann vor mir drehte sich stirnrunzelnd um. Auch die hübsche Stewardess lugte besorgt durch den Vorhang. Erst jetzt nahm ich das Klappern dahinter und einen süßen Geruch von Toast wahr.

«Alles in Ordnung», behauptete ich und winkte ab.

Dabei war überhaupt nichts in Ordnung. Ich hatte mir schon viel anhören müssen wegen Milan. Damals, in meiner Seminargruppe, war getratscht worden, ich hätte mich an ihn rangeschmissen, um bessere Noten zu bekommen. Mein Vater hatte vermutet, es wäre meine Art gewesen, gegen ihn zu rebellieren. Und meine Mutter unterstellte mir tatsächlich, dass ich durch Milan bloß ins Fernsehen kommen wollte. Aber noch nie hatte es jemand gewagt zu behaupten, dass mich Milan nur aus Berechnung geheiratet hätte!

Ich atmete tief durch. Dieser Flug war merkwürdig. Ich hatte das Gefühl, dass er nicht nur in die Ferne, sondern auch in die Vergangenheit führte.

Ich erinnerte mich an die wenigen Nächte, die Milan und ich zusammen verbracht hatten. Damals teilte ich mir mit drei Kommilitoninnen ein Zimmer im Studentenwohnheim. Deshalb gingen wir lieber zu Milan, der zur Untermiete wohnte. Meine Besuche waren heimlich, und er ließ immer nur spärliches Licht brennen, wenn ich da war, weil von seinem Zimmer eine Glastür auf Frau Beierleins Flur führte. Manchmal sahen wir ihren Schatten vorbeihuschen. Wir saßen dann auf seinem Sofa, er las mir flüsternd Manuskriptseiten vor, denn er schrieb damals an einer Autobiographie, oder er erzählte über die Libretti von Arrigo Boito und die Dirigate von Claudio Abbado. Ich habe niemals einen klügeren Mann getroffen und niemals einen schöneren gesehen. Selbst jetzt, wo er vom Krebs gezeichnet war. Da konnte mein Schwager so oft einwenden, wie er wollte, dass sie diese Zeitungsfotos immer retuschierten. Mein Schwager kannte Milan einfach nicht. Genauso wenig wie Herr von Wieding.

«Sie haben überhaupt keine Ahnung», wiederholte ich deshalb noch einmal leise.

Ich hatte versucht, meine Tränen runterzuschlucken, und nun kamen sie mir zur Nase wieder heraus. In meiner Handtasche konnte ich so schnell kein Taschentuch finden, weil meine Brille beschlagen war.

«Manchmal ist es gut, keine Ahnung zu haben», sagte mein Sitznachbar unerwartet sanft und reichte mir eine Papierserviette. «Dann sieht man die Dinge ganz sachlich und klar.»

Ich putzte meine Brille, und als ich sie wieder aufsetzte, bemerkte ich, dass er ziemlich zerknirscht aussah. Ich versuchte ein Lächeln.

«Entschuldigung», sagte ich. «Das war albern von mir. Aber Sie haben wirklich keine Ahnung. Sie können sich einfach nicht vorstellen, wie es damals zuging. Für Milan war es die einzige Chance seines Lebens auf Weltruhm. Dafür waren wir beide bereit alles zu opfern.»

«Was ist mit Ihnen passiert, als er weg war?», erkundigte sich Herr von Wieding. «Ich vermute, Sie waren ziemlichen Repressalien ausgesetzt als Ehefrau eines Republikflüchtlings.»

«Es war auszuhalten», sagte ich knapp und entschuldigte mich, weil ich auf die Toilette wollte.

Ich fühlte, wie mir Herr von Wieding hinterherstarrte, und presste meine Arme an den Körper, damit ich nicht so unförmig aussah.

In der winzigen Toilettenkabine spritzte ich mir Wasser ins Gesicht und atmete tief durch. Das schwache Licht warf dunkle Schatten unter meine Augen. Die Fragen meines Sitznachbarn setzten mir irgendwie zu. Sie erinnerten mich an die Befragungen nach Milans Flucht. Dabei war mir wirklich nicht viel passiert. Das lag daran, dass sich mein Vater auf einen Kuhhandel eingelassen hatte. Er erklärte sich bereit für die Stasi zu arbeiten. In den Folgejahren legte er akribische Aufzeichnungen über mich an. Wenn ich eine Gedächtnislücke in meiner Vergangenheit hatte, brauchte ich nur meine Stasiakte zu lesen. Dort stand alles drin. Wann ich die Treppe geputzt hatte, wann ich den Straßenbahnunfall gehabt hatte und wann ich mit Christian beim Kinderarzt gewesen war. Dafür hatte ich meinen Vater verachtet. Erst viel später, als er schon längst tot war, wurde mir bewusst, was alles nicht in den Akten steht. Dass mir ein Opernbesucher aus Westberlin 5 DM an der Garderobe zugesteckt hatte, mit denen ich dann im Intershop einkaufen war. Und auch nicht, dass ich Briefe an Milan in den Westen schmuggeln ließ, weil ich sicher war, dass die deutsche demokratische Post sie nicht befördern würde.

Plötzlich hatte ich das Gefühl, dass vor der Kabinentür jemand unruhig darauf wartete, die Toilette benutzen zu können. Ich richtete meine Bluse, zupfte mir die Haare zurecht und ging zurück zu meinem Platz.

Herr von Wieding sah mich forschend an.

«Alles in Ordnung?», fragte er. «Ich wollte Ihnen keine unangenehmen Fragen stellen.»

Ich zwang mich zu lächeln. «Schon gut. Die Frage ist ja nicht unangenehm, nur die Antwort.»

«Und wie lautet die Antwort?», fragte er.

«Nun, ich wurde damals vor die Wahl gestellt. Ich sollte mich von Milan distanzieren und die Scheidung in seiner Abwesenheit unterschreiben. Außerdem sollte ich Zugführerin bei der vormilitärischen Ausbildung an meiner Uni werden. Dann hätte ich weiter studieren dürfen.»

«Sie haben es aber nicht getan», stellte Herr von Wieding fest.

«Ich blieb lange standhaft», sagte ich verlegen.

«Bewundernswert. Waren Sie ein politischer Mensch?», wollte er wissen.

«Nein. Ich war ein verliebter Mensch», stellte ich richtig. «Und kein Grund für Bewunderung. Am Ende hab ich die Scheidungspapiere ja doch unterschrieben. Meine Eltern machten mir nämlich klar, dass ich wesentlich mehr als nur den Studienplatz verlieren konnte.»

«Ihre Freiheit?», vermutete Herr von Wieding.

Ich zuckte mit den Schultern. Ohne Milan hätte Freiheit für mich ohnehin keinen Wert mehr besessen. Es gab aber ein Opfer, das ich nicht mal für Milan gebracht hätte.

«Christian», erklärte ich. «Meinen Sohn hätten sie mir bei einer Verhaftung aus politischen Gründen wegnehmen können.»

«Verstehe», sagte Herr von Wieding. «Das Risiko konnten Sie nicht eingehen.»

«Der Witz an der Sache ist», lachte ich bitter, «dass ich meine Ehe völlig umsonst aufgegeben habe. Durch mein langes Zögern habe ich am Ende trotzdem meinen Studienplatz verloren. Wenn man einen Verrat begehen will, muss man vermutlich schnell machen und darf nicht zu viel nachdenken. Oder?»

Wir schwiegen für einen Moment und dachten beide nach.

«Hat Ihr Mann nicht versucht, Sie nachzuholen?», erkundigte sich Herr von Wieding schließlich.

Ich nickte. «Davon bin ich überzeugt. Aber natürlich ist keine einzige Nachricht von ihm bis zu mir durchgedrungen.»

«Also wissen Sie es nicht zweifelsfrei?», bohrte er weiter.

Ich konnte ihn mir plötzlich im Gericht vorstellen, wie er einen Zeugen in die Enge trieb.

Aber es stimmte, ich hatte niemals eine Nachricht von Milan bekommen. Keine Karte, keine versteckte Botschaft und erst recht keinen Liebesbrief. Wenn ich so darüber nachdachte, wurde mir bewusst, dass ich überhaupt noch nie einen Liebesbrief bekommen hatte.

«Wissen Sie, wie es für mich aussieht?», sagte Herr von Wieding und klang seltsam betrübt. «Als er erreicht hatte, was er wollte, waren Sie für ihn nicht mehr von Nutzen.»

«Was hat denn Liebe mit Nutzen zu tun?», fragte ich empört. Ich erinnerte mich an eine Situation vor der Haustür des Wohnheims. Ich hatte Milan gesagt, wie sehr ich seine Klugheit verehrte, wie ich den Schwung seiner Augenbrauen liebte, das Vibrieren seines Kehlkopfes, wenn er sprach, und die Form seiner Fingernägel, die zusammentrafen, wenn er den Dirigentenstab hielt. Er antwortete darauf mit nur einem Satz, der viel mehr wert war als mein ganzes Geschwätz davor.

«Milan hat mir gesagt, dass ich hübsch bin», sagte ich stolz.

Herrn von Wieding beeindruckte das nicht.

«Hübsch ist ziemlich allgemein», stellte er fest. «Ich werde immer misstrauisch, wenn die Leute zu schwammig sind und keine Details nennen.»

Mir hatte vorher noch nie jemand gesagt, dass ich hübsch wäre, und auch später nicht mehr. Dieses eine Mal ließ ich mir jetzt nicht auch noch wegnehmen!

«Aber er hat es gesagt», beharrte ich.

Herr von Wieding nickte.

«Zeigen Sie doch noch mal Ihr Hochzeitsbild», bat er.

Wir betrachteten es beide, und plötzlich sah ich nicht mehr mich selbst, sondern ein unerfahrenes, schüchternes Mädchen auf dem Foto, und mir wurde klar, was mein Sitznachbar meinte. Dieses Mädchen war alles, nur nicht hübsch. Es war neugierig und hingebungsvoll. Es hatte eine klare Stimme gehabt, die mit Leichtigkeit schwierige Koloraturen singen konnte. Es besaß sanfte Hände und eine warme, dunkle Augenfarbe. Das alles waren Details, die dem auffallen konnten, der in dieses Mädchen verliebt war. Alle anderen sahen nur den plumpen Körper, die nicht sehr vorteilhaft hochgesteckten Haare und das unmoderne Kleid. Vielleicht hatte Milan das Licht auch nur gedimmt, damit er nicht ständig daran erinnert wurde, wie unattraktiv seine Verlobte war?

Mir fiel schlagartig etwas ein. Milan hatte sich unbändig gefreut, als ich schwanger wurde. Aber ab diesem Moment ließ sein Interesse für mich irgendwie nach. Ich hatte es mir immer mit der anstehenden Konzertreise erklärt, mit der Aufregung und der vielen Vorbereitung. Aber jetzt saß der Stachel des Misstrauens in mir.

«Vielleicht haben Sie recht», entfuhr es mir entsetzt.

«Sie sehen endlich klar? Das ist gut.» Herr von Wieding nickte.

«Was soll daran gut sein, wenn man seine Illusionen verliert?», empörte ich mich. «Und überhaupt, ich sagte nur vielleicht. Vielleicht haben Sie aber auch unrecht. Männer sind oft ungeschickt in solchen Dingen. Das beweist gar nichts. Sind Sie nicht auch schrecklich *schwammig*, wenn Sie Ihrer Frau ein Kompliment machen? Heißt das dann etwa, Sie lieben Ihre Frau nicht? Haben Sie ihr eigentlich schon mal einen Liebesbrief geschrieben?»

Jakob 19:20 Uhr

Noch während diese Worte innerlich in mir nachhallten, wurde mir übel. Vielleicht lag es an der Leberwurst. Oder an meinem Hunger, der immer noch nicht gänzlich gestillt war. Vielleicht aber waren es auch Schuldgefühle, die mir so plötzlich auf den Magen schlugen. Denn Frau Meier hatte verdammt noch mal recht.

Ich hatte Veronika noch nie einen Liebesbrief geschrieben. Ich hatte überhaupt noch nie einen geschrieben, wie mir schlagartig bewusst wurde. Auch im Komplimente – machen war ich wahrlich kein Meister. Ich mochte es nicht, mich bei Menschen anzubiedern. Kleine Gesten, wie das Aufhalten von Autotüren oder in den Mantel helfen, die gehörten zu meinem Standardrepertoire. Ich bildete mir ein, auch in Sachen Geschenke meist richtig zu liegen. Den guten Geschmack und die Stilsicherheit hatte ich von meiner Mutter geerbt. Ich wusste außerdem sehr genau, wann es mal wieder an der Zeit war, meine Frau mit einem Strauß Blumen zu überraschen. Aber Liebeserklärungen oder Komplimente? Die kamen mir nicht leicht über die Lippen. Ich mochte es einfach nicht, wenn sich allzu Emotionales in meine Sprache mischte. Und ich mochte es erst recht nicht, mich zu überwinden, meine Zuneigung kundzutun, bloß weil es von mir erwartet oder, schlimmer noch, ich dazu genötigt wurde.

Aber das war eigentlich gar nicht das Thema. Frau Meier beleidigte meine Intelligenz, wenn sie davon ausging, dass ihr plumper Versuch, von den Verfehlungen ihres Geliebten abzulenken, so simpel funktionierte.

«Hören Sie, ich wollte Ihnen keinesfalls zu nahe treten», erklärte ich mit einem schiefen Lächeln. «Wenn Sie der Meinung sind, Ihr Dirigent ist ein ehrbarer Mann, steht mir nicht zu, dagegenzuargumentieren. Ich denke nur, dass Ihr Bild von ihm auf einer sehr dünnen Faktenbasis beruht.»

Frau Meier lächelte zaghaft zurück. «Sie sind bestimmt ein guter Anwalt. Sie konzentrieren sich auf Tatsachen. Und Tatsache ist, ich kenne Milan besser als jeder andere Mensch auf dieser Welt. Wenn seine Liebe nicht echt wäre, würde ich das spüren.»

Ich hielt die Luft an und war heilfroh, dass die Stewardess endlich das verspätete Abendessen ankündigte.

«Meine Damen und Herren, wir freuen uns Ihnen zu vorgerückter Stunde nun das versprochene Essen servieren zu dürfen. Wir möchten Sie vielmals für die Verzögerung um Entschuldigung bitten. Unser Flugkapitän Volkmar Weise hat uns nun das Startsignal gegeben, nachdem zunächst unklar war, ob wir mit Unwettern auf unserem Nachtflug nach New York rechnen müssen. Diese werden nun umflogen, um Ihnen den Aufenthalt an Bord so angenehm wie möglich zu gestalten. Wir sagen herzlichen Dank für Ihr Verständnis und wünschen Ihnen guten Appetit.»

«Na endlich!» Ich konnte mir den Spruch nicht verkneifen und klappte bereits mein Tischchen runter.

Noch während die Stewardess den gesamten Monolog auf Englisch wiederholte, berührte Frau Meier mich sanft am Arm und sah mich mit großen Augen an.

«Haben Sie das gehört? Es gibt ein Unwetter?!»

Obwohl mir ihre aufsteigende Angst nicht verborgen blieb, musste ich schmunzeln. Wie oft war ich auf meinen Flügen schon in Gewitter oder Luftlöcher geraten?

«Machen Sie sich keine Sorgen, Frau Meier. Sie haben es ja gehört, der Kapitän wird uns sicher daran vorbeiführen», erklärte ich und fühlte mich wieder wohler in meiner Haut. Ich war froh, dass wir das Thema gewechselt hatten. Nach dem Essen würde ich mich endlich voll und ganz meiner Arbeit widmen können und hoffentlich noch ein paar Stündchen Schlaf bekommen.

«Vielleicht ist das ein schlechtes Omen», wisperte Frau Meier und schloss für einen Moment die Augen.

«Sicher nicht. Sie essen jetzt erst einmal, und dann können Sie beruhigt schlafen», entgegnete ich und nickte eifrig, um meiner Aussage Gewicht zu verleihen.

«Ich bekomme keinen Bissen runter!», widersprach Frau Meier und machte eine abwehrende Handbewegung, als die Stewardess sie freundlich fragte, ob Sie Hühnchen oder Dorade als Hauptgang wolle.

«Ich kann das Essen hier an Bord wirklich sehr empfehlen», flüsterte ich ihr zu. Doch Frau Meier schüttelte nur den Kopf und sank angespannt zurück in ihren Sitz.

Als ich mein Fleischgericht mit einem Glas Weißwein serviert bekam, passierte das, was ich bereits befürchtet hatte. Frau Meier starrte missmutig auf mein Essen, während ich versuchte, zu genießen.

«Falls Sie es sich anders überlegen, Sie können jederzeit nachordern. Das ist einer der vielen Vorzüge der Business Class», sagte ich hoffnungsvoll.

«Ich habe wirklich keinen Appetit», entgegnete sie.

«Leiden Sie etwa unter Reiseübelkeit?», fragte ich höflichkeitshalber nach und nahm beherzt einen weiteren Bissen meiner durchaus lecker gefüllten Maispoularde.

«Vielleicht hätte ich diese Reise gar nicht antreten sollen!» Frau Meier bemühte sich nicht einmal um ein Lächeln.

Ich spürte meinen aufkeimenden Unmut. Irgendwie erinnerte mich dieses Verhalten an Veronika. Wenn etwas nicht stimmte, wurde auch sie seltsam einsilbig. Typisch Frau. Ich hätte wetten können, wenn ich meine Sitznachbarin fragen würde, ob alles in Ordnung wäre, würde sie dies bejahen und trotzdem ein zorniges Gesicht machen.

Also überging ich ihre Äußerung und ließ mir den perfekt gekühlten Wein schmecken. Doch schon bald fühlte ich mich doch in der Pflicht, die seltsame Stimmung aufzulockern.

«Das ist meine Lieblingsrebe. Sancerre. Mögen Sie Wein?»

Sie winkte ab. «Milan ist ein großer Kenner. Jedenfalls war er einer, damals. Aber was weiß ich denn schon, wo meine *Faktenbasis* zu diesem Mann so *dünn* ist.»

Ich schluckte und unterbrach das Essen. «Dies ist aber keine Rechtsfrage», versuchte ich eine Aufmunterung und unterstrich sie erneut mit einem zaghaften Lächeln.

«Aus Ihrer Sicht als Anwalt vielleicht nicht. Aber jetzt haben Sie mich verunsichert. Ich weiß gar nicht mehr, ob ich mich überhaupt auf Amerika freuen sollte. Diese Einsicht habe ich allein Ihnen zu verdanken!», erklärte Frau Meier mit bitterem Unterton.

Es fühlte sich an wie ein Tritt in die Magengegend. Ich

ließ von meinem Besteck ab und schloss die Augen. Ich brauchte einen Moment, um mich zu sammeln. Und um eine neue Strategie zu finden, mir diese Frau irgendwie vom Hals zu halten. Ich hatte genügend eigene Probleme.

Ingrid 19:30 Uhr

Irgendetwas drückte auf meinen Brustkorb. Ich machte ein paar tiefe Atemzüge, aber das konnte die Beklemmung nicht abschütteln. Mein Sitznachbar aß neben mir mit Hingabe und trank dazu Wein. War er wirklich so gefühllos?

Das Klapptischchen vor mir blieb leer. Herr von Wieding hatte mir mit seinen Bemerkungen den Appetit gehörig verdorben, sodass ich alle Angebote der Stewardess ablehnen musste. Dennoch schielte ich auf das Tablett neben mir und versuchte herauszufinden, worum es sich bei diesem Essen handelte. Ich hatte mir unter Maispoularde einen Maiskolben zum Abknabbern vorgestellt und mich gewundert, dass sich mein vornehmer Sitznachbar so etwas bestellt hatte. Wenn ich Maiskolben aß, war ich danach von oben bis unten bekleckert, hatte fettige Finger und Spelzen zwischen den Zähnen. Herr von Wieding dagegen zerschnitt mit dem Messer das hellgelbe Fleisch, das nach Geflügel aussah. Mais konnte ich nirgendwo entdecken. Diese Köche dachten sich manchmal merkwürdige Namen aus.

Das Essen war nett angerichtet. Die Lauchzwiebeln sahen fest aus. Ein Butterflöckchen schmolz darauf und rutschte träge zur Seite. Je länger ich den Teller betrachtete, umso hungriger wurde ich.

Wieder schwebte die schöne Stewardess vorbei und strahlte mich an. «Geht es Ihnen besser?», erkundigte sie sich mitfühlend. «Möchten Sie nun vielleicht doch etwas essen? Oder darf ich Ihnen etwas anderes bringen?»

Ich hätte am liebsten zugestimmt, konnte aber nicht über meinen Schatten springen. Stattdessen sagte ich mit anklagender Stimme: «Nein, vielen Dank! Mir ist nicht danach.»

Herr von Wieding schickte einen besorgten Blick zu mir herüber. Ich zog ein beleidigtes Gesicht. Jetzt wollte ich schon aus Trotz nichts mehr essen. Sollte er ruhig sehen, was er angerichtet hatte. Die ganze Vorfreude auf diese wunderbare Reise hatte er mir zerstört.

Plötzlich wurde ich richtig wütend auf meinen Sitznachbarn. Warum musste er mir ungefragt seine Meinung aufdrängen? Wie konnte er auf die Idee kommen, dass mich Milan nur als Reisepass benutzt hatte? Ganz sicher war er selbst so einer, der andere Menschen ausnutzte!

«Wissen Sie, was meine Mutter immer sagt?», fragte ich angriffslustig und wartete keine Antwort ab. «Was ich selber denk und tu, traue ich auch andern zu.»

Die beladene Gabel neben mir blieb für einen Moment in der Luft. Dann wurde sie auf den Teller zurückgelegt.

«Wie bitte?», fragte Herr von Wieding verwundert.

«Sie haben schon richtig verstanden. Vielleicht haben Sie ja selbst Ihre Frau aus ganz bestimmten Gründen geheiratet», legte ich nach.

Das saß. Herr von Wieding starrte mich entgeistert an.

«Ich habe meine Frau aus Liebe geheiratet», antwortete er schließlich kühl und richtete seinen Kragen. «Und ich habe sie auch nicht nach der Hochzeit mit unseren Kindern sitzengelassen. Die Entscheidung für Amerika haben wir gemeinsam getroffen. Außerdem haben wir einen Ehevertrag. Keiner von uns kann einen Vorteil aus dieser Ehe ziehen.»

Er konzentrierte sich wieder auf sein Essen.

«Sie denken, man kann alles mit Verträgen regeln, oder?», fragte ich. «Sie kennen vielleicht Ihre Paragraphen und haben all dieses Papierzeugs gelesen, aber Sie wissen nichts über die Gründe, warum jemand etwas tut.»

«Gründe sind irrelevant. Vor dem Gesetz zählen nur die Taten eines Menschen», entgegnete er gelassen.

«Das finde ich überhaupt nicht», hielt ich verärgert dagegen. «Es ist doch ein riesiger Unterschied, ob Sie jemandem einen Eimer kaltes Wasser aus reiner Bosheit über den Kopf kippen oder weil seine Haare brennen.»

«Das ist ein unsinniges Beispiel, und es beschreibt eine Ausnahmesituation», sagte Herr von Wieding widerstrebend.

«Das Leben besteht doch nur aus Ausnahmen», behauptete ich.

«Nein, ich finde, es beruht auf Regeln.» Er aß seelenruhig weiter.

Ach, dann gab es wohl auch eine Regel, die besagte, dass Ingrid Meier nicht gut genug war? Nicht gut genug für einen Mann, nicht gut genug für ihren Traumberuf, nicht gut genug für Amerika. Und das musste man ihr wohl auch nicht besonders feinfühlig beibringen. Ingrid Meier war ja kräftig genug, die hielt das schon aus.

Vor einigen Jahren hatte ich einen Fernkurs als Sekretärin gemacht. Christian war gerade ausgezogen, von Wolfgang hatte ich mich getrennt, und nun wollte ich endlich etwas aus meinem Leben machen. Mein Studium der Musikwissenschaft konnte ich nach so vielen Jahren nicht fortsetzen. Also war ich in mich gegangen und hatte überlegt, was ich gut konnte. Ich war korrekt, zuverlässig und fleißig, ich nahm anderen Menschen gerne ab, was ihnen unangenehm war, ich hatte eine Begabung dafür zuzuhören und Trost zu spenden, und ich war Tag und Nacht erreichbar. Ein Test im Internet ergab, dass dies alles Eigenschaften einer guten Sekretärin wären. Also steckte ich jeden Cent, den ich übrig hatte, in diesen Fernkurs und erzählte niemandem davon. Nicht mal Christian und erst recht nicht meiner Mutter. Nur meinem Schwager gegenüber erwähnte ich es, aber das zählte nicht. Ich wusste einfach nicht, ob ich durchhalten würde, ob ich die Prüfungen bestehen konnte und ob ich überhaupt noch in der

Lage war, etwas Neues zu lernen. Am Ende schloss ich mit einem Durchschnitt von 1,2 ab – und erzählte auch das keinem. Zuerst wollte ich noch eine feste Anstellung finden. Und dann saß ich in verschiedenen Vorzimmern mit all den Bewerberinnen, die jung waren und hübsch und elegante Kostüme trugen und Hochsteckfrisuren hatten und zusätzlich noch über jahrelange Arbeitserfahrungen verfügten. Ich wurde nicht ein einziges Mal zu einem zweiten Gespräch einladen. Also ging ich wieder an die Garderobe des Opernhauses, als wäre nichts gewesen, und war froh, dass ich keinem von meinem Traum erzählt hatte und deshalb auch niemandem meine Niederlage beichten musste. Außer meinem Schwager, aber das zählte nicht. Ich nahm also weiter Mäntel von Leuten entgegen, die mich dabei nicht einmal ansahen. Die Regel besagte nämlich auch, dass man eine Frau wie mich nicht ernst nehmen musste.

Herr von Wieding dagegen gehörte natürlich zu den Menschen, die ernst genommen wurden. Er war einer von der Sorte, bei dem sich der Restaurantchef persönlich und tausendmal entschuldigte, wenn das von ihm bestellte Gericht aus war. Bei mir schlurfte in so einem Fall der Kellner vorbei und bedachte mich mit einem Blick, der besagte, dass ich lieber gar nichts essen sollte, weil ich sowieso zu dick war.

Ich musste unbedingt aufhören ans Essen zu denken. Deshalb wandte ich mich wieder an meinen Sitznachbarn. Einer wie er würde bei einem Vorstellungsgespräch alle Mitbewerber aus dem Rennen schlagen. Aber wahrscheinlich war er viel eher derjenige, der das Gespräch führte.

«Ihnen ist sicher alles in den Schoß gefallen», sagte ich vorwurfsvoll.

«Das denken aber auch nur Sie», lachte Herr von Wieding bitter und leerte sein Glas in einem Zug.

«Aber Sie scheinen nicht zu wissen, wie schwierig das Leben sein kann. Und wie schön es manchmal ist, einfach an etwas zu glauben», sagte ich.

«In meiner Welt geht es aber nicht um Glauben», entgegnete er.

Natürlich musste er das so sehen. Schließlich lebten wir in verschiedenen Welten.

«Können Sie sich wirklich nicht vorstellen, warum ich manchmal sehr unwahrscheinliche Dinge glaube, ohne Fragen und Zweifel?», wollte ich wissen und lieferte ihm gleich noch die Antwort. «Weil ich auch mal einfach einen Moment lang glücklich sein möchte.»

Herr von Wieding schien eine knorpelige Stelle in seinem Hühnchen erwischt zu haben, denn er kaute lange, bevor er antwortete: «Bitte verzeihen Sie, wenn ich Sie vorhin gekränkt habe. Das war nicht meine Absicht.»

Ich fühlte, wie der Druck ein wenig nachließ. Eine Entschuldigung machte mich immer sofort weich.

«Bestimmt gehört es zu Ihrem Beruf, den Menschen ihre Illusionen zu nehmen», suchte ich nach einer Ausrede für sein Verhalten. «Vielleicht kennen Sie das Gefühl gar nicht, wie es ist, wenn einem der Glaube an etwas genommen wird.»

Herr von Wieding dachte nach und sagte dann: «Doch, als ich vier Jahre alt war. Da hat mir mein Vater klargemacht, dass es keinen Weihnachtsmann gibt.»

Jetzt reichte es aber!

«Sie wollen Milan doch wohl nicht mit dem Weihnachtsmann vergleichen?», empörte ich mich.

Er reagierte erschrocken. «Nein! Aber das war absolut ernst gemeint», stotterte er.

«Das macht es nicht besser», gab ich patzig zurück.

«Das war damals wirklich schlimm für mich», beteuerte Herr von Wieding. «Und es blieb nicht der einzige Fall: Mein Vater war immer gut darin, mir Illusionen zu rauben.»

Er sah ehrlich zerknirscht aus. Und plötzlich musste ich lachen.

«Was ist daran so amüsant?», fragte er.

«Ich habe mir gerade Milan als Weihnachtsmann vorgestellt», kicherte ich. «Wo er doch so auf seine Haare achtet. Er würde als Erstes zum nächsten Friseur gehen und sich den weißen Rauschebart schwarz färben lassen.»

Jetzt lachte auch mein Sitznachbar. Es war ein dröhnender Bariton, den ich einem so beherrschten Mann wie ihm überhaupt nicht zugetraut hätte. Das Lachen stand ihm. Er hatte regelmäßige Zähne und bekam sympathische Fältchen in den Augenwinkeln.

Ich wischte mir eine Träne weg und wusste nicht genau,

ob die jetzt vom Ärger oder vom Lachen kam. Wir sahen uns an. Und plötzlich löste sich alles in mir, und ich begann zu schluchzen.

«Es tut mir wirklich leid», sagte Herr von Wieding betroffen. «Ich hätte mich nicht einmischen dürfen.»

Er schien es aufrichtig zu meinen. Vielleicht war ich auch nur deshalb wütend auf ihn, weil ich fürchtete, er könnte recht haben. Aber war es eigentlich noch wichtig, was vor 30 Jahren gewesen war? Es zählte doch nur die Gegenwart, der Augenblick. Und in diesem Augenblick flog ich zu Milan, der mich bei sich haben wollte und mir deshalb ein teures Business Class Ticket gekauft hatte. Und dafür gab es nur einen einzigen Grund, und der war Liebe.

«Aber was die Sache mit dem Wassereimer betrifft …», ergänzte Herr von Wieding. «Vermutlich haben Sie recht. Die Gründe, warum wir etwas tun, zählen vielleicht doch. Und in diesem Fall wollte ich Ihnen einfach nur helfen. Sozusagen das Feuer löschen.»

«Ich weiß, und ich hätte nicht so empfindlich reagieren sollen», antwortete ich. «Ich dagegen hätte das mit Ihrer Frau nicht sagen dürfen. Diesen Eimer Wasser habe ich Ihnen nämlich aus reiner Bosheit über den Kopf gekippt.»

Herr von Wieding guckte ein wenig betroffen. Dann mussten wir beide wieder lachen. Wie schnell ein Lachen eine unangenehme Situation verändern konnte.

Er nahm den Nachtisch von seinem Tablett. Es war ein Himbeertörtchen mit Sahne.

«Wollten Sie wirklich nichts?», fragte er und drehte dabei seine Hand, damit ich den Kuchen von allen Seiten sehen konnte.

Es war ein Friedensangebot. Und zu so einem Kuchen hätte ich ohnehin nicht nein sagen können.

«Also gut», lächelte ich. «Geben Sie her!»

Für einen winzigen Moment sah ich ein irritiertes Zögern in seinen Augen. Aber sofort hatte er sich wieder im Griff, lächelte höflich und reichte mir sein Schälchen rüber. Erst jetzt verstand ich. Er hatte mir nicht seinen eigenen Nachtisch angeboten, sondern gemeint, dass ich mir selbst noch etwas bestellen sollte.

Ich nahm den Löffel, schaufelte eine ordentliche Ladung darauf und schwenkte sie vor seinen Augen.

«Verführerisch, was?», sagte ich und zwinkerte ihm zu. «Und den wollen Sie wirklich nicht mehr? Sie wissen nicht, was Sie verpassen.»

Als ich die Sahne genüsslich in meinen Mund schob, sah ich, wie er unwillkürlich schluckte. Ich tat, als hätte ich nichts bemerkt, und stopfte mir schnell auch noch den Rest des Törtchens hinein. Das war seine gerechte Strafe. Jetzt waren wir quitt.

Jakob 19:46 Uhr

Hätte irgendeine andere Person neben mir gesessen, hätte ich einen zweiten Nachtisch bestellt. Frau Meier aber wollte ich nicht brüskieren. Ich tat so, als machte es mir rein gar nichts aus, dass sie mir mein Himbeertörtchen weggeschnappt hatte, und betrachtete es als kleine Wiedergutmachung. Offenbar hatte ich ins Schwarze getroffen mit der Bemerkung über ihren Milan. Andernfalls hätte sie wohl kaum angefangen zu heulen. Wie ich das hasste! Tränen überforderten mich grundsätzlich. Womöglich, weil viele Frauen sie gekonnt als reines Manipulationswerkzeug nutzten. Trotz ihrer Affinität zur Oper gehörte Frau Meier aber sicher nicht zu jenen, die Männern bewusst etwas vorspielten. Sie schien mir ein aufrichtiger Mensch zu sein, den man, im Gegenteil, davor schützen musste, dass ihre Gutmütigkeit ausgenutzt wurde. Aber das war nicht meine Angelegenheit. Ich sollte mich raushalten und beschloss, mich endgültig aus der Affäre zu ziehen.

«Darf ich?» Ich schob mein Essenstablett auf das freie Tischchen von Frau Meier und griff nach meinem Laptop. «Ich würde mich gerne noch länger mit Ihnen unterhalten. Aber ich muss leider noch meine Arbeit erledigen, bevor es ans Schlafen geht.» Ich nickte, um die Dringlichkeit meiner Erklärung zu bekräftigen.

«Machen Sie nur», sagte Frau Meier und kratzte genüsslich die Schale mit meinem Nachtisch leer.

Ich schmunzelte in mich hinein und klappte den Rechner auf. Als Erstes las ich zum wiederholten Male die Message von Kate Miller, meiner Chefin. «great job! k.», stand unter der Nachricht. Sie hatte mir ein fettes Lob für meinen ausformulierten Quartalsbericht attestiert, aber hier und da noch Anmerkungen, die sie berücksichtigt wissen wollte.

Absatz für Absatz ging ich gründlich durch und schliff an einigen Formulierungen, die mir inzwischen fast wie von selbst zuflogen. Mir war wahrlich nie etwas in den Schoß gelegt worden. Immer hatte ich mir alles mühsam erarbeiten müssen, weil meine Eltern seit jeher großen Wert auf Fleiß und Ehrgeiz gelegt hatten. Aber ich hatte Sprachtalent mitbekommen. Mein Englisch war schon vor meinem Start bei *Parson & Simon* nicht das schlechteste gewesen. Dass ich es innerhalb von wenigen Monaten perfektionieren würde, hatte ich allerdings nicht erwartet. Meine Bedenken dahingehend waren im Gegenteil so groß gewesen, dass ich das Jobangebot zunächst ausgeschlagen hatte. Ein deutscher Headhunter, der in den USA arbeitete, hatte mich über ein Netzwerk akquirieren wollen. Ich nahm mir zwei Tage Bedenkzeit, ehe ich ihm meine Absage schickte. Als ich Veronika beiläufig davon berichtet hatte, kam auf einmal Dynamik in die Sache. Denn sie sprach mir Mut zu. Dass wir das schon schaffen würden eine Zeitlang, wenn ich pendelte. Und dass ich mir um sie und die Kinder keine Sorgen zu machen bräuchte. Sie betonte, sie wolle meiner Karriere nicht im Weg stehen, zumal ich ja mit der Absage bewiesen hätte, wie wichtig mir die Nähe zu meiner Familie sei.

Ich spürte schon wieder meine Bandscheiben. Und mein Gewissen. Ich hatte Veronika nie darüber aufgeklärt, dass ich das Jobangebot allein der sprachlichen Hürden wegen ausgeschlagen hatte. Bei meinem Job ging es um Worte. Worte, die mal klar, mal bewusst schwammig sein mussten. Da brauchte es muttersprachliches Niveau. Mir war nicht wohl gewesen bei der Vorstellung, einen solch großen Karriereschritt von vornherein mit einem auffälligen Makel zu wagen.

Veronika konnte mich dennoch überzeugen, wenigstens zu einem Gespräch nach New York zu fliegen, um nähere Details zu erfahren. Und als mir sowohl die Teilnahme an einem Crashkurs in Business-Englisch an einem renommierten Institut als auch ein sechsstelliges Jahreseinkommen sowie die Übernahme sämtlicher Flug- und Hotelkosten zugesichert worden waren, beschlossen sie und ich gemeinsam, es zu versuchen. Für drei Jahre, bis die Kids in die Schule kommen und neue Herausforderungen als Eltern auf uns warten würden.

Und doch hatte Frau Meier etwas gesagt, das an mir nagte. Es fiel mir schwer, mich auf die Dateien zu fokussieren. Hatte ich von mir auf Milan geschlossen? Traute ich ihm wirklich das zu, was ich eigentlich von mir kannte?

Schnell schob ich diesen Gedanken beiseite. Ich hatte

meinen Job zu machen. Für die Firma. Für mich. Aber vor allem für meine Familie, die ich liebte. Ich konnte meinem Vater vieles vorwerfen. Dinge, die er gesagt oder versäumt hatte. Bei meinen Fußballspielen in der Jugendmannschaft von Hertha zuzusehen zum Beispiel. Oder ein Feuer mit mir zu machen und in einem Zelt zu übernachten. Oder ein Baumhaus zu bauen. Ich konnte mich auch nicht erinnern, dass er je gesagt hätte, er sei stolz auf mich. Dennoch war er in so mancher Sicht ein Vorbild für mich und der Inbegriff eines fürsorgenden Patriarchen, wie meine Mutter einmal sagte. Er erfüllte seine Rolle als Familienoberhaupt immer gewissenhaft und integer. Stellte man etwas an, strafte er, dies aber gerecht und ohne ein böses Wort. Beging er selbst einen Fehler, entschuldigte er sich. Brauchte man einen Rat, fand er sofort die Lösung. Nie hatte er sich beklagt, weder über meine Großeltern noch über uns Kinder und schon gar nicht über seine Frau. Oder über «das Amt», wie er seinen Job am Gericht stets genannt hatte. Er war ein durch und durch korrekter Mann gewesen, der einfach seine Pflicht getan hat. Dies versuchte ich ebenso.

«Ich dachte, Sie sind Anwalt und kein Mathematiker», riss mich Frau Meier aus meinen Gedanken.

«Wieso?», fragte ich und unterdrückte ein Stöhnen.

«Na, das sieht mir eher nach Zahlen als nach Paragraphen aus.» Sie deutete auf den Bildschirm.

«Es gibt viele Juristen, die nicht als Anwalt arbeiten», entgegnete ich, ohne von meiner Excel-Tabelle aufzusehen. Mir blieb wirklich nicht mehr viel Zeit, um die Daten zu prüfen und Kates Anweisungen auszuführen. Gleich nach Ankunft im Hotel würde ich ein paar Stunden Schlaf brauchen. Mittlerweile hatte ich mich zwar an die Zeitumstellungen gewöhnt. Auch war ich wohl um einiges jünger als Frau Meier und steckte die Reisestrapazen vermutlich besser weg. Fast die halbe Nacht durchzumachen auf einem 9-Stunden-Flug und erst danach wesentliche Details nachzuarbeiten, um am nächsten Morgen vor wichtigen Entscheidern eine Präsentation abzuhalten, würde aber auch ich nicht schaffen.

«Sie sind also gar kein Anwalt?»

Fast meinte ich, Enttäuschung in Frau Meiers Tonfall ausmachen zu können.

«Sie sprechen einen wunden Punkt an», erklärte ich ohne Umschweife und scrollte mich weiter nach unten in meinem Bericht. «Wenn es nach meinem Vater gegangen wäre, hätte ich Staatsanwalt oder Richter werden sollen, so wie er. Aber ich hab es nur bis zum ersten Examen geschafft.»

«Machen Sie sich nichts draus», tröstete sie mich mütterlich, erneut eine Spur zu laut. «Sie sind doch trotzdem ein kluger Mann.»

«So klug, dass ich direkt von der Uni ins Arbeitsleben eingetaucht bin. Ich war gerade mal 26, als ich bei einer Beraterfirma anfing.» Ich atmete hörbar ein und wieder aus.

Auf Frau Meiers Gesicht breitete sich ein erfreutes

Lächeln aus. «Dann sind Sie also so etwas wie Herr Neumann?»

«Muss ich den kennen?»

Sie lachte auf. «Das glaube ich kaum. Oder haben Sie mal etwas mit dem Mieterverein in Rackwitz zu tun gehabt? Da ist das für mich zuständige Büro. Und Herr Neumann ist dort der Anwalt, der mich berät, wann immer es wieder Ärger mit Frau Grothe gibt.»

«Frau Grothe?», fragte ich, bemüht, nicht genervt zu klingen.

«Frau Grothe ist meine Vermieterin.»

«Ach!»

«Ja, ja. Schon seit 26 Jahren. Das passt ihr nicht, sagt Herr Neumann immer. Ich habe damit zu viele Rechte. Sie hat schon mehrfach versucht, die Miete zu erhöhen um einen Betrag, der gar nicht rechtens ist. Solche Sachen. Aber das kennen Sie ja sicher.» Sie nickte freundlich.

«Nein. Das kenne ich nicht. Ich berate Firmen. Das ist etwas anderes», zischte ich. Meine Geduld war überstrapaziert. Ich war müde und stand unter Druck.

«Schon gut. Ich lasse Sie jetzt Ihre Arbeit tun», entgegnete Frau Meier, «davon verstehe ich schließlich nichts.»

Ich hörte sehr wohl den manipulativen Unterton, den sie anschlug, um mir schon wieder ein schlechtes Gewissen zu machen. Aber ich ging nicht länger darauf ein, sondern tippte demonstrativ auf meiner Tastatur herum.

Na, das war ja mal interessant! Da tat mein Sitznachbar so, als wäre er ein Genie, und dann hatte er bloß die erste Prüfung bestanden. Dass er da überhaupt als Anwalt arbeiten durfte! Ich hatte am Ende meines ersten Studienjahres wenigstens alle Prüfungen geschafft, und das sogar mit Bravour.

Plötzlich betrachtete ich den Mann im Anzug neben mir mit anderen Augen. Ich fragte mich, woran es lag, dass er so viel Erfolg hatte und ich überhaupt nicht. Ohne zu zögern hackte er auf der Tastatur seines Computers herum. Jede Bewegung von ihm strahlte Souveränität aus. Er schien ein Mensch zu sein, der niemals zweifelte. War das alles nur Schein? Vielleicht sollte ich auch einfach selbstbewusster auftreten und nicht immer so bescheiden sein.

Als die nette Stewardess wieder vorbeischwebte und mich lächelnd fragte, ob ich noch etwas brauche, bat ich deshalb mutig: «Kann ich vielleicht noch so ein Dessert haben, bitte?»

Mein Sitznachbar warf mir einen spöttischen Blick zu.

«Ich weiß schon, was Sie denken», sagte ich herausfordernd und zog meine Bluse straff. «Das kann die sich eigentlich gar nicht leisten.»

«Nein, nein», wehrte Herr von Wieding ab. «So etwas würde ich niemals sagen!»

«Was soll ich denn auch sonst tun, hier im Flugzeug? Man kann sich doch nur unterhalten, schlafen oder essen. Zum Schlafen bin ich viel zu aufgeregt. Und Sie müssen ja arbeiten», sagte ich vorwurfsvoll.

«Sie könnten einen Film sehen oder ein Buch lesen», bemerkte er.

Ich schwieg, bis mir einen Moment später die Stewardess schon ein neues Himbeertörtchen brachte. Ich prostete damit meinem Sitznachbarn zu.

Er nickte und beugte sich wieder über seine Tabellen.

«Also ich könnte so was nicht», bemerkte ich zwischen zwei Löffeln. «Ich habe immer so meine Probleme mit Zahlen.»

«Das soll vorkommen», sagte Herr von Wieding abwesend.

Ich konnte ohne Schwierigkeiten ganze Partituren lesen, aber ein Kassenzettel, auf dem mehr als drei Artikel standen, überforderte mich.

«Wenn ich einkaufen gehe, überschlage ich die Summe jedes Mal vorher im Kopf. Aber das ist ganz komisch, am Ende kommt immer mehr raus», erklärte ich.

«Tja», bemerkte Herr von Wieding, «so was passiert eben.»

Er benutzte offensichtlich gern Sätze, die auf jede Situation passten.

Mein Kuchen ist alle. *Das soll vorkommen.* Meine Katze ist vom Bus überfahren worden. *Tja, so was passiert eben.* Ich habe Milan verraten. *Das soll vorkommen.*

Ich grübelte. Was würde Milan wohl sagen, wenn er merkte, dass ich nicht mehr Bering hieß? Seinen bedeutungsvollen Namen hatte ich nur wenige Wochen tragen dürfen. Bei der Zwangsscheidung hatten meine Eltern darauf gedrungen, dass ich wieder meinen Mädchennamen annahm. Am liebsten hätte ich meine ganze Vergangenheit gelöscht. Gab es denn gar keine Möglichkeit, die Sache irgendwie rückgängig zu machen? Vielleicht hatte mein Sitznachbar eine Idee.

«Sagen Sie», fragte ich ihn, «vielleicht könnten Sie mir helfen, auch wenn Sie gar kein richtiger *Jurist* sind …»

«Wie kommen Sie darauf, dass ich kein richtiger Jurist bin?», fragte er amüsiert.

«Sie haben doch gesagt, dass Sie nur die erste Prüfung bestanden haben», antwortete ich.

«Ich habe das erste Staatsexamen nach neun Semestern Studium absolviert», stellte er richtig. «Und damit bin ich durchaus Jurist. Mein Vater hätte es nur gern gesehen, wenn ich noch ein Referendariat und die zweite Staatsprüfung gemacht hätte. Damit hätte ich Richter werden können wie er.»

«O, so ist das», sagte ich und merkte, wie ich auf meinem Sitz zusammenrutschte. «Dann will ich Sie nicht stören.»

Für einen kurzen Moment hatte ich mir eingebildet, nicht ganz so weit unter ihm zu stehen. Aber da hatte ich mich wohl gründlich geirrt.

«Kein Problem. Was wollten Sie denn wissen?», fragte er und fing beiläufig wieder an zu tippen.

«Also, Milan hat ja die Scheidung nie unterschrieben. Und ich hab das auch nur unter Zwang getan. Gilt so was dann überhaupt?»

«Sie wollen wissen, ob Ihre Ehe mit Milan Bering noch fortbesteht?», fragte Herr von Wieding.

Ich nickte verunsichert.

«Man kann so eine Zwangsscheidung durchaus anfechten», überlegte er. «Ich sehe da gute Chancen. Es gibt Präzedenzfälle aus der Zeit des Nationalsozialismus. Damals erfolgte Zwangsscheidungen sind rückwirkend als ungültig erklärt worden.»

«Wirklich?», fragte ich überrascht. Wie hatte ich an Jakob von Wieding zweifeln können! Dieser Mann war tatsächlich ein Genie.

Ich lehnte mich zurück und spürte diesem merkwürdigen Gefühl nach, das sich in mir ausbreitete. Es war eine Mischung aus Glück und Triumph. Wenn Milan und ich tatsächlich noch verheiratet waren, dann würde sich meine Mutter schwarzärgern. Und mein Schwager würde sich für mich freuen. Er freute sich immer, wenn ich glücklich war. Aber als ich an meinen Schwager dachte, schoss mir plötzlich siedend heiß durch den Kopf, wessen Bruder er war.

«O Gott!», ächzte ich.

«Was ist los», fragte Herr von Wieding besorgt. «Zu viel Kuchen?»

«Wenn meine Ehe mit Milan noch gültig ist, was ist dann mit Wolfgang? Wir sind ja noch nicht geschieden! Ich bin eine Bigamistin!», stieß ich hervor.

Dieser letzte Satz rutschte mir lauter heraus als beabsichtigt. Der Herr vor mir drehte sich erneut zu mir um und bedachte mich mit einem merkwürdigen Blick.

Ich war völlig verzweifelt. Das mit der Zwangsscheidung konnte ich Milan ja vielleicht noch erklären. Aber hatte ich danach auch noch neu heiraten müssen? Ausgerechnet einen Wolfgang Meier? Und warum hatte ich die Scheidung von ihm nicht vorangetrieben, sondern schleifenlassen? Dabei kannte ich die Antwort: Bis vor kurzem war es mir nämlich egal gewesen. Ich war einfach nur dankbar, dass Wolfgang eine andere gefunden hatte, die er herumkommandieren konnte. Und ich dachte, wenn er die unbedingt heiraten wollte, dann musste er sich eben um die Scheidung kümmern. Die kostete doch bloß Geld, das ich gar nicht hatte. Aber nun war ich vielleicht plötzlich mit zwei Männern gleichzeitig verheiratet?

In den Illustrierten las ich immer gern die Gerichtsberichte, weil es sich dabei so wohlig gruseln ließ. Unterschlagung, Glücksspiel, Immobilienbetrug, das stellten nur andere Menschen an, niemals ich. Ich war ehrlich und anständig. Das hatte ich jedenfalls immer gedacht. Aber nun stand vielleicht in einer der nächsten Ausgaben ein Bericht über eine gewisse Ingrid M., die mit dem berühmten Milan Bering und gleichzeitig mit einem minderbemittelten Maurer verheiratet war. Mir wurde ganz flau. Hatte ich nicht erst kürzlich von einem Heiratsschwindler gelesen, der zu einer Haftstrafe verurteilt worden war? Gab es denn gar keinen Ausweg für mich?

Plötzlich fiel mir Roman Polanski ein, der sich durch Flucht jahrzehntelang um das Gefängnis hatte drücken können.

«Haben wir mit Amerika ein Auslieferungsabkommen?», fragte ich erschüttert.

«Ja, das haben wir.» Herr von Wieding nahm mir alle Hoffnung. Gleichzeitig aber beruhigte er mich: «Man wird Sie schon nicht gleich verhaften. Und gesetzt den Fall, Ihre erste Ehe wird für gültig erklärt, dann wäre doch Ihre zweite Ehe juristisch gesehen ungültig.»

«Wirklich?», fragte ich überrascht. Das war endlich mal eine erfreuliche Wendung. «Das wäre aber gut! Dann könnte ich mir ja die teure Scheidung sparen!»

Ich versuchte, tief durchzuatmen und mich wieder zu beruhigen. Wenn so ein erfahrener Anwalt wie Herr von Wieding das sagte, dann musste es einfach stimmen. Alles würde gut werden. Am Flughafen würde mich Milans Privatchauffeur abholen und mich in seine Villa mit Putzfrau und Klimaanlage und Cocktails und Pool bringen. Nicht, dass ich mir was aus Cocktails machte, aber Milan hatte gesagt, ich müsste mir nun nie wieder Sorgen machen. Es wäre schon schön, keine Angst mehr haben zu müssen, dass auch noch die Waschmaschine kaputtging.

Aus meiner Handtasche kramte ich die Fotos von Milans Ländereien hervor, die er mir geschickt hatte. *Lammermoor Villa* stand über dem Tor. Das war wie bei *Dallas*. Die amerikanischen Häuser hatten immer so hübsche Namen, nicht nur langweilige Nummern wie bei uns.

«Sehen Sie mal», sagte ich und reichte die Bilder rüber. «Wenn es so ist, wie Sie sagen, dann gehört mir doch eigentlich die Hälfte davon, oder?»

Herr von Wieding sah die Bilder flüchtig durch und sagte dann: «Nageln Sie mich bitte nicht darauf fest. Ich sagte nur, Sie hätten gute Chancen, wenn Sie das Urteil anfechten.»

«Ja, aber ich habe Milan durch meine Schwangerschaft ja erst die Flucht und damit den großen Erfolg ermöglicht. Also ohne mich hätte er sich diese Villa doch gar nicht bauen können, oder?», wollte ich wissen.

«Da haben Sie absolut recht», bestätigte Herr von Wieding.

«Und ich musste unseren gemeinsamen Sohn allein großziehen», gab ich außerdem zu bedenken.

«Hat er nie Alimente gezahlt?»

«Nein, aber das ging ja auch nicht, dafür konnte Milan nichts. Wie hätte er das auch anstellen sollen? Das Geld wäre niemals bei mir angekommen. Der Staat hätte es vorher eingezogen, Sie verstehen schon, Devisen waren knapp!»

«Also keinerlei finanzielle Unterstützung», stellte Herr von Wieding fest. «Sie dürfen außerdem nicht vergessen, dass Sie seinetwegen Ihr Studium nicht abschließen konnten und dadurch enorme finanzielle Einbußen hatten.»

Es war doch wirklich gut, dass ich neben einem Anwalt saß, der die Dinge so auf den Punkt bringen konnte.

«Ja!», rief ich. «Sie haben recht!»

Herr von Wieding nickte zufrieden. «Also, wie sieht es aus, soll ich Ihnen einen Kollegen empfehlen?»

«Warum denn das?», wunderte ich mich.

«Nun, ich dachte, Sie wollen Herrn Bering verklagen?»

«Aber nein!», rief ich entrüstet. «Wie kommen Sie denn auf so eine verrückte Idee? Ich wollte mir nur klarmachen, dass ich auch ein bisschen Anrecht auf seinen Reichtum habe und kein allzu schlechtes Gewissen haben muss.»

«Das sollten Sie allerdings wirklich nicht haben», bestätigte er.

«Aber vielleicht steht mir auch gar nichts davon zu», überlegte ich. «Ich habe ihn schließlich verraten.»

«Das kann ich nicht einschätzen. Vielleicht haben Sie ihn tatsächlich verraten. Aber er hat Sie geopfert», stellte er fest. «Sie sind also quitt.»

«Na ja», gab ich zu, «vielleicht haben Sie recht. Wir haben ja alle ein bisschen Dreck am Stecken. Selbst ein Milan Bering.»

«Ich überlege die ganze Zeit, in welchem Zusammenhang ich den Namen schon mal gehört habe», grübelte Herr von Wieding plötzlich.

«Aber jeder hat schon mal von ihm gehört!», rief ich. «Er ist einer der berühmtesten Dirigenten unserer Zeit. Ich meine, er war es.»

Herr von Wieding bewegte unschlüssig seinen Kopf. «Nein», sagte er, «ich glaube, da war noch etwas anderes.»

Ich lehnte mich zurück und überließ mich angenehmen Gedanken. «Wissen Sie, so ein bisschen reich wär ich schon gern», lächelte ich.

«Was würden Sie denn mit Ihrem Reichtum anfangen, wenn alles so klappt, wie Sie es sich vorstellen?», wollte mein Sitznachbar wissen und rieb sich die Augen. Er schien müde zu sein. Vielleicht brauchte er genauso wie ich eine kleine Ablenkung.

Ich setzte mich aufrecht hin, sprudelte los und spürte, wie ich einen roten Kopf bekam. «Also, als Erstes würde ich Christian ein Auto kaufen und ein Sparbuch für ihn anlegen, damit er später sein Bafög zurückzahlen kann. Und ich würde die Wohnung meiner Mutter umbauen lassen, damit sie mit dem Rollstuhl überall hinkommt und mich nicht anruft, wenn sie die Milch aus dem Kühlschrank braucht. Und meinem Schwager würde ich auch so einen teuren Flug wie diesen hier schenken.» Strahlend klopfte ich auf die gepolsterte Lehne. «Dann könnten wir uns in New York treffen, und ich würde mit ihm zusammen in die MET gehen. Er liebt Oper ebenso wie ich, müssen Sie wissen.»

«Mit Ihrem Schwager scheint Sie viel zu verbinden», stellte Herr von Wieding fest.

«Meinen Sie?» Ich überlegte. «Ja, irgendwie schon. Wir können beide seinen Bruder nicht ausstehen», lachte ich.

«Warum das?»

«Er hat uns beide …» Wie sollte ich das formulieren, ohne allzu schlecht dazustehen? Ich setzte noch einmal neu an. «Er hat uns beide nicht gut behandelt.»

«Nicht gut behandelt?», wiederholte er und sah mich aufmerksam an.

Plötzlich war ich auf der Hut. Er war als Anwalt sicher geübt darin, Leuten Dinge zu entlocken, die sie gar nicht preisgeben wollten.

Ich zuckte mit den Schultern und sagte leichthin: «Na ja. Meinen Schwager als Kind und mich … mich dann eben später. Das schweißt zusammen.»

«Ich habe das Gefühl, dass Sie viel mehr verbindet», vermutete Herr von Wieding.

«Nun», sagte ich. «Wir haben beide kein Geld. Aber vielleicht trifft das auf mich ja bald nicht mehr zu. Das wäre gut, weil meine Waschmaschine in letzter Zeit so merkwürdige Geräusche beim Schleudern von sich gibt. Sie müssen sich solche Gedanken sicher nicht machen, Sie sind bestimmt reich, oder?»

«Wie definieren Sie reich?», fragte Herr von Wieding.

Ich musste lachen. «Wer so eine Frage stellt, ist auf jeden Fall reich.»

Wir schwiegen kurz, und ich versuchte mir vorzustellen, wie die Begegnung mit Milan nach so vielen Jahren sein würde. Und plötzlich bekam ich Panik. Er wusste ja nicht, wer ich heute war. Als er mich verlassen hatte, war ich eine hoffnungsvolle Studentin der Musikwissenschaft gewesen. Ich hatte mir immer verboten, mir vorzustellen, was aus mir geworden wäre, wenn alles anders gekommen wäre. Aber plötzlich tauchte ein Bild vor mir auf, eine Ingrid, die ich hätte sein können, etwas schlanker, mit rotgefärbten

Haaren, großen Ohrringen und bunten Tüchern. Eine Ingrid, die rauchte und Rotwein trank und einen angesehenen Posten als Musikdramaturgin beim Theater hatte. Vielleicht erwartete Milan diese Ingrid. Aber ich war eben leider keine feinsinnige Dramaturgin, sondern eine pummelige Garderobiere.

«Was ist, wenn sich Milan für mich schämt?», flüsterte ich plötzlich. «Ich bin nichts. Und ich kann nichts. Und mein Englisch ist noch dazu grauenhaft.»

«Liebe Frau Meier …», stöhnte Herr von Wieding.

«Ich hasse diesen Namen», unterbrach ich ihn schroff.

«Also gut, liebe Ingrid, jetzt machen Sie sich mal nicht kleiner, als Sie sind», sagte er.

Ich war überrascht, dass er sich meinen Vornamen gemerkt hatte. Dabei wirkte er doch so, als ob er nie richtig zuhörte.

«Nur mal angenommen, wir würden jetzt über einer einsamen Insel abstürzen», sprach er weiter und deutete aus dem Fenster. «Dann könnten Sie uns vermutlich Essen kochen und warme Kleidung nähen. Aber was würde ein Paragraphenausleger wie ich dort anfangen? Die Moskitos verklagen?»

Und als hätte Herr von Wieding damit das Unglück heraufbeschworen, sackte das Flugzeug plötzlich nach unten weg.

Meine Sitznachbarin schrie plötzlich laut auf. Dann wurde es ganz still im Flieger. Kreidebleich blickte sie mich an. «O Gott! Was war das?!»

«Sicher nur ein Luftloch», entgegnete ich. Doch im selben Moment wackelte der Airbus erneut, so wie selbst ich es selten erlebt hatte. Die Anschnallzeichen leuchteten auf, und Frau Meier umklammerte instinktiv meinen Unterarm. Ich ließ sie gewähren, solange es derart unruhig blieb.

«Das ist nicht nur mein erster Flug, sondern bestimmt auch mein letzter!», presste sie voller Anspannung hervor und hielt sich wie ein Häufchen Elend die Hand vor den Mund.

«Brauchen Sie ein Glas Wasser?», fragte ich besorgt und sah hilfesuchend nach der Stewardess. Doch vom Personal war niemand in Sichtweite, was verständlich war angesichts der heftigen Turbulenzen. Bei einem solchen Unwetter war es fahrlässig, nicht angeschnallt sitzen zu bleiben. Das bestätigte nun auch der Pilot, der erneut zum Mikro griff und mit einer Entschuldigung erklärte, er habe die Gewitterwolken nicht vollständig umfliegen können.

«Ich brauche kein Wasser, sondern einen Schnaps.» Frau Meier machte noch immer einen besorgniserregenden Eindruck. «Ich hätte nicht so viel von dem Kuchen essen dürfen. Oder in dieses Ungetüm steigen …»

Ich warf ihr einen aufmunternden Blick zu, doch sie schloss ihre Augen. Weil ich genauso müde war, verstaute ich nun endgültig den Laptop in meiner Aktentasche. An Arbeit war nicht mehr zu denken. Die letzten Vorbereitungen für das Meeting würde ich nun doch am späten Abend im Hotel treffen müssen. Ich hoffte, Kate würde meine Unprofessionalität nicht bemerken. Sie war eine äußerst aufmerksame und perfektionistische Frau, der selten ein Detail entging. Trug ich eine neue Krawatte, machte sie eine kurze Bemerkung darüber. Verzichtete ich beim Dinner auf eine Vorspeise, fragte sie, ob alles in Ordnung sei. So gesehen war sie eine vorbildliche Chefin, die stets ein Auge auf und ein Ohr für alle hatte. Dass ich aber besonders stark in ihrem Fokus stand, hatte nicht nur Vorteile.

«Geht es wieder?», hakte ich nach, weil Frau Meier noch immer elend ihr Gesicht verzog. Fast so, als sei sie bestürzt über den Verlauf ihres ganzen Lebens.

«Ich brauche wohl noch einen Moment», seufzte sie und drehte ihren Kopf zu Seite. Also schaute ich aus dem Fenster und versuchte auszumachen, ob das Gewitter nun hinter uns lag. Für gewöhnlich war mir das Wetter gleichgültig. Vielleicht aber ließ sich Frau Meier beruhigen, wenn ich ihr sagen konnte, wir hätten das Schlimmste überstanden. Doch der Himmel leuchtete im Sekundentakt immer wieder hell auf.

Zu gerne hätte ich meine Nachbarin auch hinsichtlich ihrer Zukunftsaussichten bestärkt. Der Name Milan Bering löste in mir allerdings Unbehagen aus. Ähnlich wie in einem Meeting, wenn mein Gegenüber geneigt war, mich in die Enge zu treiben, um sich eine bessere Verhandlungsposition zu verschaffen, begann ich mein Wissen systematisch abzuklopfen, um Fakten zu sammeln, mit denen ich glänzen konnte. Trotzdem wollte mir einfach nicht einfallen, wo mir der Name des Dirigenten schon einmal begegnet war. Klar, es gab auch in New York unzählige Klatschmagazine und Boulevardblätter, von denen ich jedoch kein einziges gelesen hatte und wohl auch niemals lesen würde. Ich sah mir nicht einmal Fotos oder Überschriften dieser Hefte an. Auch Veronikas Interessen galten zum Glück nicht den Celebrities. Sie begeisterte sich für Pferde und schöne Dinge und abonnierte Magazine, in denen besonders imposante Gärten oder exklusives Interieur zu bewundern war. Auch wenn ich gerne Scherze über ihre Begeisterung machte, die sie etwa einem alten, mit blassblauen Blümchen verzierten Kaffeeservice entgegenbringen konnte, schätzte ich insgeheim ihren Sinn für Ästhetik. In wenigen Monaten nach unserem Einzug hatte sie unser recht nüchternes Gründerzeithaus in ein gleichermaßen repräsentatives wie gemütliches Wohlfühlzuhause verwandelt. Früher, als wir frisch zusammengekommen waren, schlenderten wir an den Wochenenden oft stundenlang Arm in Arm über Flohmärkte. Ich fand es großartig, sie dabei zu beobachten, wie sie sich in ein antikes Möbelstück oder ein scheinbar langweiliges Wohnaccessoire verliebte. Sie hatte eine große Gabe, aus seltsamen Dingen etwas Wunderschönes zu zaubern, und das alles mit erstaunlich kleiner Investition. Auch die Kinderzimmer hatte sie mit so viel liebevollen Details ausgestattet, dass Freunde ihr nahelegten, sie solle sich beruflich mit Inneneinrichtung verwirklichen. Ich selbst bedauerte inzwischen am meisten, dass sie trotzdem keinerlei Ambitionen in dieser Hinsicht hegte. Vielleicht wäre dann alles ganz anders gekommen.

Ich verlor den roten Faden meiner Gedanken. Es war vielleicht doch besser, so früh wie möglich in den Schlaf zu gleiten, um ausgeruht eine Nachtschicht im Hotel einlegen zu können. Auch ruckelte es nicht mehr allzu stark, und die Anschnallzeichen waren erloschen. Ich schloss die Augen, atmete tief durch und versuchte, zu entspannen.

«Jetzt könnte ich wirklich einen Schluck vertragen.» Frau Meier zupfte mich am Arm.

Ehe ich etwas sagen konnte, winkte sie die Stewardess heran, die von einem Passagier zum anderen ging, um zu fragen, ob alle die Turbulenzen gut überstanden hatten.

«Was kann ich für Sie tun?», fragte sie, als sie an unsere Plätze trat.

«Könnten wir bitte einen Cognac haben? Wir brauchen etwas zum Anstoßen auf diesen Schreck», erklärte Frau Meier so entschieden, dass ich nicht wagte, etwas einzuwenden.

«Selbstverständlich. Und bitte entschuldigen Sie die

Unannehmlichkeiten», erwiderte die Stewardess und nickte uns freundlich zu, ehe sie hinter den Vorhang verschwand.

«Vielleicht ist es ja ein Zeichen», sagte Frau Meier hoffnungsvoll.

«Ein Zeichen?»

Ich runzelte die Stirn und konnte nicht mit Bestimmtheit sagen, ob ich zuvor bereits eingenickt war.

«Na, ein Zeichen, dass ich vertrauen soll.» Sie richtete sich auf. Ihr Gesicht hatte wieder eine normale Farbe angenommen. «Das Leben ist nun mal voller unvorhersehbarer Ereignisse. So wie dieser Flug», erklärte sie. «Aber sind wir abgestürzt? Nein. Wir fliegen! Dahinten im Gewitter ist die Vergangenheit. Und da vorn, in New York, wartet ein wunderbares Abenteuer! Ganz sicher wird es mit Milan auch ein paar Unwetter geben. Er ist schließlich ein leidenschaftlicher Künstler mit viel Temperament. Aber ist das nicht das Salz in der Suppe?»

Die Stewardess kehrte mit einem Tablett zurück, auf dem sie uns zwei gutgefüllte Cognacschwenker servierte. Ich nickte zum Dank und griff zu.

«Ingrid!», bot mir Frau Meier das Du an.

Ich brauchte allerdings einen Moment, weil ich darauf nicht vorbereitet war.

«Jakob», entgegnete ich schließlich und stieß mit meiner Sitznachbarin an, die mich immer wieder überraschte. Dann nahm ich einen großen Schluck dieses brennenden Zeugs.

«Jakob ist wirklich ein sehr schöner Name», befand Ingrid, nahm ebenfalls einen kräftigen Schluck und hustete.

«Genau genommen Jakob Wilhelm Lorenz», entgegnete ich mit hochgezogenen Augenbrauen, um deutlich zu machen, mein Name war in Wahrheit peinlich und nicht schön.

«Wie das klingt! Jakob Wilhelm Lorenz von Wieding», flötete sie beeindruckt. «Und ich heiße bloß Ingrid Meier.»

Sie kicherte, ehe sie nachsetzte: «Aber ab sofort ist mir das egal. Denn wenn ich aus diesem Flugzeug steige, werde ich ein vollkommen neuer Mensch sein. Die Frau an der Seite von Milan Bering. Ab jetzt werde ich das Leben in vollen Zügen genießen. Ich werde mich jeden Morgen an Milans Flügel setzen und spielen. Da gibt es nämlich keine Nachbarn, die das stört.»

Entschlossen sah sie mich an und erhob nochmals ihr Glas, ehe sie trank.

Ich bemühte mich, zu lächeln. Dann plötzlich schoss es mir durch den Kopf. Der Bericht von Steven Anderson über Milan Bering! Darin hatte ich von dem Stardirigenten gelesen. Steven war ebenfalls Jurist, arbeitete allerdings in einer Kanzlei, eine Etage unter uns. Er hatte eine sehr offene und freundliche Art. Das war mir schon bei unserer ersten Begegnung aufgefallen, als Kate uns auf einem Empfang miteinander bekannt gemacht hatte. Ich mochte ihn sofort. Also hatte ich ohne zu zögern zugesagt, als er mich bat, für ihn ein deutsches Schriftstück vom

Zivilgericht ins Englische zu übersetzen. Und das, was ich dort vor ein paar Monaten über Milan Bering erfahren hatte, war alles andere als beruhigend.

«Ich will Sie wirklich nicht –»

«Sind wir nicht beim Du angekommen?», unterbrach Ingrid mich zufrieden lächelnd und legte vertraulich ihre Hand auf meine.

Ich schloss kurz die Augen und sammelte mich. Das, was ich zu sagen hatte, würde ihr nicht gefallen.

«Ich fürchte, mir ist wieder eingefallen, in welchem Zusammenhang ich von Herrn Bering gehört habe», wagte ich mich einen Schritt vor.

Ingrid machte große Augen. «Ja?»

«Er ist in die Fänge der Justiz geraten. Und das leider nicht zu Unrecht.»

Ingrid 20:31 Uhr

Das ungute Gefühl, das sich in meinem Magen breitmachte, schob ich auf den Kuchen. Vielleicht war es auch der Cognac. Oder eben die Mischung aus beidem.

Was wollte mein Sitznachbar Milan jetzt schon wieder anhängen? Vermutlich konnte er ihn einfach nicht leiden.

Ich winkte ab.

«Pah, Milan in den Fängen der Justiz … Da war ich auch schon. Dann passen wir ja umso besser zusammen.»

Jakob holte Luft und wollte etwas sagen, aber ich schnitt ihm das Wort ab.

«Mach mir das nicht kaputt, Jakob!», wies ich ihn streng zurecht und musste gleich darauf über seinen erschrockenen Blick lachen. Es gefiel mir, dass wir uns nun duzten. Das brachte uns etwas mehr auf Augenhöhe.

«Außerdem weiß ich es längst», erklärte ich etwas sanfter. «Milan hat mir alles erzählt.»

«Ach ja?» Jakob schien überrascht. «Ich dachte nur, weil Sie, ich meine, weil du, wegen des Geldes überlegt hattest …»

«Ja, das Geld», sagte ich langsam. «Aber er brauchte damals doch welches. Er hatte schließlich nur Alumünzen und ein paar DDR-Scheine. Hast du so was mal in der Hand gehabt? Wie Spielgeld. Die Scheine waren so klein, weil man Papier sparen wollte. Und kaufen konnte man dafür genauso wenig. Da hat er eben die Markneukirchner Geige seines Orchesters versetzt. Was hättest du denn gemacht?»

«Also um mich geht es hier wirklich nicht», gab Jakob zurück.

«Aber die Frage sollte man sich schon stellen. Es ist immer leicht, zu behaupten, dieses und jenes hätte man nie gemacht, man wäre nie in die Partei eingetreten, hätte nie für die Stasi spioniert –»

«Hast du etwa auch …?», fragte mich Jakob entsetzt.

Ich schüttelte entrüstet den Kopf.

«Du siehst, Milan hat keine Geheimnisse vor mir. Und wenn sie ihn wirklich jetzt noch wegen dieser Geige verklagen ... Also, so viel war die gar nicht wert, und außerdem kenne ich ja nun einen guten Anwalt», sagte ich vergnügt.

Jakob musterte mich mit einem merkwürdigen Blick. «Dir scheint nicht klar zu sein, wie sehr man sich innerhalb so vieler Jahre verändern kann.»

Ich fühlte mich ertappt und sah an mir hinunter. Meine Bluse spannte noch mehr als beim Start unserer Reise. Hätte ich bloß dieses zweite Stück Kuchen gelassen! Aber selbst wenn ich standhaft geblieben wäre: Wie sollte ich mit den schönen Frauen in Milans Umgebung mithalten können?

Ich kramte noch einmal die Illustrierte mit dem Artikel über die New Yorker Philharmoniker aus meiner Handtasche hervor. Immer hatte ich nur auf Milan gesehen und alles um ihn herum ausgeblendet. Jetzt aber betrachtete ich seine Begleiterinnen. Neben ihm stand eine sehr attraktive Frau mit langem, blondem Haar und tiefem Ausschnitt. Hinter ihm lachten drei blutjunge Dinger. Alle vier Frauen sahen sich auf eine seltsame Art ähnlich. Sie hatten pralle Lippen, kräftige lange Haare, eine Wespentaille und ein tiefes Dekolleté, das merkwürdig rund geformte Brüste umrahmte. Ich hatte zwar keine Ahnung von Physik, aber das hier ging ganz sicher nicht mit rechten Dingen zu.

Die Stewardess kam wieder an uns vorbei und warf

Jakob einen langen Blick unter halb gesenkten Wimpern zu. Aber er bemerkte sie gar nicht.

Also fragte sie mich: «Noch einen Cognac, die Dame?»

Ich schüttelte den Kopf und war viel zu verblüfft, um antworten zu können. Auch sie sah diesen Frauen merkwürdig ähnlich.

Plötzlich begriff ich: Es gab ja Mittel und Wege, das Äußere eines Menschen aufzubessern. Wie konnte ich das nur vergessen! Dabei hatte ich doch so viel darüber gelesen und im Fernsehen gesehen. Es war ganz normal in Amerika. Und es war meine Rettung!

«Es ist gar nicht so schlimm, dass ich mich verändert habe», sagte ich erleichtert zu Jakob.

«Gute Einstellung», lobte er mich. «Allerdings meinte ich nicht dich.»

«Doch, doch», sagte ich. «Denn da Milan genug Geld hat, lasse ich mir einfach das Fett absaugen und den Bauch straffen, und die Falten können sie mir auch wegspritzen und hier was weg und da was dazu, eben alles, was nötig ist. Meinst du, ich sollte mir auch die Nase richten lassen?»

Ich drehte meinen Kopf zur Seite, damit er mich im Profil begutachten konnte.

«Das ist jetzt nicht dein Ernst.» Jakob lachte laut auf.

«Du meinst, die Nase kann man lassen?», fragte ich erleichtert.

Meine Nase war nämlich das einzige Körperteil, an dem ich nichts auszusetzen hatte. Nur Milan hatte sie nicht besonders gemocht.

«Was redest du für einen Unsinn?», fragte Jakob.

«Das ist kein Unsinn», sagte ich eingeschnappt. «Das ist normal dort.»

Ich zeigte nach vorn, in unsere Flugrichtung.

«Außerdem habe ich eine Sendung darüber gesehen», erklärte ich. «Das ging ruckzuck und tat gar nicht weh, und hinterher sah die Frau aus wie ein Model.»

«Das glaubst du doch nicht etwa?» Jakob schüttelte den Kopf.

«Nein», sagte ich. «Natürlich nicht. Ich bin realistisch. Ein Model wird nicht aus mir. Aber ich lasse einfach alles machen, bis ich so bin, wie Milan mich gern hätte.»

«Ich verstehe nicht, warum Frauen sich so was antun!», entrüstete sich Jakob. «Findest du die hier etwa schön?»

Wütend knallte er mit der flachen Hand auf den Zeitungsartikel und zerknitterte dabei das Bild von Milan.

«Und es geht überhaupt nicht ruckzuck», behauptete Jakob. «Früher, als ich noch in einer Kanzlei war, haben wir einen Mann vertreten, der gegen einen Schönheitschirurgen klagen wollte. Seine Frau war nach einer Bauchstraffung verstorben. Zwei Kinder, hoher Hauskredit. Das sind schwere Operationen mit hohen Risiken und monatelangen Heilungsphasen, Ingrid! Das würde ich der Frau, die ich liebe, niemals erlauben.»

«Deine Frau hat es ja auch nicht nötig», gab ich beleidigt zurück.

Daraufhin wurde er ein wenig rot und sagte scharf: «Du auch nicht.»

Ich sackte etwas tiefer in meinen Sitz. «Du weißt einfach nicht, wie es sich in meiner Haut lebt», murmelte ich kleinlaut.

Das Duzen war eine dumme Idee gewesen. Eine Frau Meier hätte er niemals in diesem Ton zurechtgewiesen.

«Mich sieht jedenfalls nie jemand so an, wie dich die Stewardess immer anguckt, wenn sie vorbeigeht», behauptete ich.

Jakob sah sich suchend nach ihr um, konnte sie aber nirgendwo entdecken.

«Ach ja?», wunderte er sich. «Wie guckt sie mich denn an?»

«Na eben … begehrlich», antwortete ich. «So eine Frau ist im Vergleich zu mir wie eine andere Art.» Und da Jakob mich fragend anschaute, erklärte ich: «Na, sie ist eine Gazelle, und ich bin ein Nilpferd.»

Jakob lächelte. «Ich glaube nicht, dass dein Schwager das auch so sieht.»

«Ach», lachte ich und winkte ab. «Für meinen Schwager bin ich bloß … na, eben die Schwägerin. Ein Neutrum.»

Jakob schüttelte zweifelnd den Kopf. «Hat er dir nicht sogar einen Brief mitgegeben?»

«Keinen Brief. Eine Einkaufsliste», sagte ich und tastete in meiner Handtasche nach dem Briefumschlag. «Wenn mein Schwager im Land herumfährt, um seine Klebstoffe zu verkaufen, fragt er immer, ob er etwas mitbringen soll. Und weil ich diesmal verreise, bin ich eben an der Reihe.»

«Er bringt dir immer etwas mit von unterwegs?», hakte Jakob nach.

«Natürlich kann man heute überall alles kaufen, aber das ist bei uns noch so drin von früher. Damals hat er mir Pfefferkuchen aus Pulsnitz mitgebracht. Heute sind es eben Lebkuchen aus Nürnberg.»

Ich hatte den Umschlag gefunden und wollte ihn mit einem schnellen Griff aufreißen. Aber Jakob nahm ihn mir aus der Hand.

«Stopp, das machen wir anders», bestimmte er. «Wie bei einer ordentlichen Untersuchung. Das hier ist schließlich ein Beweismittel.»

Der Mann schien wirklich keine Minute ohne seine Arbeit auszukommen. Aber warum nicht, es würde uns die Zeit vertreiben. Der Flug dauerte schließlich noch lang genug.

«Brauchst du Handschuhe?», fragte ich spöttisch und zog ein Paar aus Latex aus meiner Tasche.

Er staunte nicht schlecht. «Wozu in aller Welt schleppst du so etwas mit?», fragte er misstrauisch.

«Reine Gewohnheit», klärte ich auf. «An der Operngarderobe werden manchmal Dinge abgegeben, die würdest du auch nicht anfassen wollen.»

Jakob verzog das Gesicht und lehnte die Handschuhe ab. Dabei waren sie noch unbenutzt. Er unterzog den Umschlag einer gründlichen Betrachtung und schob ihn dann zu mir rüber.

«Na?», fragte er. «Was haben wir hier?»

«Einen Briefumschlag, auf dem mein Vorname steht», antwortete ich und kam mir wie in der Schule vor.

«Richtig», sagte Jakob. «Da steht nicht Schwägerin drauf, sondern Ingrid.»

«Das ist doch ganz logisch», erklärte ich. «In diesem Flugzeug gibt es garantiert …» Ich drehte mich um und wollte die Zahl der Mitreisenden schätzen. Aber ein Vorhang trennte uns von den anderen Passagieren in der normalen Klasse. Ich sagte deshalb einfach: «Also hier gibt es bestimmt Hunderte von Schwägerinnen. Und falls mir der Brief hinunterfallen würde, wüsste keiner, für wen der ist.»

«Gut argumentiert», lobte Jakob und ließ mich den Umschlag endlich öffnen.

Ich zog ein Blatt Papier heraus und wunderte mich. Ich hatte eine Liste erwartet, mit zahlreichen Dingen, die es nur in Amerika gab und die ich mitbringen sollte. Aber es standen keine untereinander angeordneten Wörter darauf, stattdessen war die Seite von links nach rechts vollständig beschrieben. Es war ein richtiger Brief, und er begann mit:

Liebe Ingrid!

«Sehen Sie? Ich meine, siehst du?», fragte Jakob triumphierend. «Hier hätte er dich ja einfach wieder Schwägerin nennen können. Er schreibt auch nicht ‹Hallo›, sondern ‹Liebe Ingrid!›.»

Das war tatsächlich einigermaßen merkwürdig, wir waren doch sonst immer einfach Schwager und Schwägerin.

Andererseits fiel mir eine Bemerkung meines Schwagers ein. Er hatte gesagt, Ingrid wäre ein sehr edler Name, und zwar der einer nordischen Königin.

«Du solltest den Brief lieber allein lesen», fand Jakob.

«Ach, Unsinn, da steht bestimmt nur belangloses Zeug drin», sagte ich, aber ganz sicher war ich mir da plötzlich nicht mehr. Die Schrift sah viel zu feierlich und steif für Belanglosigkeiten aus.

Jakob zeigte auf den Gruß am Ende. «Und sieh mal, womit er unterschrieben hat.»

Mein Blick rutschte an das Ende der Zeilen. Dort stand:

Dein Bernd

Jakob grinste mich an. Er hatte offensichtlich sehr gern recht.

Irritiert stopfte ich den Brief zurück in den Umschlag und sagte: «Das bedeutet gar nichts. Vielleicht macht man das so in einem Brief. Keine Ahnung. Wir haben uns schließlich noch nie Briefe geschrieben. Wir telefonieren sonst immer nur.»

«Telefoniert ihr viel?», wollte Jakob wissen.

Das war eine Fangfrage. Ich nickte trotzdem wahrheitsgemäß. «Immer nach der Vorstellung in der Oper. Da ist es ja schon dunkel. Und Bernd will dann sichergehen, dass ich gut zu Hause angekommen bin.»

«Ha!», rief Jakob. «Du hast Bernd gesagt. Nicht Schwager.»

«Ja, gut», sagte ich und wusste selbst nicht, warum ich mich jetzt ärgerte. «Dann habe ich eben Bernd gesagt. Er ist trotzdem bloß mein Schwager. Beweisführung beendet.»

«Nicht ganz», sagte Jakob. «Du musst noch den Brief lesen. Und zwar besser allein.»

Warum sollte ich ihn denn unbedingt allein lesen? Dachte Jakob allen Ernstes, dass dies hier ein Liebesbrief war? Ausgerechnet von meinem Schwager?

«Jetzt!»

Jakobs Tonfall ließ keinen Widerspruch zu. Als würde er von einem Angeklagten fordern, sich endlich der Wahrheit zu stellen. Vor Gericht hatte er mit dieser Taktik sicher Erfolg. Aber in meinem Fall war es Unsinn. Ich kannte Bernd, ich meine, meinen Schwager, seit so vielen Jahren. Da gab es keine unausgesprochenen Geheimnisse.

Seufzend zog ich das Blatt Papier wieder aus dem Umschlag heraus und faltete es auseinander. Man sah gleich, dass mein Schwager nicht oft Briefe schrieb. Die Worte waren manchmal gedehnt, und manchmal drängten sie sich eng aneinander. Ich begann zu lesen.

Liebe Ingrid,

oje, jetzt weiß ich nicht, was ich Dir schreiben soll, weil es ja doch sonst ich bin, der unterwegs ist und halt nicht andersherum, aber das macht nichts.

Du hast Dein Leben lang von Amerika geträumt und ich freue mich für Dich, dass Du nun auf diese Reise gehen kannst.

Wenn ich auf Reisen bin, telefonieren wir ja immer. Aber Amerika hat eben eine andere Uhrzeit.

Unser Kaffeetrinken wird mir fehlen an den Sonntagen. Dafür siehst Du das Land, in dem all unsere Lieblingsserien spielen, vielleicht (bis auf eine), und das ist viel besser. Gib acht auf Dich!

Sei glücklich, Ingrid!
Sei mutig, Du schaffst das!
Bleib wie Du bist!

Gute Reise,
Dein Bernd

PS. Die Wahrheit liegt in der Mitte.

Nein, da stand kein einziges Wort von Liebe. Plötzlich war ich enttäuscht, dass ich recht behalten hatte. Und dann wurde ich wütend auf Jakob. Wenn er mir nicht diesen Floh ins Ohr gesetzt hätte, dann hätte ich von diesem Brief auch nichts Besonderes erwartet.

«Von wegen Liebesbrief», sagte ich und warf das Papier auf den kleinen Tisch vor mir.

«Das sehe ich anders», sagte er.

«Du hast den Brief ja gar nicht gelesen.»

«Das muss ich auch nicht», behauptete er und befühlte ihn. «Büttenpapier, königsblaue Tinte, gefütterter Umschlag. Da hat jemand viel Liebe darauf verwendet und dann Belanglosigkeiten hineingeschrieben, um sich nicht zu verraten.»

Ich überflog den Brief noch einmal. Und mit einem Mal dachte ich, dass Jakob vielleicht wirklich recht haben könnte.

«Bleib, wie Du bist», hatte Bernd geschrieben, als ob er geahnt hätte, dass ich noch einen Moment zuvor über eine Schönheitsoperation nachgedacht hatte. Er würde wirklich nicht wollen, dass ich etwas an mir veränderte oder an mir herumschneiden ließ.

Hatte Jakob vielleicht auch recht damit, dass dies ein verschlüsselter Liebesbrief war? Einen Liebesbrief hatte ich mir immer anders vorgestellt, ein bisschen kitschig und zu Tränen rührend wie in einem Film. Aber im echten Leben war nichts wie im Film.

Trotzdem war ich unsicher. In mich verliebte man sich

doch nicht. Und erst recht nicht, wenn man mein Schwager war. Oder etwa doch?

«Mal angenommen, mein Schwager wäre wirklich in mich verliebt», überlegte ich laut. «Warum hat er das dann nicht hingeschrieben?»

«Ganz einfach», erwiderte Jakob. «Weil er denkt, dass du nicht das Gleiche fühlst.»

Ich ließ mir die Worte durch den Kopf gehen und nickte. Wenn man es so drehte, war es vielleicht besser, dass er es mir nicht geschrieben hatte. Ein unerwidertes Liebesgeständnis konnte eine Freundschaft unwiederbringlich zerstören.

Ein bisschen war ich traurig, dass der Brief in meiner Hand einfach nur ein Brief war. Aber kein noch so kitschiger und filmreifer Liebesbrief wäre es mir wert gewesen, Bernd als Freund und Vertrauten zu verlieren.

Jakob 20:52 Uhr

Ging es um andere, fiel es mir leicht, eins und eins zusammenzuzählen.

Lange bevor mein Freund Nick erwähnte, ihm ginge Xenia, die Empfangsdame in unserem Fitnessstudio, nicht mehr aus dem Kopf, wusste ich, die beiden würden ein tolles Paar abgeben. Auch meinem späteren Schwager habe ich auf hundert Metern Entfernung angesehen, dass er Gefallen an meiner Schwester fand, weswegen ich die beiden sofort miteinander bekannt machte. Marten war ein früherer Kommilitone, dem ich nach langer Zeit zufällig beim Joggen im Grunewald über den Weg gelaufen war und den ich spontan zu unserer Einweihungsparty im neuen Haus eingeladen hatte.

Nun war es für Ingrid und ihren Schwager wohl zu spät, um auch eine gemeinsame Familie zu gründen. Aber gegen eine neue Liebe sprach schließlich nichts, zumal es mir in der Seele weh tat, wie viel vergebliche Hoffnung sie in ihren Dirigenten setzte.

Nach allem, was ich über Milan Berings Machenschaften in meinem Gedächtnis ausgegraben hatte, musste ich Ingrid schützen. Vor allem vor Enttäuschung. Aber hatte ich wirklich das Recht, mich in ihr Leben einzumischen? Wir kannten uns gerade mal ein paar Stunden. Unter normalen Umständen wären wir uns niemals begegnet, geschweige denn ins Gespräch gekommen. Es war ein Dilemma, mit dem ich mich unwohl fühlte. Ein Gefühl, das mir leider allzu vertraut war.

Aus dem Augenwinkel sah ich, wie Ingrid mit gesenktem Kopf auf ihren Brief starrte. Ganz sicher war sie nicht bloß eingeschlafen.

Ich wollte nicht indiskret sein, beugte mich dann aber doch zu ihr rüber, um an ihrem Gesicht abzulesen, wie es ihr nach der Lektüre ging.

Erst nach einer Weile hob sie den Kopf und blickte mit ernster Miene in den schwarzen Nachthimmel zum Fenster hinaus. «Ich habe mich gar nicht richtig verabschiedet», sagte sie, so leise, dass ich mich gerne vergewissert hätte, ob ich sie auch richtig verstanden hatte.

«Er hat mich zum Flughafen gebracht, das waren immerhin fast zwei Stunden Fahrt. Aber ich war so aufgeregt, dass ich nicht einmal mehr sagen kann, worüber wir unterwegs geredet haben», erklärte Ingrid und schüttelte verwundert den Kopf. Sie steckte den Brief zurück in den Umschlag.

«Ich bin mir sicher, Bernd wird diese denkwürdige Fahrt in guter Erinnerung behalten. Es ist doch ganz normal, dass der Reisende zerstreuter ist als derjenige, der zu Hause zurückbleibt», versuchte ich sie zu trösten, denn ihre Augen schienen sich mit Tränen zu füllen. In dieser Situation, mitten über dem Atlantik und den Kopf voller Zahlen, wollte ich um jeden Preis verhindern, dass die beklemmenden Gedanken auch von mir Besitz ergriffen.

«Zu Hause?» Sie sah mich irritiert an.

«Na, nicht euer gemeinsames Zuhause. Ich … ich meinte das so allgemein. Je weiter man von seiner Heimat entfernt ist, desto großzügiger wird man doch mit der geographischen Verortung des Zuhauses, oder?»

Ingrid kräuselte ihre ohnehin schon faltige Stirn noch mehr.

«Also, wenn mich im Job jemand fragt, wo ich herkomme», erläuterte ich weiter, «sage ich nicht aus Charlottenburg oder Berlin, sondern aus Deutschland. Deswegen sprach ich eben von zu Hause, auch wenn ich mir schon denken kann, dass du und Bernd nicht zusammen wohnt.»

«Warum sollten wir denn auch zusammen wohnen?», wunderte sich Ingrid. «Milan ist doch der einzige Mann in meinem Leben.»

Wenn ich es jetzt nicht schaffte, ihr reinen Wein über Milan einzuschenken, würde ich es überhaupt nicht mehr tun, dachte ich noch, als meine Sitznachbarin sich plötzlich straffte und verkündete: «Schon in wenigen Stunden beginnt mein neues Leben. Ich kann es kaum erwarten.»

Verdammt. Fieberhaft suchte ich nach einer eleganten Einleitung für das, was ich zu sagen hatte.

«Sind Sie … denn wirklich sicher, dass –»

Ingrid unterbrach mich und lachte. «Wieso denn plötzlich wieder so förmlich, Jakob?»

«Sorry, ich meine, bist du denn sicher, dass es richtig ist, was du tust? Offenbar hast du ja einiges aufgegeben für eine recht ungewisse Zukunft.»

Ich hielt die Luft an und machte mich auf eine saftige Replik gefasst.

«Ganz genau. Und darauf sollten wir unbedingt noch mal anstoßen. Meine herrlich unverplante Zukunft!» Sie wurde wieder etwas nachdenklicher. «Mein ganzes Leben habe ich mit Pflichten und Plänen verbracht, mit Einkaufslisten für die Woche, Haushaltsgeldlisten bis zum Ende jeden Monats, Kochrezepten, die alle Unverträglichkeiten meiner Mutter berücksichtigen, dem Opernspielplan, Dienstplänen für Matineen … und all das ohne Platz für Träume oder Verrücktheiten!»

«Ach», entgegnete ich, weil mir nichts einfiel, was ich auf diese Entschlusskraft hin hätte erwidern sollen.

Vielleicht war es auch wirklich nicht meine Aufgabe, die Zukunftspläne meiner Zufallsbekanntschaft in Frage zu stellen. Aus welchem Grund sollte es ausgerechnet mir zustehen, einen wildfremden Menschen auf seine möglichen Verfehlungen hinzuweisen? Wo ich doch selbst ständig Entscheidungen traf, die falsch waren. Nun blickte ich in das tiefe Schwarz des Himmels, der genauso gut der Abgrund meiner Seele hätte sein können.

«Wie wär's? Darf ich dir noch einen Schnaps bestellen?»

Ingrid knuffte mich erwartungsfroh in die Seite. Ich hob bereits abwehrend die Hände bei dem Gedanken an den grausigen nächsten Morgen, an dem ich mit einem Kater und Schlafmangel würde zu kämpfen haben. Und trotzdem hörte ich mich sagen: «Warum nicht?»

Erstaunlich souverän orderte Ingrid zwei weitere Gläser des französischen Weinbrands und sprach zum Anstoßen einen Toast aus: «Auf unsere Zukunft!»

Es schmeckte bitter.

«Wie sieht denn deine Zukunft eigentlich aus? Lebst du deine Träume?»

Die Frage erwischte mich kalt. Und unter normalen Umständen wäre ich sicher gewillt gewesen, sie ohne jeden persönlichen Bezug zu beantworten. Aber die Umstände hier im Flieger waren nicht normal. Noch nie hatte ich mich so … ja, so nackt gefühlt. So als hätte man mir einen Schutzmantel geklaut, der mich bislang davor bewahrt hatte, der Wahrheit ins Gesicht zu sehen.

«Ach, im Moment lebe ich meinen Albtraum», entgegnete ich knapp und leerte den Cognacschwenker in einem Zug.

«Wieso das?», wunderte sich Ingrid, womit ich natürlich hatte rechnen müssen. Sofort überkam mich Panik. Denn ich spürte intuitiv: Wenn ich auch nur einen winzigen Ausschnitt meines erbärmlichen Lebens zeigen würde, würde Ingrid mich Miss-Marple-artig sezieren, bis sie in die Abgründe meines Selbst vorgedrungen war.

«Keine Ahnung.» Unruhig rutschte ich auf meinem Sitz hin und her. «Es gab Phasen in meinem Leben, in denen ich halt einfach glücklicher war.»

«So?» Ingrid schien erstaunt. «Das hätte ich nun nicht gedacht. Auf mich machst du den Eindruck, als hättest du dein Leben immer vollkommen im Griff.»

Ich schaute zu Boden und tat das, was ich immer tat, wenn ich nicht wusste, was ich sagen sollte: Ich stellte die Gegenfrage. «Woher weiß man denn, ob man sein Leben im Griff hat?»

Ich sah meine Mitstreiterin offen an. Sie aber wandte den Blick ab und schürzte die Lippen. Offenbar musste sie nachdenken, denn erst nach einer Weile antwortete sie: «Wenn man selbst über sein Leben entscheidet und auch voll hinter diesen Entscheidungen stehen kann.»

Ingrid sah sehr zufrieden aus, so als habe sie soeben

ihre Lebensphilosophie formuliert und einen Haken für sich dahinter gemacht. Kein Wunder, voller Entschiedenheit war sie diese Reise in ein neues Leben angetreten. Und dann musterte sie mich. «Also?» Ihre Augen fixierten meine, so lange, bis es unangenehm wurde.

Einerseits fühlte ich mich mit dem Rücken zur Wand, weil ich wie aus dem Nichts in die prekäre Situation gebracht worden war, eine Fremde womöglich ins Unglück stürzen zu müssen. Andererseits hatte ausgerechnet ich keinen Anspruch auf die Wahrheit, wenn es darum ging, wie man sein Leben gekonnt in die Hand nimmt. Ingrids unerschütterliches Vertrauen in ihre Zukunft beschämte mich jedenfalls zutiefst.

«Also, es freut mich für dich, dass du das so siehst. Und egal, was dich in den Staaten erwartet, du wirst schon das Beste draus machen», erklärte ich daher so unverfänglich wie möglich, um von mir und meinen aufkeimenden Emotionen abzulenken. Es entsprach nun mal nicht meinem Naturell, die Übersicht zu verlieren und Blöße zu zeigen. Doch der Alkohol und die wachsende Müdigkeit machten es mir nicht gerade leichter, meine Gefühle unter Kontrolle zu halten.

«Du lenkst vom Thema ab», stellte Ingrid auch sogleich fest. «Du bist momentan nicht glücklich.» Sie beugte sich vertrauensvoll zu mir und legte den Kopf schief. «Also wenn ich mich mit einem Thema auskenne, dann mit diesem. Ich bin eine gute Zuhörerin. Das sagt Bernd auch immer! Also, wo drückt der Schuh?»

«Ach, das ist bloß eine Momentaufnahme. Es war sicher ein bisschen viel Arbeit in letzter Zeit.»

Statt sich mit dieser Erklärung, die durchaus einen wahren Kern hatte, zufriedenzugeben, legte Ingrid ihre Hand auf meinen Arm.

Na, bravo! Willkommen in Dr. Ingrids Hausapotheke.

«Nun … Sagen wir so», begann ich zögerlich, «mir ist schon klar, dass ich nicht ewig auf diese Weise weitermachen kann. Das viele Fliegen, der Druck … Und zu Hause läuft es natürlich auch nicht ganz rund», schob ich schnell noch hinterher, weil Ingrid nicht aufhörte, mich auffordernd anzustarren.

«Nicht ganz rund?»

«Ist doch normal in einer vierköpfigen Familie mit Kleinkindern.»

Ingrid nickte. «Ich hätte sehr gern noch mehr Kinder gehabt. Machen Kinder nicht eher glücklich als unglücklich?»

Da hatte sie recht. Das war nicht das Problem. Ich liebte meine Kinder. Und ich liebte das Chaos zu Hause. Selbst dann, wenn es laut und bunt wurde und Frederik etwa aus reinem Spaß an der Freude Dinkelbrei in die Fugen unserer italienischen Luxusfliesen schmierte oder Eleonore Vronis Schminkutensilien zweckentfremdete.

«Das stimmt. Ich brauche diesen Trubel. Kinder halten einen lebendig. Aber ich meinte eher so etwas wie die Absprachen mit Vroni. Wir haben einfach sehr wenig Zeit für uns. Da bleibt die Kommunikation halt oft auf der Strecke.»

«Dabei war es doch noch nie so leicht sich abzusprechen wie heute. Ich musste Milan damals Postkarten schreiben, wenn ich mich mit ihm verabreden wollte», sagte Ingrid. Dann setzte sie nachdenklich hinzu: «Aber ich glaube, du meinst gar keine organisatorischen Absprachen. Vielleicht solltest du ihr einfach mal einen Liebesbrief schreiben», schlug sie vor und schmunzelte.

Ich schüttelte den Kopf und verlor vollends den Glauben, Ingrid könnte irgendetwas Konstruktives zur Bewältigung meiner Krise beitragen. Erst jetzt sah ich, dass sie den Brief ihres Schwagers auf dem Schoß noch immer fest umklammert hielt.

«Ist an sich eine schöne Idee», schwindelte ich und unterdrückte ein Gähnen. Es wurde wirklich Zeit, in den Schlaf zu finden, wenn ich einigermaßen ausgeruht in New York ankommen wollte. «Aber das ist nichts für mich.»

«Jetzt erzähl mir nicht, dass du das nicht hinbekommst. Du bist doch schließlich ein Profi mit Worten.»

Ich zuckte mit den Achseln und blickte demonstrativ auf die Uhr.

Aber Ingrid ließ nicht locker. «Oder du schenkst ihr ein schönes Schmuckstück. Das soll in deinen Kreisen ja bekanntlich Wunder bewirken.»

Wollte sie mich hochnehmen? Ich schwieg.

«Oder nein», korrigierte Ingrid sich, «lieber doch keinen Schmuck. Ein Liebesbrief ist so viel kostbarer. Vor allem einer, mit dem man gar nicht rechnet.»

Unweigerlich blickten wir beide auf das Kuvert in

ihrem Schoß, woraufhin Ingrid ergänzte: «Ich an deiner Stelle würde es tun.»

Ich seufzte.

Und dann machte Ingrid plötzlich ein sehr besorgtes Gesicht und sprach etwas aus, das mich erschütterte: «Es sei denn, du liebst deine Frau gar nicht mehr. Dann wäre ein solcher Brief natürlich grundverkehrt.»

Ingrid 21:08 Uhr

Im selben Moment, in dem ich damit herausplatzte, merkte ich auch schon, dass ich zu weit gegangen war.

«Das ist vollkommen unangebracht!», fuhr Jakob mich an.

Verdammt! Warum machte ich nur immer alles mit meinen unbedachten Bemerkungen kaputt? Dabei hatten wir uns doch gerade so gut verstanden! Das lag nur an diesem verflixten «Du».

«Können wir uns bitte wieder siezen?», bat ich deshalb und unterdrückte ein Schluchzen.

«So ein Unsinn», sagte Jakob kalt.

Er sah stur geradeaus, und ich bemerkte eine dicke, pulsierende Ader an seiner Schläfe.

«Entschuldigung. Aber ich wollte wirklich nicht …»,

versuchte ich die Wogen zu glätten. Vor Aufregung wurde mir plötzlich schrecklich warm. Ich streifte meine Strickjacke ab und zog die Blusenärmel hoch.

Jakob sagte schmallippig: «Du musst nicht immer von dir auf andere schließen.»

«Wie meinst du das?», fragte ich und fächelte mir nervös Luft zu.

«Nur weil du deinen zweiten Mann aus materiellen Gründen geheiratet hast, muss das nicht auch für mich zutreffen.»

Ich schwieg gekränkt. Er hatte offensichtlich nichts von dem verstanden, was ich ihm erzählt hatte. Kein Wunder, dass er seiner Frau keinen Liebesbrief schreiben wollte.

Vielleicht war es meinen Eltern damals um finanzielle Sicherheit gegangen, aber mir ganz bestimmt nicht. Das Einzige, wovor ich mich fürchtete, war keine Familie mehr zu haben, die zu mir hielt. Um meinen Lebensunterhalt hatte ich mir damals keine Sorgen gemacht. In der DDR war niemand verhungert. Es gab keine Obdachlosen, die Kindergartenplätze waren kostenlos, und jeder hatte irgendeine Arbeit. Selbst ich hatte eine zugewiesen bekommen, nachdem ich von der Hochschule geflogen war, und zwar im Volkseigenen Betrieb Feinkost. Es war allerdings ein tiefer Sturz vom Studium der Musikwissenschaft hinab zur Fließbandarbeit gewesen. Als ich daran dachte, musste ich unwillkürlich nach den vernarbten Erhebungen auf meinem Unterarm tasten. Dann bemerkte ich, dass Jakob meinem Blick gefolgt war und nun auf die quer zu meinem Handgelenk verlaufenden scharfen Narben starrte. Schnell zog ich den Ärmel wieder darüber. Meistens verbarg ich mein rechtes Handgelenk, weil ich keine Lust auf mitleidige Blicke oder anstrengende Selbstmordgespräche hatte, die dadurch zwangsläufig in Gang gesetzt wurden.

Ich winkte ab. «Das ist nur …», versuchte ich zu erklären, aber Jakob unterbrach mich.

«Nein, nein. Du musst nichts erklären. Es … es tut mir leid», sagte er verunsichert, «ich bin zu weit gegangen. Mir war bis eben nicht klar, wie schlimm all das wirklich für dich gewesen sein muss. Also, ich hoffe, du bist momentan stabil?»

Ich war überrascht. Normalerweise bekam ich Unverständnis und Ablehnung zu spüren oder musste meine Geschichte erzählen – und keiner glaubte sie mir.

Jakobs Mitgefühl dagegen schien aufrichtig zu sein.

«Also ich meine», fuhr er behutsam fort, «es gibt immer einen Ausweg. Und das da …», er zeigte auf mein Ärmelbündchen, «ist ganz sicher keiner. Nichts und niemand ist das wert.»

Behutsam legte er seine Hand auf meinen Arm, als wolle er die Narben heilen. Durch den dünnen Stoff hindurch spürte ich seine Wärme, und mein Puls beschleunigte sich. Es fühlte sich so gut an, wenn sich jemand um mich sorgte.

«Möchtest du mir Genaueres darüber erzählen?», fragte er.

In seiner Stimme schwang jetzt ein ganz weicher Unterton mit. Für einen winzigen Moment noch genoss ich seine Fürsorge, dann gab ich mir einen Ruck. Ich würde es ihm wohl erklären müssen.

«Es war die Konservenfabrik», versuchte ich die Sache klarzustellen.

«Welche Konservenfabrik?»

«Ich wurde nach meinem Studienrauswurf zur Bewährung in die sozialistische Produktion geschickt, in den VEB Feinkost», erklärte ich. «Das wurde oft mit Intellektuellen gemacht, die sich danebenbenommen hatten. Die kamen dann ans Fließband oder in den Tagebau.»

«Oh», sagte Jakob. «Verstehe. Erniedrigung durch niedere Arbeiten. Ich würde es vermutlich auch nicht verkraften, wenn ich als Strafe in der Fleischfabrik arbeiten müsste. Ich nehme an, du hast keinen Ausweg aus der Situation gesehen?»

«Nein», widersprach ich. «Die Arbeit war zwar stupide, und die Kollegen waren keine Feingeister, aber herzlich. Das ließ sich schon aushalten. Ich wusste ja, warum ich dort war, und diesen Preis war es mir wert.»

«Aber was ist dann passiert?», wollte Jakob wissen.

«Ich musste dort jahrelang riesige Dosen mit Tomatenpüree ausleeren», antwortete ich.

«Das verstehe ich nicht», entgegnete Jakob irritiert.

«Na, daraus wurde Ketchup gekocht», erklärte ich. «Wobei ich mich frage, wo der Ketchup eigentlich hingekommen ist, denn in unseren Läden gab es nie welchen zu kaufen.»

«Ich meine, ich verstehe den Zusammenhang nicht.»

«Die Blechbüchsen waren riesig.» Ich deutete die Größe der 10-Liter-Dosen an. «Die musste man so mit dem linken Arm halten und dabei mit der rechten Hand ausleeren. Und zwar gründlich, vom Boden bis zum Rand, damit nichts verschwendet wurde. Und an den scharfen Rändern schnitt ich mir ständig den Unterarm auf, durch die Gummihandschuhe hindurch.»

«Du meinst, das waren Arbeitsunfälle?», fragte Jakob ungläubig. Mit einem Blick und einer Geste fragte er, ob er sich die Stelle genauer ansehen dürfe. Ich hielt ihm meinen Arm hin. Er nahm mein Handgelenk, schob den Ärmel hoch und betrachtete die Narben.

«Zum Glück ist Tomatenpüree rot, da hat man es nicht gesehen, wenn was reintropfte», sagte ich spöttisch. «Und es tropfte ständig was.»

Jakob sah mich zweifelnd an. «Hast du dir das vielleicht gerade eben ausgedacht?»

«Die Geschichte glaubt nie einer, und meistens ist es leichter, einfach zu sagen, ich hätte eine Dummheit gemacht. Aber es ist die reine Wahrheit», versicherte ich. «Ich habe wirklich niemals daran gedacht, mir das Leben zu nehmen.»

«So ist das also», sagte Jakob und sah mich durchdringend an. Dann stellte er fest: «Du hast gerade versucht, mich zu manipulieren.»

Jetzt, wo er mich nicht mehr für selbstmordgefährdet hielt, war er wieder merklich kühler.

«Ich habe niemals gesagt, dass ich mir etwas antun wollte!», wehrte ich mich.

«Aber du hast genau gewusst, was ich denken musste, und mich absichtlich im Unklaren gelassen.»

Ich wurde rot. «Ich weiß», sagte ich kleinlaut. «Aber es hat von meiner dummen Bemerkung von vorhin abgelenkt. Und dafür war ich so dankbar.»

«Welche dumme Bemerkung?» Jakob überlegte einen Moment, dann fiel es ihm wieder ein. «Ach so. Dass ich meine Frau nicht mehr lieben würde. Also, noch einmal: Das ist Unsinn! Ich liebe meine Frau. Es ist nur einfach nicht mehr so wie am Anfang. Das ist alles. Und so etwas ist ganz normal.»

«Aber natürlich», versicherte ich schnell. «Und genau deshalb solltest du ihr einen Liebesbrief schreiben. Damit es wieder wird wie am Anfang. So einen Brief kann man immer wieder lesen. Auch in schlechten Zeiten. Das ist etwas für die Ewigkeit.»

«Nichts», prophezeite Jakob düster, «ist für die Ewigkeit.»

«Doch», widersprach ich. «Musik ist für die Ewigkeit. Und ein schöner Brief auch. Deshalb habe ich Milan so viele geschrieben.»

«Aha», bemerkte Jakob. «Und wie viele Antworten hast du von ihm bekommen?»

«Keine einzige», gab ich zu.

Das schien ihn nicht zu überraschen. «Warum hast du trotzdem immer weiter geschrieben?», wollte er wissen.

«Das verstehst du nicht», stellte ich fest. «Seine Post wurde doch abgefangen. Also habe ich so viele Briefe geschrieben, in der Hoffnung, dass wenigstens einer bei ihm ankommt.»

Dabei hatte ich nach seiner Flucht nicht einmal eine Adresse, an die ich sie schicken konnte. Deshalb schrieb ich an das Theater, an dem Milan mit seinem Orchester gastiert hatte. Außerdem schickte ich Briefe mit Nachrichten für ihn an die deutsche Botschaft in Paris. Ebenso an das *Hôtel de Ville*, dem Sitz des Pariser Rathauses, und an das französische Rote Kreuz. Meine Zeilen für Milan steckte ich immer in einen noch größeren Umschlag mit einem zweiten Brief, in dem ich meine Lage erklärte. Dafür lernte ich sogar Französisch. Und noch später schob ich die Briefe in einen dritten Umschlag, den ich an meine russische Brieffreundin schickte. Die hatten wir damals alle in der 5. Klasse verordnet bekommen. Mit Irina verband mich aber tatsächlich über viele Jahre eine Brieffreundschaft. Ich hoffte, dass sie nicht überprüft wurde und meine Post weiterleitete.

Ich schrieb Milan über meine Liebe zu ihm, darüber, wie sich das Baby zum ersten Mal in meinem Bauch bewegte, wie ich es zur Welt gebracht hatte, dass es ein Junge, unser Christian war, der mich so sehr an ihn erinnerte. Ich schrieb, wie Christian mich zum ersten Mal anlächelte und wie er Klavier spielen lernte. Ich schrieb immer weiter, ohne zu wissen, ob Milan es jemals lesen würde.

Aber all die Briefe und damit all meine Hoffnungen verschwanden ins Nichts.

Was wurde also aus meinen Nachrichten, die ich zu Milan nach draußen in die Welt schickte? Manches erfuhr ich erst viele Jahre später, als ich meine Stasiakte einsehen durfte, manches, als ich vor kurzem mit Milan telefonierte, und manches würde ich wohl niemals erfahren.

«Hier, guck mal.» Ich holte die Akte aus meiner Tasche. Sie war sehr dick, speckig und abgegriffen.

«Was hast du denn noch alles in dieser Tasche? Die scheint wirklich unerschöpflich zu sein», bemerkte Jakob schmunzelnd.

«Ich muss Milan doch beweisen, dass ich ihn nicht einfach so aufgegeben habe. Ich konnte schließlich nichts dafür», erklärte ich.

In der braunen Mappe befanden sich vor allem maschinengetippte Berichte und unzählige Gesprächsprotokolle. Dazwischen waren aber auch ein paar Briefumschläge abgeheftet, die nach Frankreich hatten gehen sollen, jedoch keine, die ich zu Irina in die Sowjetunion geschickt hatte. Sie schienen ihr Ziel erreicht zu haben, denn es war auch eine Antwort des Pariser Rathauses dabei.

«Einige der Briefe sind am Ende zu mir zurückgekommen. Siehst du? Vielleicht kannst du dir hier ein paar Anregungen holen, für deinen eigenen Liebesbrief.» Ich lachte, zog ein paar Seiten heraus und breitete meine ungeschickt formulierten und rührseligen Zeilen aus.

Jakob blieb ernst. «Ich schreibe Liebesbriefe, wenn mir danach ist, und ich kopiere sie nicht.»

Trotzdem blätterte er interessiert die Akte durch. «Weißt du, was merkwürdig ist?», fragte er.

«Die ganze Akte.» Ich lächelte traurig. «Eigentlich war das ganze System *merkwürdig*.»

«Das auch, aber guck mal, hier sind nur deine Briefe. Wo sind die von Milan? Müssten die nicht auch hier sein?»

«Ja, das wäre schön», seufzte ich. «Dann könnte ich sie immer und immer wieder lesen. Aber ich denke, die sind alle vernichtet worden. Es ist ein Jammer.»

«Und warum ausgerechnet nur seine?», bohrte Jakob nach. «Was ist, wenn er dir gar nicht geschrieben hat?»

«Natürlich hat er das!», widersprach ich heftig. «Ich habe ihn schließlich danach gefragt, als er mich angerufen hat. Es ist zwar alles sehr lange her, und er wusste nicht mehr genau, wie viele Briefe es waren, aber er hat mir auch geschrieben.»

«Und doch gibt es dafür keinen Beweis.» Jakob benutzte schon wieder diesen anwaltlichen Tonfall. «Findest du das nicht verdächtig? Alles ist säuberlich in dieser Akte abgeheftet, und nur seine Briefe fehlen?!»

«O nein», sagte ich. «Es sind noch mehr Dinge verschwunden. Ich hatte Milan zum Beispiel mal einen Schal gestrickt. Für die Zeit, in der er in Kanada war. Der ist auch nie aufgetaucht.»

«Soso, ein selbstgestrickter Schal.»

«Ja», bestätigte ich. «Und ich habe Taschentücher mit

seinen Initialen bestickt. Und eine Mappe aus Leder genäht, für seine Noten. Nichts davon ist in der Akte.»

Jakob sah mich erstaunt an. «Du hast für ihn Sachen gebastelt?»

«Ich weiß ...», sagte ich verlegen, «du findest das sicher albern. Aber irgendwie muss man seine Liebe doch zeigen.»

«Ich finde es überhaupt nicht albern», widersprach Jakob.

«Doch, doch, du kannst es ruhig zugeben. Bei dir ist alles wie vom Designer.»

In Jakobs Familie gab es vermutlich nichts laienhaft Zusammengeschustertes, da wurde nichts geflickt oder gestopft. Und wenn der Aufhänger von seinem Mantel abging, flog das teure Stück sicher gleich in die Altkleidersammlung. Alles was er trug, sah nagelneu aus, als wäre es vor fünf Minuten von einem Maßschneidersalon geliefert worden.

«Ach, so siehst du mich?», entgegnete er.

«Aber es stimmt doch. Zeig mir mal deinen Schlüsselbund», forderte ich.

«Wozu denn das?», fragte Jakob, holte ihn aber trotzdem hervor.

Die Schlüssel hingen an einem auf Hochglanz polierten Ring mit einem Lederanhänger, der noch keinen einzigen Kratzer abbekommen hatte und nicht einmal an den Ecken abgestoßen war. Ich kramte meinen Schlüsselbund aus der Tasche heraus und legte ihn zum Vergleich daneben. An ihm baumelte ein abgeschabtes Perlenpüppchen, dem ein Bein fehlte. Mein Sohn hatte es vor vielen Jahren für mich gebastelt, und ich würde es niemals eintauschen, auch nicht gegen das schickste und teuerste Schmuckstück.

«Verstehst du, was ich meine?», fragte ich mit Blick auf die beiden so unterschiedlichen Anhänger.

Jakob nickte betroffen und fuhr sich mit der Hand über sein Hemd. Es sah, trotz des langen Flugs, den wir schon hinter uns gebracht hatten, nach wie vor blütenweiß und wie frisch gebügelt und gestärkt aus.

Mein Schwager Bernd musste auch immer Anzüge und Hemden tragen. Einmal kam er direkt nach einer Dienstreise zu mir, weil meine Spüle leckte. Er reparierte mir die Abflussleitung und zog sich dabei einen kleinen Riss in seinem guten Hemd zu. Ich flickte die Stelle sorgfältig, aber natürlich war der Fehler trotzdem noch zu sehen. Deshalb wollte ich Bernd das Hemd gern ersetzen. Er lehnte jedoch ab, denn er meinte, dieser kleine Flicken würde ihn immer daran erinnern, dass es jemanden gab, der sich die Mühe für ihn gemacht hatte.

Und plötzlich wurde mir etwas klar: Jakob besaß absolut nichts Selbstgemachtes. Niemand hatte Liebe und Zeit darauf verwendet, ihm einen Pullover zu stricken oder ein paar Socken. Niemand hatte unbeholfene Spuren hinterlassen, alles war von vollkommener, unterkühlter Perfektion. Ich begann zu ahnen, wie seine Wohnung aussah.

Es stimmte schon, ich war nicht vorzeigbar, und meine

Kleider waren drittklassig. Jakob dagegen sah aus, wie aus einem Hochglanzmagazin entstiegen. Und doch kam es mir in diesem Moment so vor, als wäre er ärmer als ich. Mitfühlend legte ich meine Hand auf seine.

«Es tut mir wirklich leid, dass ich vorhin so etwas Dummes gesagt habe. Ich hab nicht nachgedacht. Natürlich liebst du deine Frau.»

«Selbstverständlich, was denn sonst», gab Jakob unwillig zurück.

«Ich weiß», sagte ich bedauernd, «ich weiß. Ach, ich bin so ein Trampel! Es ist natürlich umgekehrt: Sie liebt dich nicht mehr!»

Jakob 21:26 Uhr

«Bitte?», entgegnete ich. «Das ist ja lächerlich!»

Ich schüttelte den Kopf und atmete schwer durch. So etwas war mir noch nie passiert! Ein wildfremder Mensch verwickelte mich stundenlang in ein Gespräch, um mir am Ende einreden zu wollen, dass meine Ehe vor dem Aus stand. Das war ... es war eine Frechheit, und ich suchte nochmals nach passenden Worten, um meinen Unmut kundzutun.

«Wieso?», kam mir Ingrid mit ihrer aufdringlichen

Neugier zuvor. «Ich meine, so was kommt selbst in den besten Kreisen vor. Eigentlich besonders in den besten Kreisen. Die Frau langweilt sich zu Hause, während der Mann mit dem Job verheiratet ist. Und irgendwann hat er dann eben der Sekretärin mehr zu sagen als der eigenen Frau.»

«Stopp jetzt!», zischte ich sie an. Ich war plötzlich sehr wütend und kurz davor, Ingrid auf den Kopf zuzusagen, dass Milan sie ganz gewiss nicht liebte, sondern bloß aus reiner Berechnung wieder Kontakt zu ihr aufgenommen hatte.

«Na ja, entschuldige mal!» Sie ließ nicht locker. «Das heißt ja nicht, dass man das Feuer nicht auch wieder entflammen kann. Schau mich an! Ich bin der beste Beweis, dass man eine Ehe sogar nach Jahrzehnten wieder aufleben lassen kann.»

Ingrid sah mich aufmunternd an. Ich aber konnte ein Augenrollen nicht länger unterdrücken und sagte entschieden: «Es ist ja nett gemeint, wenn du um das Wohl meiner Ehe besorgt bist. Aber es ist jetzt und hier weder der richtige Ort noch die richtige Zeit, mir Probleme andichten zu wollen, wo gar keine sind. Mein einziges Problem ist akuter Schlafmangel. Sei mir nicht böse, aber wir sollten unsere Unterhaltung jetzt beenden.»

Ingrid errötete, sagte aber nichts mehr. Ich schloss die Augen und musste mich erst einmal sammeln.

Es war ja nicht so, dass ich mir die Frage nicht schon selbst gestellt hatte, ob Vroni mich noch liebte. Genauso, wie ich mir immer wieder vor Augen hielt, dass ich sie aus einem guten Grund geheiratet hatte. Und zwar aus Liebe.

Das, was wir hatten, war etwas ganz Besonders. Schon die Umstände, unter denen wir uns kennengelernt hatten, waren romantisch gewesen. So romantisch, dass unsere Trauzeugen die Geschichte vor den hundertfünfzig Gästen auf unserer Hochzeit zum Besten gaben. Aber natürlich stellten sie es zunächst ganz dramatisch dar: Denn ein Unfall hatte uns zusammengeführt. Wir lernten uns vor acht Jahren im Skiurlaub in Tirol kennen, nicht aber beim Après-Ski, wie man meinen könnte. Nein, wir trafen uns mitten auf der Piste – und das wortwörtlich. Vroni war schon damals eine sehr gute Snowboard-Fahrerin gewesen und hatte mich einfach über den Haufen gefahren, als ich gerade meinem Kumpel Nick auf die Beine helfen wollte, der auf der schwarzen Piste gestürzt war. Zum Glück war keinem von uns etwas Schlimmeres passiert, außer dass ich sofort mein Herz verlor. Ich lag im Schnee, schaute in den strahlend blauen Himmel, als sich plötzlich diese sympathische und dazu noch schöne Frau über mich beugte und mir besorgt die Wange streichelte. Im Nachhinein gestand Vroni mir, dass es ihr ähnlich ergangen war. Sie spürte die Anziehung und verliebte sich in mich noch am selben Abend bei einem gemeinsamen Grog, zu dem sie mich als Entschuldigung einlud. Wir redeten die ganze Nacht, stellten etliche Gemeinsamkeiten fest – etwa dass wir eine Schwäche für Kaiserschmarrn und natürlich die Berge hatten, obwohl wir beide aus Berlin kamen. Aber auch die gleichen Abneigungen, zum Beispiel gegen alles, was laut war, wobei sich erst im Laufe der Jahre gezeigt hatte, dass Vroni dies eher auf den Lärm im Alltag wie Türenknallen und Musikhören bezog, während ich eher große Gesellschaften mied, obwohl Vroni es liebte, viele Gäste auf einmal um sich herum zu haben.

Ein Paar wurden wir auch erst ein paar Monate später, nachdem sie einer anderen lockeren Bekanntschaft den Laufpass gegeben hatte. Ab dem Zeitpunkt waren wir aber unzertrennlich. Wir fühlten uns wie in einem Kokon und erfüllten jedes Klischee eines frisch verliebten Pärchens. Um uns herum sagten alle, wir seien füreinander bestimmt. Tatsächlich wurde alles andere zur Nebensache. Mein Praktikum in einer Kanzlei in Mitte, meine Fußballtruppe, Vronis Studium, ihre Freundinnen … Wir reisten in dieser Zeit viel durch die Weltgeschichte, verbrachten Traumurlaube in Kambodscha, Laos, Mexiko, Südafrika und Sri Lanka, wo ich Vroni nur zwei Jahre nach unserer so schicksalhaften wie stürmischen Begegnung im Schnee einen Antrag machte. Ich war mir sicher, sie würde ja sagen. Und so war es auch. Unser Leben war fast zu schön, um wahr zu sein. Es schien perfekt. Bis ein lange Zeit unerfüllter Kinderwunsch unser Glück trübte …

Mein Brustkorb schnürte sich zu, aber ich traute mich nicht, die Augen zu öffnen. Irgendwie hatte ich das ungute Gefühl, Ingrid beobachtete mich. Ich sehnte mich danach, endlich einzuschlafen. Loszulassen. Und wie so oft in letzter Zeit spürte ich sogar den Wunsch, einfach nicht mehr aufzuwachen. Es wäre ein sauberer Abgang. Ich war gut versichert und würde meiner Familie ein kleines Vermögen hinterlassen. Niemanden träfe irgendeine Schuld. Es gäbe keinen Makel. Es wäre bloß ein tragisches Ende, für das niemand verantwortlich war, außer das Schicksal selbst. Vroni würde sicher verzweifelt sein und ein, zwei Jahre brauchen, um das Trauma zu überwinden. Doch dann würde sie ganz sicher eine neue Liebe finden, im Idealfall einen fürsorglichen Mann, der sie auf Händen trug. Einen, den sie auch verdiente und der den Kids Halt bot. Noch waren sie zu klein, um sich später an mich erinnern zu können. Wenn es einen guten Zeitpunkt gab, um den Absprung zu schaffen, dann jetzt!

Meine Kehle wurde noch enger, wie immer, wenn meine Gedanken so fehlgeleitet wurden. Dabei hatte ich gar keine Angst vor meinem Ende. Aber ich ertrug die Vorstellung nicht, Freddi und Elli nie wieder zu sehen. Jedes Mal, wenn ich in so ein verdammtes Flugzeug wie dieses stieg, sah ich die beiden vor meinem geistigen Auge, wie Vroni sie auf dem Arm trug und sie mir ein letztes Mal zuwinkten. Mit diesem traurigen Ausdruck in ihrem Blick, als würde ich sie mit Absicht für immer verlassen. Noch verstanden sie einfach nicht, dass ihr Papa keine andere Wahl hatte, als Karriere zu machen, um uns allen auch langfristig ein sorgenfreies Leben zu ermöglichen. Es galt, bloß noch eine Weile durchzuhalten. Noch knapp zwei Jahre, dann würde ich *Parson & Simon LLP* den Rücken kehren können, ohne mein Gesicht zu verlieren. Dann würde ich in Berlin etwas finden. Ich würde rechtzeitig meine Fühler ausstrecken und einen neuen, lukrativen Posten suchen mit der eindrucksvollen Referenz und internationalen Erfahrung, die ich dann vorweisen konnte.

Aber jetzt hieß es, die Zähne zusammenzubeißen und zu hoffen, dass die Krise bis dahin überstanden war. Denn genau das war es: Vroni und ich hatten eine Krise. Nicht mehr und nicht weniger, so wie es in jeder Ehe früher oder später vorkam. Es war durchaus gut, mir das einzugestehen. Jedenfalls hatte ich keinerlei Interesse daran, mir von einer Zufallsbekanntschaft etwas anderes einreden zu lassen.

Doch Ingrid sah mich mit hochgezogenen Augenbrauen an, als ich aufblickte. Ich fand einfach keine Ruhe. Also sagte ich missmutig: «Meinst du nicht, du solltest dich auch etwas ausruhen?»

«Aber wie soll ich denn bei diesen schlechten Schwingungen hier?!», beklagte sie sich sofort.

Ich atmete hörbar tief durch und richtete mich auf. Dann sah ich sie eindringlich an und entgegnete: «Ingrid, was soll das? Willst du mir jetzt auch noch ein schlechtes Gewissen machen?»

«Ha!», frohlockte sie. «Ein schlechtes Gewissen kann man sich nicht einreden lassen. Entweder man hat Schuldgefühle oder nicht. Und wenn du wie eine beleidigte Leberwurst auf meine Bemerkungen reagierst, dann sicher nur, weil die Wahrheit nicht allzu weit davon entfernt sein kann!»

Alle Achtung. Mit so viel Gegenwind hatte ich nicht gerechnet.

Ich grinste gequält und dachte darüber nach, wie ich am unverfänglichsten aus der Nummer wieder rauskam.

«Die Wahrheit?! Es gibt nicht immer nur die eine Wahrheit, Ingrid. Das weiß ich als Jurist leider nur zu gut», hörte ich mich sagen und kam mir wieder sehr schlau vor.

Aber Ingrid fühlte sich offenbar erst recht herausgefordert. «Eben. Jede Medaille hat zwei Seiten. Und das hat dein Problem auch. Mehr sage ich ja gar nicht.»

«Ich habe aber kein Problem!»

Ich hatte Mühe, meine Lautstärke zu mäßigen. Der Asiate nebenan warf mir auch sogleich einen missbilligenden Blick zu, und auch Ingrid wirkte erschrocken.

«Ist alles in Ordnung?», war plötzlich die auffallend freundliche Stewardess zu hören, die sich zu uns herunterbeugte. Sie lächelte mich eindringlich an, und ich war mir nicht sicher, ob mir dieses Lächeln gefiel.

Ich nickte nur.

«Haben Sie vielleicht noch einen Wunsch?»

Ihr aufdringliches Bemühen war mir unangenehm. Vielleicht hatte sie Sorge, ich wäre einer dieser unberechenbaren Passagiere, die man mit geschulten Ansagen in Schach halten musste, um einen Amoklauf zu verhindern, der alle ins Unglück stürzte.

«Darf ich Ihnen vielleicht wieder ein Zitronensorbet mit Calvados servieren?», drängte sie mit vielsagendem Blick.

Nun dämmerte es mir. Mein Brustkorb wurde sofort wieder eng. Ich fühlte mich ertappt und spürte, wie ich widerwillig errötete.

«Nein, danke», wehrte ich ab.

«Also ich nehme gerne eins!», sagte Ingrid.

«Natürlich, kommt sofort», erklärte die Stewardess freundlich. Sie ließ sich nichts anmerken.

Als sie aus unserem Blickfeld verschwunden war, stieß mich Ingrid in die Seite und sah mich verheißungsvoll an. «Du kennst die Dame?!»

Ich zuckte mit den Schultern. «Ich bin Vielflieger, ich kann mich nicht erinnern.» Das war zwar geschwindelt, aber es ging Ingrid nun mal nichts an, unter welchen Umständen ich der Flugbegleiterin schon ein Mal begegnet war.

«Aber sie kann sich anscheinend sehr gut erinnern», erklärte Ingrid schmunzelnd, «so, wie sie dich die ganze Zeit ansieht.»

«Blödsinn», entgegnete ich entnervt. Es war wirklich mühsam. Hätte ich bloß nie diese Unterhaltung begonnen!

«Ist doch auch nichts dabei, wenn man ein bisschen flirtet», behauptete Ingrid. «Das ist gut fürs Selbstwertgefühl. Ich bin ja immer der Meinung, so etwas trainiert die Liebe sogar!»

Triumphierend sah sie mich an, so als hätte sie gerade die Weltformel formuliert. Ich schüttelte verständnislos mit dem Kopf.

«Es ist doch so», führte sie ungefragt aus, «wenn in der Partnerschaft alles stimmt, dann können noch so viele attraktive Stewardessen angeflattert kommen und einem schöne Augen machen. Wahre Liebe macht immun gegen Avancen des anderen Geschlechts. Ist in der Beziehung allerdings schon etwas im Argen, braucht es nur einen Augenaufschlag, und man ist gefährdet, nicht wahr?»

«Woher soll ich das wissen?», protestierte ich ungehalten. Es war unerträglich.

Dann kam die Stewardess und brachte die Bestellung. Ingrid machte sich sofort über das Sorbet her, das in meiner Erinnerung recht bitter schmeckte.

«Genau das meine ich», nuschelte sie zufrieden zwischen zwei Löffeln. «Deshalb nehme ich alles zurück. Wäre deine Ehe wirklich in Gefahr, wäre dir diese hübsche Dame garantiert aufgefallen. Aber du scheinst immun zu sein. Und das bist du nur, wenn hier drin auch wahrhaftig alles stimmt.»

Sie tippte bedeutungsschwanger auf meine Brust, unter der mein Herz spürbar pochte.

Wenn sie wüsste, wie falsch sie lag.

Ingrid 21:38 Uhr

Entspannt lehnte ich mich in die weiche Polsterung zurück, streckte die Beine aus und nickte Jakob zufrieden zu. Er nickte etwas irritiert zurück. Das hatte er wohl nicht vermutet. Ich war eben eine erfahrene Frau und kannte mich mit Flirts aus. Das verdankte ich allerdings weder Milan noch irgendwelchen anderen Männern, sondern Frau Dr. Süder-Langbein. Sie schrieb in meiner Lieblingsillustrierten die Ratgeber-Kolumne, auf die ich mich jedes Mal besonders freute. Sie zu lesen, fühlte sich an wie ein Schwatz mit der besten Freundin.

«Ach, nun guck nicht so betrübt», versuchte ich Jakobs miesepetriges Gesicht aufzuhellen. «In manchen Berufen gehört Flirten einfach zum Geschäft.» Auch das war eine der Weisheiten von Frau Dr. Süder-Langbein.

«Ach ja?»

«Natürlich. Auch ein Mann wie Milan muss flirten», erklärte ich.

«Du meinst ernsthaft, ein Dirigent muss aus beruflichen Gründen flirten?», fragte Jakob spöttisch.

«Selbstverständlich», erwiderte ich im Brustton der Überzeugung.

«Du glaubst also, er hat sich auf diesem Foto in deiner Zeitung nur gezwungenermaßen an die Models gedrückt?» Sein Ausdruck war lauernd.

Ich versuchte Haltung zu bewahren. «Natürlich. Er konnte doch nicht steif wie ein Stock zwischen diesen schönen Frauen stehen. Wie würde das denn aussehen?»

«Warum lässt er sich überhaupt mit Models fotografieren? Er ist schließlich Dirigent und kein Designer», bemerkte Jakob spitz.

Ich suchte nach einem besseren Beispiel. «Um besonders komplizierte Sängerinnen bei der Stange zu halten, muss man eben auch flirten. Du hast vermutlich keine Vorstellung davon, wie exzentrisch manche Sopranistinnen sein können.»

Die Erklärung schien ihn zu überzeugen. Dabei fühlte ich, wie meine Schläfen pochten, weil ich an eine ganz bestimmte Sopranistin denken musste, und zwar an Ekatarina Wesnina. Sie war während meiner Studienzeit Gastsolistin an der Leipziger Oper gewesen. Milan hatte mir damals erklärt, dass man auf sie Rücksicht nehmen musste, weil es schöne Frauen im Leben viel schwerer hätten. Und wenn Schönheit ein Gradmesser war, dann hatte es Ekatarina Wesnina ganz besonders schwer. Nicht so schöne Frauen wie ich waren es gewohnt zu kämpfen und wussten, wie man Niederlagen einsteckte. Von daher musste ich Milan natürlich recht geben. Aber Ekatarina Wesnina brach schon in Tränen aus, wenn an ihrem Kostüm nur ein Haken klemmte. Und wenn die Probe fünf Minuten später anfing als geplant, war sie bereits drauf und dran, die Vorstellung am Abend platzen zu lassen. Kein Wunder, dass sich Milan so um sie bemühen musste. Bei Helga Darven war es nicht viel anders gewesen. Und auch Mia Richter entpuppte sich als gewaltige Diva, sodass Milan alle Hände voll zu tun hatte mit ihr. Ich half damals an den Abenden im Operncafé aus und bekam alles brühwarm mit. Ohne Milans Überzeugungskünste hätte so manche Vorstellung nicht stattfinden können.

«Ein kleiner Flirt», schloss ich, «kann eine Situation retten und schadet keinem.»

«Du scheinst dich ja mit diesem Thema bestens auszukennen», bemerkte Jakob ironisch.

«Natürlich nur aus der Ferne und in der Theorie», gab ich zu und lief rot an.

«Vielleicht solltest du dich aber erstmal an der Praxis versuchen, bevor du hier weise Ratschläge erteilst», stichelte er.

«Nein, so etwas liegt mir nicht», wehrte ich verlegen ab.

«Warum nicht? Das kann ja wohl jeder», behauptete er.

«Ich nicht. Mein Schwager Bernd sagt immer, ich wäre viel zu ernsthaft zum Flirten», erklärte ich. «Aber ich glaube, er will nur nett sein. Es liegt wohl eher daran, dass niemand Interesse an mir hat.»

«Falsch», sagte Jakob. «Damit meinte er, dass du es einfach nicht merkst, wenn sich jemand von dir angezogen fühlt. Und ich muss ihm recht geben. Du bist nicht empfänglich für unterschwellige Signale. Aber das kann man lernen.»

«Und wozu soll das gut sein?»

«Hast du nicht vorhin selbst gesagt, es trainiert die Liebe?» Jakob grinste.

Ich wurde nachdenklich. Hatte er womöglich recht? In ein paar Stunden würde ich Milan wiedersehen. Und dann sollte ich mich besser nicht wieder so ungeschickt anstellen.

Aber war es dafür nicht längst zu spät?

«Also, ich weiß nicht», sagte ich unsicher. «Ist das nicht peinlich? Eine Frau in meinem Alter flirtet doch nicht mehr.»

«Unsinn», sagte Jakob bestimmt. Dann beugte er sich zu mir herüber und flüsterte mir ins Ohr: «Der Herr dort beobachtet dich zum Beispiel schon seit Stunden sehr eingehend. Stopp! Nicht hinsehen!»

Ich guckte mich natürlich trotzdem suchend um. Das Ehepaar vor uns hatte längst die Sitze zurückgestellt und schlief. Auch die Gespräche hinter uns waren verstummt. Aber von der anderen Seite des Ganges starrten mich zwei hellwache, mandelförmige Augen an. Sie gehörten einem asiatisch aussehenden Geschäftsmann im besten Alter. Erschrocken zog ich meinen Kopf zurück und presste mich in den Sitz.

Ich flüsterte Jakob zu: «Er sieht mich bestimmt nur an, weil er etwas von meinem Sorbet abhaben möchte.»

«Dieses Sorbet will niemand haben», stellte Jakob fest und hatte womöglich auch damit recht. Es schmeckte merkwürdig bitter, und nicht einmal ich wollte es essen.

Meinte der Geschäftsmann also tatsächlich mich? Ich merkte, wie mein Atem schneller ging.

«Aber was soll ich denn jetzt machen?», fragte ich panisch.

Jakob schlug vor: «Du nimmst jetzt einfach dein Glas und prostest dem Herrn zu.»

«Ich kann ihm doch nicht einfach zuprosten», wehrte ich entrüstet ab.

«Willst du jetzt Flirten üben oder nicht?», fragte Jakob.

Ich nickte schuldbewusst. Ich musste doch bereit sein für Milan. Und viel Zeit blieb mir nicht mehr, um mich vorzubereiten.

«Also schön», sagte ich. «Aber ich möchte nichts falsch machen.»

«Da kannst du nichts falsch machen», behauptete Jakob.

Vorsichtig drehte ich den Kopf wieder zur Seite. Der Herr zu meiner Rechten sah tatsächlich noch immer zu mir herüber.

«Los», zischte Jakob. «Glas anheben und lächeln!»

Ich war es gewohnt, Befehle zu befolgen. Also riss ich mein Glas hoch, zwang mich zu lächeln und stieß ein leises «Prost!» aus.

Der asiatische Geschäftsmann hob erfreut sein Whiskyglas, prostete mir ebenfalls zu und deutete eine Verbeugung an. Ich spürte ein merkwürdiges Gefühl durch mich hindurchrieseln, wie Reiskörner in einem Regenmacher. Das war also ein Flirt. Dieser Moment fühlte sich anders an als die erste Begegnung mit Milan. Bei ihm hatte ich sofort auf eine feste Beziehung gehofft und stand gleich unter dem Druck, ihn halten zu wollen. Dagegen war die Verbindung mit Wolfgang eine vollkommen sachliche, aber ebenfalls sehr schnelle Entscheidung gewesen. Da hatte ich mehr Zeit in die Überlegung gesteckt, welche Küchenmaschine ich mir zulegen sollte.

So wie in diesem Moment hatte ich mich jedenfalls noch nie gefühlt.

Ich schlug meine Beine übereinander und stellte überrascht fest, dass sie eigentlich recht schlank und gut geformt waren. Vorsichtig wagte ich einen erneuten Blick zur Seite und bemerkte, dass auch die mandelförmigen Augen an meinen Waden hingen. Ich wechselte die Beine und wippte mit dem Schuh. Der Mund des Geschäftsmannes mit den dunklen Augen verzog sich erfreut.

«Ich kann es tatsächlich», flüsterte ich Jakob fassungslos zu.

«Siehst du.» Er lächelte zufrieden. «Ich hab es dir doch gesagt.»

Wieder wagte ich einen Blick zur Seite. Diesmal beugte sich der Asiate bewusst vor und sah mir nun ganz tief in die Augen. Der Regenmacher in mir begann erneut zu rieseln. Ich hatte das Gefühl, leuchtende Strahlen auszusenden.

Und plötzlich erschrak ich vor mir selbst. Was würde Milan sagen, wenn er mich jetzt sehen könnte? Da hatte ich endlich die Chance ihn wiederzukriegen und benahm mich auf dem Flug zu ihm wie ein Flittchen. Und was würde mein Sohn von mir denken? Er wäre ganz sicher enttäuscht von mir. Und dann dieser arme, asiatische Geschäftsmann. Was, wenn er sich nun ernsthafte Hoffnungen machte?

«Was habe ich nur getan!», stöhnte ich und sank wieder tiefer in meinen Sitz.

Jakob sah mich fragend an. «Also bisher hast du nichts gemacht», stellte er nüchtern fest.

«Man darf doch niemanden ermutigen, wenn man es nicht ernst meint», erklärte ich. «Der arme Mann!»

Jakob schüttelte amüsiert den Kopf und sagte: «Es ist doch nur ein Spiel. Du musst den Herrn dadrüben ja nicht gleich heiraten.»

Ich atmete tief durch und sagte: «Das ginge ja auch gar nicht. Ich bin doch schon mit Milan verheiratet. Und mit Wolfgang. Das wäre dann ja Ehemann Nummer drei!»

Jakob lachte. Ich stimmte erleichtert ein. Übermütig wagte ich einen neuen Blick nach nebenan. Der Herr klopfte auf den leeren Sitz neben sich.

Erschrocken drückte ich mich wieder zurück in die Polster und versuchte, mich unsichtbar zu machen.

«Jetzt will er, dass ich mich auf den freien Platz neben ihm setze!», flüsterte ich. «Was soll ich bloß tun?»

«Na, was schon? Rutsch einfach rüber», schlug Jakob vor.

Mit weit aufgerissenen Augen sah ich ihn an. «Aber das will ich gar nicht! Wer weiß, was dann passiert», gab ich entsetzt zurück. All die Leichtigkeit war plötzlich verschwunden.

«Was soll schon passieren? Ihr seid in einem vollbesetzten Flugzeug und nicht allein im dunklen Wald.»

Aber ein Flirt aus der Ferne, noch dazu mit dem Gang zwischen uns, war doch etwas völlig anderes als einer aus der Nähe. Wieso wollte Jakob, dass ich mich zu diesem wildfremden Mann setzte? Dafür konnte es doch nur einen Grund geben. Natürlich! Jakob war Anwalt. Und er war ein Stratege. Er hatte die ganze Szene von Anfang an und nur aus einem Grund geplant.

«Du willst mich loswerden!», rief ich empört. «Du willst bloß deine Ruhe vor mir haben, damit du arbeiten oder schlafen kannst!»

Jakob tat überrascht. «Das wäre zwar verlockend, ist aber nicht meine Absicht gewesen. Darf ich dich daran erinnern, dass du das Thema aufgebracht hast?», behauptete er. «Du wolltest Flirten üben.»

«Wollte ich das? Ja, vielleicht», gab ich zerknirscht zu. «Aber nun hab ich genug geübt. Das reicht jetzt.»

Aus dem Augenwinkel sah ich, dass der Geschäftsmann mich immer noch anstarrte, und ich konnte seinen Blick nicht deuten. Wie kam ich nur aus dieser verfahrenen Situation wieder heraus?

«Jakob, hilf mir bitte», flehte ich und war kurz davor, in Tränen auszubrechen.

«Also du stellst dich aber wirklich unbeholfen an», tadelte er mich. «Du gibst ihm einfach ein dezentes

Zeichen, dass du kein weiteres Interesse mehr an ihm hast.»

«Aber … Das ist mir alles so unangenehm», jammerte ich. «Ich wusste ja nicht, dass Flirten so kompliziert ist!»

«Da musst du jetzt durch», sagte Jakob streng, und ich gehorchte.

Ich beugte mich erneut zur Gangseite, sah den überaus gut gekleideten Mann fest an, nahm all meinen Mut zusammen und sagte laut und deutlich: «No!»

Dann schoss ich aus meinem Sitz hoch und flüchtete Richtung Bordtoilette.

Ich kühlte meine glühend heißen Wangen mit kaltem Wasser und musste lachen, als ich meinen hochroten Kopf im Spiegel sah. Eilig trocknete ich mir mit einem Papierhandtuch das Gesicht ab und zupfte mir die Haare zurecht. Dabei stellte ich fest, dass ich irgendwie anders aussah. Frischer, freier, abenteuerlustiger und vielleicht sogar jünger.

Ich warf einen Blick auf meine Uhr. Der Flug würde noch eine Weile dauern, dabei konnte ich unsere Ankunft jetzt gar nicht mehr erwarten.

Ob die Läden am Flughafen noch geöffnet sein würden? Bernd hatte mir geraten, in Amerika nicht über meinen deutschen Anbieter zu telefonieren, sondern dort eine Karte für mein Mobiltelefon zu kaufen. Ich wollte als Allererstes mit Bernd sprechen und ihm vom Flug berichten, sonst würde ich platzen. Ich musste ihm unbedingt erzählen, dass Ingrid Meier einem reichen, asiatischen

Geschäftsmann einen Korb gegeben hatte. Noch dazu auf Englisch. Ob er mir das glauben würde? Ich glaubte es ja selbst kaum. Bei allem Mitleid für den Asiaten erzeugte der kurze Flirt in mir ein berauschendes Gefühl. Wie der allererste Einkauf bei einem Aldi in Hof, kurz nach der Grenzöffnung. Was ich da alles hätte kaufen können! Aber ich machte es nicht. Mir genügte damals wie jetzt das Gefühl, es zu können, wenn ich es nur wollte. Als ich aus der Toilette herauskam, verstaute gerade eine Stewardess Blechkisten in der Kabinenwand. Es war die attraktive Frau, die Jakob immer Blicke zuwarf. Niemand wusste besser als ich, wie weh es tat, wenn man sich vergebens Hoffnungen machte. Und niemand wusste besser als ich, wie leichtfertig Männer auf Versuchungen reagierten.

Die Stewardess bemerkte mein Zögern und fragte freundlich: «Ist alles in Ordnung? Kann ich Ihnen helfen?»

Ich wusste nicht genau, wie ich es diplomatisch formulieren sollte und sagte schließlich einfach geradeheraus: «Vergeuden Sie bloß nicht Ihre Zeit, meine Liebe. Der Herr neben mir, der ist glücklich verheiratet, da haben Sie keine Chance.»

Die Stewardess verlor die Fassung und stammelte: «Ich weiß, er war ja mit seiner Frau unterwegs, aber … ich hatte niemals die Absicht!»

«Dann ist ja alles gut», lächelte ich. «Entschuldigen Sie, bitte.»

Sie richtete ihren Dutt und fand dabei ihre Professionalität wieder. Im gleichen freundlich-kühlen Ton, in dem sie auch die Durchsagen machte, fragte sie: «Kann ich sonst noch etwas für Sie tun?»

«Nein», lächelte ich zufrieden, «das war's schon.»

Jakob 21:55 Uhr

Endlich hatte ich einen Weg gefunden, um den Fokus wieder auf Ingrid zu lenken. Sicher hatte sie die Flirtaktion so durcheinandergebracht, dass sie mich ab sofort verschonte mit weiteren Kommentaren zu meiner Ehe. Jedenfalls hatte ich das gehofft, bis sie an ihren Platz zurückkehrte und gleich lospolterte: «Gib zu, dass du die Stewardess doch kennst!»

«Bitte?», entgegnete ich und atmete schwer durch.

«Aber keine Sorge, sie weiß, dass du verheiratet bist.»

«Ingrid, was soll das?», entfuhr es mir eine Spur zu laut, sodass der Asiate wieder zu uns rübersah. «In welchen Verhältnissen ich lebe, geht das Flugpersonal nichts an! Und wie kommst du überhaupt dazu, mit einer Stewardess über mich zu reden?»

«Ich hab ihr lediglich gesagt, dass sie sich keine Hoffnung auf dich zu machen braucht», gab Ingrid beleidigt zurück. «Die Arme versucht schließlich die ganze Zeit mit dir zu flirten. Da musste ich sie doch aufklären. Von Frau zu Frau.»

«Wie gesagt, flirten ist ja nicht gleich heiraten», versuchte ich, wieder einen versöhnlichen Ton anzuschlagen, damit das Gespräch nicht eskalierte.

«Das mag schon sein. Aber habt ihr etwa auch geflirtet, als deine Frau dabei war? Das gehört sich nun wirklich nicht, finde ich.»

Ich sah Ingrid verständnislos an. Es war so verfahren. Und absurd dazu!

«Lass uns das Ganze abhaken und etwas schlafen, ja?»

Ich war gerade im Begriff, meine Rückenlehne in Schlafposition zu stellen, als Ingrid mich an der Schulter festhielt. «Na, du bist mir der Richtige! Sich als Flirtexperte aufspielen und dabei übers Ziel hinausschießen und sich dann noch nicht einmal an sein eigenes Opfer erinnern. So etwas würde einer Frau nie passieren!»

«Was ist denn *passiert*?», zischte ich zurück. «Ich war mit einer Kollegin unterwegs und habe ein Zitronensorbet bestellt. Ist das ein Verbrechen?!»

Ingrid sah mich erstaunt an. «Nein … Ach so.» Sie lachte verlegen auf. «Und ich dachte, du hättest nichts Besseres zu tun, als hinter dem Rücken deiner Frau mit der hübschen Blondine zu flirten.»

Ich verzog die Mundwinkel. Auch mein genervter Blick war sicher aussagekräftig genug. Jedenfalls senkte ich meinen Sitz endgültig in die Waagerechte und holte mein

Kissen hervor, das ich mir wie bei jedem Nachtflug bereits beim Einsteigen hatte aushändigen lassen.

Als ich die Augen schloss, um endlich etwas zu entspannen, kamen mir wider Willen die Bilder von jenem Wochenende im Hochsommer in den Kopf, das Kate und ich in Chicago verbracht hatten. Es waren vor allem Kates hellgrün leuchtende Augen, die mir sofort in den Sinn kamen, sobald ich an sie dachte. Sie war in jeder Hinsicht eine außergewöhnliche Frau. Attraktiv, elegant, mit einer taffen Ausstrahlung. Charakterlich extrem ehrgeizig, selbstbewusst und offensiv. Sie hielt 51 Prozent der Firmenanteile und kostete ihre Macht bei jeder denkbaren Gelegenheit voll aus. Das war schon bei unserer ersten Begegnung in New York so gewesen. Ich war aufgrund des Berufsverkehrs etwas verspätet zu dem Vorstellungsgespräch in der Kanzlei in Lower Manhattan unweit der Wall Street erschienen. Eine junge Empfangsdame schickte mich zu den Aufzügen und nannte mir das 44. Stockwerk, das Penthouse, in dem die Büroräume von *Parson & Simon LLP* lagen. Gerade als ich den Button gedrückt hatte und sich die Fahrstuhltür schließen würde, kam in letzter Sekunde eine nicht mehr ganz junge Frau in Businesskostüm und High Heels angetrippelt und bat mich, zu warten. Natürlich hatte ich sofort den Knopf gedrückt, der die Türen wieder öffnete. Doch dann war sie von der Rezeptionistin zurückgerufen worden, weswegen ich wie in Schockstarre in der Fahrstuhltür stehen blieb, hin- und hergerissen zwischen der Entscheidung, höflich unten zu warten oder meinen Fauxpas, gleich am ersten Tag zu spät zu kommen, nicht noch schlimmer zu machen.

Ich hatte beschlossen, zu warten, was sich im Nachhinein als richtig erwies. Denn die Dame war keine geringere als Kate Miller, meine zukünftige Chefin. Sie gab sich allerdings erst zu erkennen, als wir uns etwa zehn Minuten später Auge in Auge im großen Konferenzraum gegenübersaßen. Erst Wochen später gestand Kate mir während eines unserer ersten Lunches in ihrem Lieblingsrestaurant im East Village überaus amüsiert, dass sie mich damals aufgrund der Bewerbungsunterlagen sofort erkannt hatte. Im Gespräch an der Rezeption habe sie sich extra viel Zeit gelassen, um mich zu testen. So war Kate. Immer für eine Überraschung gut und nicht leicht zu durchschauen. In etlichen Verhandlungen und internen Meetings konnte ich beobachten, ja bewundern, wie geschickt sie es verstand, auch ihre weiblichen Reize äußerst subtil einzusetzen. Wie eine große Schauspielerin am Broadway schien sie jedes Wort und jede noch so kleine Geste perfekt einstudiert zu haben. Jedenfalls sagte oder tat sie nie etwas Unüberlegtes. Außerdem besaß sie nicht nur einen messerscharfen Verstand, sondern auch einen leicht abgründigen Humor und eine fast männlich donnernde Lache, die sie ebenfalls durchaus als Waffe einzusetzen vermochte.

Einmal waren wir für eine vor dem Konkurs stehende Drogeriekette von externen Beratern angeheuert worden, um die Entlassungsverträge und Abfindungen auszuhandeln. Kate hielt vor der großen Runde reaktionärer Entscheider ein leidenschaftliches Plädoyer für die circa dreihundert beschäftigten Frauen, die täglich nicht nur einen guten Job in den Filialen machten, sondern sich auch noch um Kinder und Haushalt kümmerten und ihren Männern den Rücken freihielten. Mit etwas tieferer Stimme hatte sie dann noch einen Witz gemacht, bei dem es sinngemäß darum ging, dass solche Frauen nicht selten auf dumme Gedanken kämen, wenn ihr Leben aus den Fugen geriet und sie sich wegen des fehlenden Einkommens keine Extras wie Essie-Nagellack oder Victoria-Secret-Dessous mehr leisten konnten.

Es war letztlich natürlich unmöglich zu beurteilen, ob es wirklich Kates Redekunst zu verdanken war, dass Massenentlassungen abgewendet werden konnten. Aber jeder in der Firma wusste um ihre Fähigkeiten. Und ich konnte mich glücklich schätzen, sofort einen Draht zu ihr entwickelt zu haben.

Unruhig wälzte ich mich hin und her. Mir war kalt. Ich öffnete die Augen und richtete mich auf. Das erste Mal während eines New-York-Fluges sah ich mich nach einer dieser Decken um, die manche Fluggäste nutzten. Es war sicher meiner generellen Übermüdung geschuldet, dass ich fror. Sport hatte ich in letzter Zeit auch nicht viel gemacht, was für die Durchblutung auch nicht förderlich war. Es war ein verdammter Teufelskreis. Das lange Sitzen im Flieger und vor dem Rechner bereiteten mir immer mehr Rückenprobleme, die mich wiederum davon abhielten, Squash zu spielen oder laufen zu gehen, so wie ich es zu Beginn meiner Karriere in New York noch regelmäßig getan hatte. Alle paar Wochen lud Kate mich zwar zum Golfen in ihren Club ein, mal mit Geschäftspartnern, mal ohne. Und es machte mir sogar Spaß, vor allem, weil ich mich dabei auch nicht allzu dumm anstellte. Aber ich hatte jedes Mal Sorge, plötzlich einem Kollegen gegenüberzustehen. Ich befürchtete, in der Firma keinen einzigen guten Tag mehr zu haben, wenn sich herumsprach, dass es private Treffen mit der Chefin gab. Von einem Wochenende zu zweit in Chicago ganz abgesehen, bei dem ich das Hotel allerdings kaum verlassen hatte. Kate hatte mich eigentlich ihrer Schwester vorstellen wollen, die dort ebenfalls eine beachtliche Karriere hingelegt hatte. Doch im letzten Moment war ich davor zurückgeschreckt und ließ Kate allein zu dem Treffen gehen.

Ein vorsichtiger Blick zu Ingrid ließ mich vermuten, dass sie in aufrechter Position eingeschlafen war. Erleichtert atmete ich durch. Doch offenbar hatte sie bloß gedöst. Denn als ich mich nach dem Bordpersonal umsah, um nach einer Decke zu fragen, drehte sie sich zu mir.

«Du wolltest doch wohl nicht einen neuen Versuch bei der Stewardess wagen, jetzt, wo du dachtest, ich sei eingeschlafen?», nahm Ingrid ohne Umschweife das leidige Thema wieder auf.

Gerade als ich kopfschüttelnd abwehren wollte, schlug sie ihre erstaunlich wachen Augen noch ein bisschen mehr auf und beugte sich etwas zu mir herüber. «Das war ein

Scherz», erklärte sie leise und grinste dabei so verschmitzt, dass ich ihr einfach nicht länger böse sein konnte.

«Du hast einen seltsamen Humor», sagte ich mit einem schiefen Lächeln und bat darum, von ihr durchgelassen zu werden, damit ich mich selbst nach einer Decke umsehen konnte. Im selben Moment kam die Stewardess auch schon herbeigeeilt und fragte mit gedämpfter Stimme, ob sie etwas für uns tun könne.

Ja, allerdings – vergessen, dass Sie mich mit meiner Chefin gesehen haben, antwortete ich in Gedanken, bat stattdessen aber um etwas zum Zudecken.

«Natürlich, eine Sekunde», sagte sie und brauchte tatsächlich kaum länger, um gleich mit zwei Decken zurückzukehren. Sie reichte der dankbar nickenden Ingrid eine davon und auch ein Kissen und gab mir die zweite. Vielleicht bildete ich es mir nur ein, aber ihr Blick wanderte für eine Sekunde zu meinem Ehering, bevor sie ihren Kopf senkte. Ohne mir in die Augen zu schauen, fragte sie, ob sie sonst noch etwas tun könnte. Ich verneinte, bedankte mich und sah ihr für einen Moment irritiert hinterher, bis mir bewusst wurde, dass Ingrid mich fixierte – mit hochgezogenen Augenbrauen und natürlich diesem leicht spöttischen Grinsen.

«Ich gehöre nicht zu dieser Sorte Mann. Wirklich nicht!», sagte ich, mehr zu mir selbst, während ich ungeschickt versuchte, die Decke auszubreiten, die sich sofort statisch auflud. Jedenfalls waren die aufeinanderliegenden Teile wie festgeklebt.

«Warte mal», sagte Ingrid. Sie nahm mir meine Decke aus der Hand und faltete sie gekonnt auseinander, so wie sie es zuvor schon mit ihrer getan hatte.

Ich nickte dankbar und stellte meine Rückenlehne doch wieder senkrecht, weil ich mir auf einmal blöd vorkam bei dem verzweifelten Versuch, unter Ingrids Beobachtung endlich einzuschlafen.

«Ich habe auch gar nicht behauptet, dass du zu dieser Sorte Mann gehörst», nahm Ingrid das Gespräch auch gleich wieder auf. «Du gehörst aber zu der Sorte, deren Frauen sich in Acht nehmen müssen. Einmal kurz nicht aufgepasst, und schon hat ihn eine andere weggeschnappt.» Sie schmunzelte. Ganz offensichtlich machte ihr die Sache Spaß.

Ich hingegen machte mir nicht einmal die Mühe, mich für das zweifelhafte Kompliment zu bedanken. Ohnehin klang es in meinen Ohren eher nach einer Mahnung.

«Ach ja?», sagte ich matt. «Du sprichst wohl aus Erfahrung?!»

Plötzlich verfinsterte sich Ingrids Gesicht.

So ein Mist, dachte ich. Ich hatte wirklich nicht die Absicht gehabt, meine anhängliche Gesprächspartnerin vorzuführen. Auch hatte ich keinerlei Interesse, künstlich eine Diskussion zu eröffnen oder gar einen Streit zu provozieren. Dafür war ich viel zu müde. Eigentlich war ich immer zu müde. Für alles! Ich wollte einfach bloß einen entspannten Flug. Ach, im Grunde wollte ich ein entspanntes Leben, ohne Konflikte und Komplikationen.

«Sorry, ich hab das nur so dahingesagt. Ohne nachzudenken», fügte ich schnell hinterher.

«Wirklich?» Jetzt schaute Ingrid noch böser drein und entgegnete: «Du willst mir doch schon die ganze Zeit unter die Nase reiben, dass Milan mich wegen einer anderen hat sitzenlassen. Aber das stimmt so nicht.»

«Ich weiß», versuchte ich zu beschwichtigen. Abwehrend hob ich beide Hände und formulierte bereits im Kopf, was ich zu meiner Verteidigung würde sagen müssen.

Doch Ingrid kam mir zuvor: «Es ist doch ein großer Unterschied, ob ein Ehemann jeder Schürze hinterherjagt und so auf dumme Gedanken kommt, oder aber ob sich einfach die Lebensumstände ändern!»

«Da gebe ich dir zu hundert Prozent recht», schoss es aus mir heraus. Der Satz fühlte sich an wie ein Befreiungsschlag. Ein schöner Schlusssatz für unseren Schlagabtausch über den Wolken.

Doch Ingrid rutschte wieder unvermittelt näher an mich heran und fixierte mich erneut mit dem Blick eines FBI-Ermittlers, der kurz davor war, einem mutmaßlichen Mörder nach stundenlanger Befragung im grellen Licht der Schreibtischlampe endlich ein Geständnis zu entlocken.

Ich wäre am liebsten schreiend davongelaufen. Stattdessen erklärte ich: «Vermutlich sollte ich vor dem Schlafen besser noch mal die Waschräume aufsuchen.» Ich erhob mich und bat Ingrid, mich kurz zu entschuldigen.

Ich sah zu, wie Jakob durch den Vorhang schlüpfte, der die Toilettentür verbarg. Sofort flüchtete die attraktive Stewardess, die dort herumhantiert hatte, und warf mir einen nervösen Blick zu. Zufrieden lächelte ich zurück.

Ich dehnte mich, gähnte und nahm meine Tasche auf den Schoß. Ein wenig unschlüssig kramte ich darin herum. Unter keinen Umständen wollte ich jetzt einschlafen. Womöglich lief mir dabei Spucke aus dem offenen Mund, oder mein Rock rutschte nach oben. Ich fand einen Energieriegel, der wie Kaninchenfutter roch, und knabberte an ihm herum. Dann richtete ich meine Bluse, holte das neue Parfüm heraus und sprühte mir ein wenig davon in den Ausschnitt. Wie angenehm, für einen Moment unbeobachtet zu sein! Aber war ich das auch wirklich? Ich holte einen Kamm und meinen Handspiegel aus der Tasche und tat so, als würde ich meine Frisur richten. In Wirklichkeit suchte ich mit dem Spiegel nach dem Asiaten. Als ich ihn schließlich entdeckte, ließ ich vor Schreck alles fallen. Er hatte mich im Spiegel direkt angesehen!

Ich starrte geradeaus und fühlte mich plötzlich ganz schutzlos ohne Jakob. Was machte er nur so lange auf der Toilette? Hoffentlich kam da nicht jemand auf die Idee, sich auf den freien Platz neben mir zu setzen!

Schnell warf ich meine Tasche auf Jakobs Sitz und

meine Strickjacke gleich hinterher. Das erschien mir aber noch nicht sicher genug. Deshalb legte ich außerdem Jakobs Laptop, seine Aktentasche, die Kopfhörer, seinen Notizblock und alles, was sich sonst noch so auf seinem Tisch befand, obendrauf. Dieser Platz war nun wirklich eindeutig belegt. Dann tat ich so, als würde ich aufmerksam in meiner Illustrierten lesen, und betrachtete wieder das Bild von Milan. Plötzlich fiel ein Schatten auf die Zeitung. Der Asiate stand direkt neben mir.

Ich erstarrte und konnte nicht einmal so tun, als würde ich schlafen. Warum hatte ich nur mein Pfefferspray aus der Handtasche geräumt? Das war nur Bernds Schuld. Er hatte behauptet, das würden sie mir bei der Sicherheitskontrolle am Flughafen wegnehmen.

Verzweifelt sah ich mich um und hoffte wenigstens die Stewardess zu entdecken, aber niemand kam mir zu Hilfe.

Der Geschäftsmann verbeugte sich mit gekreuzten Armen vor mir und reichte mir meinen Handspiegel.

«I think, you dropped this by accident?», fragte er mit starkem, asiatischem Akzent. Seine Stimme hatte einen raschelnden Klang, und die Sätze besaßen eine eigenartige Melodie.

Wie gern hätte ich jetzt einen glänzenden Ehering gehabt, mit dem ich demonstrativ spielen konnte. Aber Wolfgangs Ring hatte ich aus Protest längst abgelegt, und Milans passte mir leider nicht mehr.

Also hauchte ich dem Mann neben mir nur ein knappes «Thank you» entgegen und riss den Spiegel wieder an mich.

Unendlich erleichtert sah ich, dass er zu seinem Platz zurückging. Es fühlte sich an, als wäre ich knapp an einer Katastrophe vorbeigeschrammt. Ich war mir nämlich nicht mal sicher, ob ich ihn überhaupt richtig verstanden hatte.

Dabei hatte ich vor der Reise extra einen Auffrischungskurs für Englisch an der Volkshochschule belegt. Aber der Lehrer dort sprach mit sächsischem Akzent und nicht mit asiatischem.

Es passierte mir oft, dass ich die Leute nicht richtig verstand. Besonders, wenn es an der Operngarderobe voll war. In dem hohen Foyer gab es einen starken Nachhall, und ich weigerte mich in meinem Alter schon mit einem Hörgerät herumzulaufen. Da es mir aber immer unangenehm war nachzufragen, lächelte ich dann einfach freundlich und nickte. Das passte eigentlich immer. Aber wer weiß, worauf ich mich mit einem Nicken in diesem Fall eingelassen hätte!

Sicher würde ich mich erst fühlen, wenn Jakob wieder neben mir saß.

Suchend reckte ich den Kopf. Wie konnte er mich hier nur so lange allein schmoren lassen? Was machte er bloß?

Vor kurzem hatte ich eine Statistik gelesen, nach der Männer im Laufe ihres Lebens angeblich mehr Zeit auf der Toilette verbrachten als Frauen. Es war also vermutlich normal, dass er so lange wegblieb.

Es war schon merkwürdig. Vor ein paar Stunden kannten wir uns noch gar nicht – und jetzt vermisste ich ihn regelrecht. Aber nicht nur das. Ich fing an, mir Sorgen um ihn zu machen. Ob es ihm gutging? Plötzlich hatte ich eine böse Vorahnung. Ich habe manchmal Vorahnungen, und meistens trafen sie ein. Als Milan zu seiner Westreise aufbrach, hatte ich auch so eine Vorahnung gehabt. Und an dem Tag, an dem mein Sohn Christian einen Auffahrunfall hatte, fühlte ich auch schon am Morgen, dass etwas passieren würde.

Schon stellte ich mir vor, dass Jakob in der Bordtoilette zusammengebrochen war. Er hatte es doch mit der Bandscheibe. Und wer weiß, was er noch alles hatte und vor mir verheimlichte. Vielleicht nahm er Aufputschmittel, um fit für seinen stressigen Job zu sein? Bestimmt lag er in diesem Moment zusammengekrümmt auf dem kalten Toilettenboden und war zu schwach, um Hilfe zu rufen.

Was für ein Glück für ihn, mich zur Reisegefährtin zu haben!

Ohne zu zögern sprang ich auf, stürmte hinter den Vorhang und hämmerte an die Tür.

«Jakob?», rief ich hysterisch. «Ist alles in Ordnung? Geht es dir gut?»

Im Passagierraum entstand Unruhe, und das Ehepaar auf den Sitzen vor uns schreckte hoch.

«Das darf doch nicht wahr sein!» Ein entnervtes Stöhnen war aus der Toilette zu vernehmen. «Hab ich nicht einmal hier vor dir Ruhe?»

«Es geht dir gut!», stellte ich erleichtert fest.

«Dein Verhalten ist absolut inakzeptabel, Ingrid!»

«Ich dachte ja nur …», stammelte ich, «also ich dachte, du brauchst vielleicht Hilfe …»

«Danke», sagte er ungehalten. «Aber den Arsch kann ich mir noch allein abwischen.»

Beleidigt zuckte ich zurück.

Schon eilte die attraktive Stewardess herbei und versuchte, die Lage zu klären.

«Alles in Ordnung da drin?», fragte nun auch sie und klopfte ebenfalls fordernd an die Tür.

«Ja, Herrgott noch mal», fuhr Jakob sie an.

«Sehen Sie», sagte die Stewardess übertrieben nachsichtig zu mir, als wäre ich schwachsinnig. «Ihrem Sohn geht es gut, und er kommt sicher gleich zu Ihnen zurück. Bitte gehen Sie jetzt zu Ihrem Platz.»

«Aber …», setzte ich an und wollte ihr erklären, dass Jakob gar nicht mein Sohn war, doch sie ließ mich nicht ausreden.

«Keine Widerrede. Sie setzen sich wieder schön hin, und ich bringe Ihnen eine beruhigende Tasse Tee und ein paar Kekse.»

Sie nahm meinen Arm mit einem Griff, der gleichzeitig sanft und eisern war, und schob mich in die Kabine zurück.

Verlegen schlich ich zu meinem Platz und starrte dabei auf die Fluchtwegmarkierungen am Boden. Die ganze Luxusklasse war wach geworden und hatte amüsiert meinen Auftritt verfolgt. Und trotzdem war es richtig gewesen. Man musste immer auf seine innere Stimme hören, auch wenn sie einen manchmal in eine peinliche Lage brachte.

Kurze Zeit später bewegte sich der Vorhang wieder, und Jakob kehrte zurück. Er sah verärgert aus, und eine Haarsträhne hing in seine Stirn. Unwillig versuchte er, sie zurückzustreichen, aber sie fiel wieder nach vorn. Plötzlich verharrte er in der Bewegung und starrte auf seinen Sitz. Dort lag immer noch der ungeordnete Haufen, der den Platz neben mir besetzen sollte.

«Und was, bitte, soll das?», fragte er entrüstet.

«Entschuldige», sagte ich und versuchte, schnell Ordnung zu machen. «Ich musste deinen Platz reservieren, sonst hätte ich Gesellschaft bekommen.» Mit dem Kopf deutete ich unauffällig zur Seite, wo der Asiate saß.

Jakob senkte seine Stimme. «Das gibt dir nicht das Recht, meine Sachen anzufassen!», schimpfte er.

«Natürlich nicht. Ich habe auch nicht reingeschaut», gab ich gekränkt zurück und ärgerte mich im gleichen Moment, dass ich es nicht getan hatte. «Hätte es sich denn gelohnt?» Ich versuchte, einen Scherz zu machen, damit sich seine Laune besserte.

«Das geht dich absolut nichts an», fuhr er mich an. «Genauso wenig wie das, was ich im Waschraum mache und wie lange.» Er trat an seinen Platz und sammelte seine Sachen ein. «Selbst wenn ich dort mit der hübschen Stewardess eine Drogenparty gefeiert hätte – es geht dich nichts an!»

«Aber das musst du verstehen», verteidigte ich mich und stopfte Kamm, Spiegel und Illustrierte zurück in meine Tasche. «Ich hatte plötzlich die fixe Idee, du wärst zusammengebrochen. Hast du nicht auch manchmal so eine böse Ahnung?»

«Nein.» Jakob verdrehte die Augen. «Ich habe niemals Ahnungen. Aber wenn du es genau wissen willst, ich brauchte einfach mal zehn Minuten Ruhe. Nichts für ungut.»

Erschrocken sah ich ihn an. Denn plötzlich wurde mir klar, dass ich es hätte wissen können. So fremd war mir sein Verhalten nämlich nicht. Ich selbst hatte mich schon oft in Sanitärräumen verbarrikadiert. Insgesamt vermutlich mehrere Monate meines Lebens.

Als Kind wurde ich von meiner Mutter ständig zu Ärzten geschleppt, weil sie davon überzeugt war, ich hätte eine schwache Blase. Denn ich sah mich immer, wenn ich an einen neuen Ort kam, als Allererstes nach einer Toilette um. Beruhigt war ich erst, wenn ich eine gefunden hatte. Dort konnte ich mich verstecken, wenn mir die Hänseleien der anderen Kinder zu viel wurden. Eine Toilette war der beste Fluchtort. Sie war meistens der einzige Raum, der sich abschließen ließ und in dem ich sicher war. Und jetzt hatte ich Jakob diese Ruhe nicht zugestanden.

«Du hast wohl recht», sagte ich zerknirscht.

«Allerdings.» Jakob versuchte, wieder Ordnung in seine Sachen zu bringen. Sein Notizblock hatte ein Eselsohr bekommen. Bestimmt würde er ihn nun wegwerfen, weil er nicht mehr nagelneu aussah. Ich traute mich aber nicht zu fragen, ob ich ihn bekommen dürfte.

«Es tut mir wirklich leid», beteuerte ich. «Ich wollte mich nicht aufführen wie deine Mutti.»

«Keine Sorge. Das hast du nicht mal ansatzweise …» Jakob schnaubte verächtlich. «Meine Mutter ist ausschließlich mit sich selbst beschäftigt. Die würde es nicht einmal merken, wenn ich durch die Bordtoilette nach draußen fliegen würde.»

«War das jetzt etwa ein Kompliment?», fragte ich verwirrt.

«Nein», sagte er. «Das war lediglich die Annahme deiner Entschuldigung.»

Ich nickte ihm dankbar zu. «Ich weiß nur zu gut, wie du dich gefühlt hast», versicherte ich. «Vor Milan bin ich sogar schon mal in eine Toilette der Musikhochschule geflüchtet.»

«Ach», spottete Jakob. «Hast du da nicht was verwechselt? Ist nicht eher er vor dir geflüchtet?»

«Nein. Ich war es, die geflohen ist. Ich wollte nicht, dass er sieht, wie ich seinetwegen weine.»

«Was war passiert?», fragte Jakob, ohne mich anzusehen.

Ich beugte mich vertraulich zu ihm rüber. «Der Neujahrsempfang der Oper. Milan meinte, er würde besser allein hingehen und mir das ersparen. Der Besuch wäre doch nur eine lästige Pflicht für oberflächliche Leute. In Wahrheit ist er natürlich mit einer anderen hingegangen.»

Einen Moment blieb Jakob seltsam still. «Ich könnte mir vorstellen, dass dich Milan auch in Zukunft zum Weinen bringen wird», sagte er und sah mich nun doch an und das sehr ernst.

Ich aber lachte und winkte ab. «Na, dann muss ich wohl als Erstes herausfinden, wo das Badezimmer ist, wenn ich in seine Villa komme.»

«Vermutlich sind dort mehrere, und du wirst sie alle brauchen», prophezeite Jakob.

Ich zuckte mit den Schultern. «Schlimmer als in meiner Ehe mit Wolfgang kann es ja wohl nicht werden.»

«Ich denke schon», sagte er. «Denn wenn ich es recht verstehe, hat dir Wolfgang nichts bedeutet.»

«Stimmt. Ich habe gefühlt die Hälfte dieser Ehe eingeriegelt im Bad zugebracht.»

«So schlimm? Habt ihr gar nicht zusammengepasst?», fragte Jakob.

«Rein äußerlich passte er natürlich besser zu mir als Milan. Und er war fleißig, das Geld stimmte immer bei ihm. Ich hätte mir schicke Kleider im Exquisit einkaufen können, wenn ich gewollt hätte.»

«Aber du wolltest etwas anderes», vermutete Jakob.

Ich nickte. «Ich wollte lieber Konzertkarten, doch dafür sollte ich sein hart Erarbeitetes nicht verschleudern. Als ich es trotzdem tat, rutschte ihm ordentlich die Hand aus.»

Jakob sah mich entsetzt an. «Er hat dich verprügelt? Hast du ihn angezeigt?»

«So was machte man doch nicht», sagte ich entrüstet.

«Du hast es einfach für dich behalten?»

«Einmal habe ich versucht, mit meiner Mutter darüber zu reden. Sie hat mir allerdings kein Wort geglaubt und behauptet, ich wollte mich bloß wichtig machen.»

«Aber wie hast du dich gegen ihn gewehrt?», wollte Jakob wissen.

«Ganz einfach. Kennst du die Windelfrei-Methode?»

Er sah mich völlig irritiert an. «Ja, aber ich bin nicht sicher, ob du das meinst.»

«Doch, doch, genau das meine ich», versicherte ich.

Jakob kratzte sich am Kopf und überlegte. Dann sagte er: «Veronika und ich fanden das absurd. Man soll den ganzen Tag das Baby am Körper tragen und beobachten, ob es durch irgendein Zeichen verrät, dass es mal muss?!»

«Ganz genau», sagte ich. «Und irgendwann hat man den Dreh raus. Irgendwann weiß man ganz genau durch bestimmte Bewegungen, ein Zucken im Gesicht, die unruhige Stimmung, jetzt ist es wieder so weit.»

«Du meinst, du hast es deinem Exmann angemerkt, wenn er dich wieder schlagen wollte?», fragte Jakob ungläubig nach.

«Allerdings. Zum Glück ist er ein schlichtes Gemüt und leicht zu durchschauen. Nach einem halben Jahr Ehe war ich immer rechtzeitig im Bad», sagte ich stolz.

«Aber irgendwann musstest du doch auch wieder herauskommen?», wunderte er sich.

«Ach, ich hatte mir im Bad kleine Vorräte angelegt. Unter den Handtüchern in der hintersten Ecke lagen Schokoriegel und Bücher versteckt.» Ich grinste.

«Das klingt nach einer schwierigen Zeit», bemerkte Jakob.

Ich zuckte mit den Schultern. Es war ja vorbei. Oder wenigstens so gut wie.

«Das einzig Gute an dieser Ehe war sowieso Wolfgangs Bruder Bernd», schloss ich. «Wenn ich so darüber nachdenke … Der Einzige, vor dem ich noch nie ins Bad geflüchtet bin, ist Bernd.» Ich lächelte zaghaft und fügte hinzu: «Und du natürlich.»

Jakob grinste. «Wart's ab. Der Flug dauert noch lang.»

Erleichtert lachte ich auf. Er hatte mir verziehen.

«Und?», fragte ich sanft. «Wer ist der Mensch, vor dem du dich niemals zu verstecken brauchst?»

Jakob 22:31 Uhr

«Ich weiß nicht. Ich verstecke mich eigentlich nie», sagte ich und musste dann doch etwas verlegen grinsen. Denn mir fiel ein, dass ich durchaus in der Vergangenheit Fluchtversuche unternommen hatte. «Ich muss mich korrigieren. Um ehrlich zu sein, habe ich mich manchmal vor dem Windelwechseln gedrückt, indem ich vorgetäuscht habe, selbst auf die Toilette zu müssen.»

Ingrid schmunzelte, wurde jedoch sofort wieder ernst. «Aber in Ordnung ist das nicht. Hat dir deine Mutter nichts über Gleichberechtigung beigebracht? Ich habe meinem Christian immer Gerechtigkeit und Anstand eingetrichtert. Heutzutage sollten Väter auch ihren Beitrag leisten!»

«Ach», entgegnete ich ironisch. «Wieso um alles in der Welt muss man sich als Mann eigentlich inzwischen rechtfertigen, wenn man 60 Stunden die Woche arbeitet und am Wochenende den kleineren Part übernimmt?!»

«Oh», sagte Ingrid, «ich meine ja nur. Die Frauen heute müssen doch erst recht doppelt und dreifach ran. Sie gehen arbeiten *und* müssen sich um die Kinder und den Haushalt kümmern.»

«Und wir Männer liegen bloß Fußball glotzend auf dem Sofa rum und lassen uns das Bier servieren, oder wie?» Ich versuchte, mich nicht provozieren zu lassen, und kontrollierte meinen Ton. Schließlich war die abendliche Unterhaltung gerade wieder entspannter verlaufen.

«Bei euch zu Hause ist das vielleicht anders. Ich weiß ja nicht, ob deine Frau mit ihrem Haushaltsgeld auskommt, aber sie kann sich doch sicher eine Putzfrau leisten. Und deine Hemden gibt sie bestimmt für dich in die Reinigung.»

Ich stöhnte auf. Das führte wirklich zu weit. Erst verfolgte mich diese Frau bis zum Klo, und nun musste ich mich noch erklären, dass ich durchaus domestiziert war und mich ganz allein um meine Garderobe kümmern konnte.

«Wenn es dich tröstet, ich bin schon groß und kann meine Hemden selbst in die Reinigung bringen. Und meine Frau muss auch nicht arbeiten gehen.»

«Ha! Damit wären wir bei der nächsten Ungerechtigkeit!»

«Wie soll ich das wieder verstehen?», fragte ich bemüht ruhig, obwohl ich die Antwort eigentlich gar nicht hören wollte.

«Sie *muss* oder sie *darf* nicht arbeiten gehen?», stellte Ingrid die Gegenfrage, nicht ohne mahnend ihre Augenbrauen zu heben.

«Wir haben uns einvernehmlich darauf verständigt, dass einer von uns beiden in den ersten Jahren bei den Zwillingen bleibt und der andere dafür arbeiten geht», spulte ich unser Lebensmodell runter.

«Und da liegt das Problem!», empörte sich Ingrid erneut. «Als ob deine Frau *nicht* arbeiten würde!»

Ich wusste gar nicht, wie mir geschah, und erwog ernsthaft, auf den freien Platz neben dem Asiaten auszuweichen.

Ingrid echauffierte sich weiter und erzählte irgendwas von einer Cousine, die angeblich mit Burn-out ins Krankenhaus gekommen war, weil ihr Mann sie alles alleine hatte machen lassen – die Erziehung der drei Kinder, den Haushalt, den Garten.

«Sogar putzen ist sie noch gegangen, um etwas dazuzuverdienen, natürlich schwarz, und dafür haben sie sie dann auch noch drangekriegt», erklärte Ingrid, während ich mit meinen Gedanken abschweifte. War ich wirklich so ein schlechter Vater und Ehemann?

«Ich denke, da gehören immer zwei zu, wenn etwas aus dem Ruder läuft.» Und mit Nachdruck fügte ich hinzu: «Jeder ist doch selbst für sein Glück verantwortlich. Und wenn die Frau sich in ihrer Rolle nicht wohl fühlt, muss sie das eben kommunizieren.»

«Wenn das so einfach wäre», entgegnete Ingrid spöttisch und winkte ab.

Zugegeben, das mit dem Kommunizieren war nicht immer so leicht. Die Erfahrung hatte ich auch schon gemacht. Unwillkürlich musste ich an den letzten Streit mit Vroni denken. Sie hatte zur Feier des Tages Sushi besorgt, weil wir uns vierzehn Tage nicht gesehen hatten. Für gewöhnlich versuchte ich jedes Wochenende nach Hause zu kommen, spätestens jedoch nach zehn Tagen. Vergangenen Monat aber gab es für mich so viel nachzuarbeiten, sodass ich zwei Wochenenden ausgesetzt hatte. Sicher war das der Grund gewesen, warum Vroni mich mit meinem Lieblingsessen überraschen wollte. Sie konnte ja nicht ahnen, dass dies mittlerweile zu einer Art Grundnahrungsmittel für mich geworden war, weil direkt gegenüber meines Büros ein Japaner einen vorzüglichen Mittagstisch anbot. Jedenfalls hatte ich das Ganze wohl nicht genug gewürdigt, was an sich schon ausreichend gewesen wäre für einen ausgewachsenen Streit, wie wir ihn so oft hatten in letzter Zeit. Doch es kam noch schlimmer. Ausgerechnet Kate rief mich auf dem Handy an, zu einer aus ihrer Sicht normalen Bürozeit am Freitagmorgen. Doch in Berlin war längst der Feierabend angebrochen, jedenfalls in Vronis kleiner Welt. Aber weil ich Kate vor meiner Abreise nicht mehr gesprochen hatte und wir noch eine dringende Angelegenheit bezüglich eines unserer wichtigsten Kunden klären mussten, war ich ohne zu zögern vom Esstisch aufgesprungen, um ungestört zu telefonieren. Natürlich dauerte dieses Telefonat länger, als Vroni tolerieren konnte, weswegen sie wutentbrannt die nahezu unangetasteten Sashimis, Makis und California Rolls kurzerhand im Mülleimer entsorgte. Es folgten wie immer Vorwürfe, dass ich angeblich nie wirklich anwesend, sondern mit meinem Kopf immer bloß bei der Arbeit sei. Und dann musste ich mir auch noch anhören, dass ich ganz allein an ihrem Unglücklichsein schuld war, weil sie alles für die Kids opferte, während ich meine Karriere vorantrieb, ohne angeblich auf irgendetwas verzichten zu wollen.

«Wenn wir Frauen über unsere Nöte reden, heißt es doch nur, wir würden bloß wieder meckern», riss Ingrid mich aus meinen Gedanken.

Bei diesem Stichwort konnte ich nicht anders, als ihr beizupflichten: «Eben! Wieso nur müsst ihr uns immer mit Vorwürfen konfrontieren statt einfach eure Bedürfnisse zu artikulieren?!»

«Weil, wie du ganz richtig gesagt hast, da eben zwei dazugehören. Eine, die den Mund aufmacht, und einer, der zuhört. Aber am Ende heißt es bloß: ‹Wieso hast du denn nie was gesagt?› Ich kenne gleich zwei Ehen, bei denen die Frau von einem Tag auf den anderen gegangen ist. Das denkt zumindest der Mann. Aber irgendwann muss man doch mal einen Schlussstrich ziehen. Männer nehmen es einfach nicht ernst, wenn eine Frau sagt, das war jetzt aber das letzte Mal.»

Ingrid klang wie die Anwältin aller Frauen und sah mich herausfordernd an.

«Ich kapiere wirklich nicht, was ihr alles von uns erwartet!», erwiderte ich. «Einerseits sollen wir einfühlsam sein und euch Frauen jeden Wunsch von den Augen ablesen. Andererseits sollen wir bloß keine Weicheier sein.»

Plötzlich wurde auch Ingrid nachdenklich. «Vielleicht funktioniert so eine Verbindung wie die Ehe einfach nicht. Dazu kommt ja auch immer noch diese dumme Eifersucht. Mit Bernd ist das zum Glück ganz anders. Da muss ich mich nie rechtfertigen.»

«Ihr seid eben auch kein Paar!»

Damit hatte ich einen Punkt gelandet. Weder ließ ich mir von Ingrid noch von meiner Frau einreden, ich sei ein egoistisches Monster, dem es egal war, wie es dem anderen ging. Ich meine, ich war wirklich mehr als geduldig darin, mir nahezu allabendlich am Telefon Vronis leidvollen Alltag mit den Kindern anzuhören. Die Wahrheit war doch, sie führte ein entspanntes Bilderbuchleben, weil sie sich mit anderen Müttern ständig im Café oder zum Spielen im Grunewald verabreden konnte. Sogar eine Babysitterin leisteten wir uns, weil meine Schwiegereltern zu weit weg wohnten und meine Mutter zu sehr mit sich und ihren Charity-Damen beschäftigt war. So konnte Vroni zwei Mal die Woche zu ihrem Pilateskurs gehen.

«Also, ich würde gerne mit meiner Frau tauschen», schob ich ein wenig trotzig hinterher.

«Wieso machst du es dann nicht?», stichelte Ingrid weiter.

Ich schüttelte nur mit dem Kopf. Es hatte keinen Sinn, sie darauf hinzuweisen, wie hart und lang der Weg zu dem Jahresgehalt gewesen war, das ich inzwischen bekam. Ein Jahresgehalt, das unseren Lebensstandard sicherte und das man nicht im Spaziergang verdiente.

«Nun, wir haben eine Abmachung, Vroni und ich. Es ist alles durchkalkuliert. Außerdem will ich die Mutter sehen, die ihre Kids freiwillig aus den Augen lässt», versuchte ich die leidige Diskussion nun zu beenden.

«*Durchkalkuliert* … Wenn ich das schon höre! Da gibt es doch tolle Modelle heutzutage, bei denen sich die Eltern alles teilen. Also, meinem Christian sage ich immer, wenn er mal –»

Mir platzte der Kragen. «Solche Modelle passen aber nicht auf unsere Situation», erwiderte ich ungehalten, «du kannst deinem Sohn gerne vorschreiben, wie er seine Kinder zu erziehen hat. Aber nicht mir, verstanden?!»

Erschrocken sah Ingrid mich an. Und in derselben Sekunde bereute ich meinen Wutausbruch. Sie konnte schließlich nichts dafür, dass sie einen verdammt wunden Punkt getroffen hatte.

«Ich schreibe meinem Sohn gar nichts vor», sagte ich gekränkt. Da gab es nämlich nichts vorzuschreiben, weil Christian im Moment nicht einmal eine feste Freundin hatte. «Ich wollte damit eigentlich nur sagen, dass du auch Verantwortung hast.»

«Die nehme ich aber doch wahr!», sagte Jakob schroff.

«Sicher? Ich meine, dein Sohn nimmt sich doch ein Beispiel an dir. Du solltest ihm also vorleben, wie sich ein guter Vater verhält.» Das war nicht einmal als Kritik gemeint. Natürlich fasste es Jakob trotzdem als solche auf und schoss sofort zurück.

«Also wirklich. Wenn es danach geht, unseren Kindern gute Vorbilder zu sein, sollte Christian wohl lieber niemals Vater werden.»

Das saß. Denn ich sehnte mich sehr nach Enkelkindern. Ob es wirklich an mir lag, dass sich Christian so viel Zeit ließ?

«Ich … Ich sag ja nicht, dass ich alles … richtig gemacht habe», stotterte ich herum. «Tatsächlich kann mein Sohn auf mich vermutlich nicht gerade stolz sein. Aber ich habe mir immer Zeit für ihn und seine Sorgen genommen.»

«Daran zweifle ich kein bisschen», sagte Jakob. «Aber wir sprachen ja gerade von Vätern. Wie ist denn dein Sohn mit seinem abwesenden Vater klargekommen?»

«Ach so, darauf läuft es hinaus.» Ich straffte meine Schultern und verschränkte die Arme vor der Brust. «Milan war ein leuchtendes Vorbild für seinen Sohn. Christian hat sich so oft seine Platten angehört.»

Immer wenn er wissen wollte, wo sein Vater blieb, legte ich Bruckners Requiem in d-Moll auf und erklärte, dass er im Westen war. Damals war Christian noch ganz klein, aber er verstand die Bedeutung der Musik. Er machte es sich auf der Auslegware vor dem Plattenspieler gemütlich und wackelte mit den Beinen im Takt. Vermutlich hätte es für den Jungen das Gleiche bedeutet, wenn ich gesagt hätte, sein Vater sei im Himmel. Das war ein ebenso unerreichbarer, paradiesischer Ort. Christian glaubte an seinen Vater genauso ernsthaft und voller Liebe wie an den Weihnachtsmann.

Eine solch bedeutungsvolle Rolle nahm Jakob bestimmt nicht bei seinen Kindern ein.

«Ich meine», bohrte Jakob nach, «wer hat mit ihm Schwimmen gelernt und all so was?»

«Natürlich ich!», sagte ich entrüstet. «Was denkst du denn? Eine Frau aus dem Osten kann auch ein Fahrrad reparieren und mit dem Lötkolben umgehen.»

«Und was ist mit Fußball?»

Er ließ einfach nicht locker. Damit wollte er natürlich nur von sich ablenken. Er selbst hatte garantiert nie Zeit, um mit seinem Jungen ins Stadion zu gehen.

Herausfordernd sah Jakob mich an und wartete auf eine Antwort.

«Christian hatte noch nie was für Fußball übrig», gab ich triumphierend zurück. «Und so eine Rollenverteilung, das hat es bei uns sowieso nicht gegeben.»

Jakob verzog das Gesicht. «Also vorhin hast du mir erzählt, dass dich dein zweiter Mann geschlagen hat. Wenn das kein Rollenklischee ist, dann weiß ich auch nicht.»

«Ach, der Wolfgang hatte auch gute Seiten.» Ich winkte ab. «Er war ziemlich fleißig und arbeitete an den Wochenenden immer noch auf irgendwelchen Baustellen von Bekannten.»

Jakob sah mich überrascht an. «Dir war so ein Zusatzverdienst wichtiger als das Familienleben am Wochenende? Das hätte ich jetzt nicht gedacht.»

Ich musste lachen. «Ach, Unsinn. Das Geld war mir egal. Was hätte ich auch davon kaufen sollen? Nein, wir waren einfach froh, dass wir am Wochenende allein waren, der Christian und ich. Dann haben wir nämlich Ausflüge gemacht, mit dem Klappfix.»

«Und was, bitte, ist jetzt wieder ein Klappfix?», wunderte sich Jakob.

«Das war so ein Anhänger fürs Auto zum Aufklappen. Mit ein paar Handgriffen konnte man daraus ein Zelt samt Küche zaubern», erklärte ich. «So was Praktisches gibt's heutzutage gar nicht mehr.»

Skeptisch sah er mich an und bemerkte: «Du weißt doch überhaupt nicht, was es heutzutage alles gibt.»

«Natürlich weiß ich das», gab ich schnippisch zurück. «Ich vermute, deine Kinder haben ein tolles Campingspiel auf ihrem iPad und züchten dort digitale Blumen.»

«Das ist nicht wahr», behauptete Jakob, aber in seiner Stimme schwang etwas Verunsicherung mit.

«Warst du schon mal mit deiner Familie zelten?», fragte ich und wartete die Antwort nicht ab, denn ich kannte sie bereits. «Christian und ich jedenfalls sind immer an die Lübschützer Teiche gefahren, als er noch klein war.»

Ich lächelte versonnen und versank in Erinnerungen. Christian liebte diese Ausflüge. Es gab dort niemanden, der ihn anbrüllte. Er durfte im Schlamm herumwühlen, sich von oben bis unten schmutzig machen und nach Krebsen tauchen. Später nahm Christian immer seine Blockflöte mit, dudelte stundenlang darauf herum, und keiner beschwerte sich.

«Wir waren dort glücklich», stellte ich fest.

«Hat Milan seinem Sohn nicht trotzdem gefehlt?»

Ich musste nachdenken. «Jetzt, wo du fragst, seltsamerweise nicht. Nicht einmal mir. Es waren vollkommene Stunden.»

Jakob sah mich anerkennend an. «Veronika hat einmal allein einen Ausflug mit unseren Kids gemacht. Danach meinte sie, solange ihr nicht vier Hände und zwei Köpfe wachsen, würde sie das nie wieder machen», erzählte er lachend. «Ich frage mich, wie du das hinbekommen hast, allein mit dem Zelt aufstellen und einem kleinen Kind und so.»

«Aber ich war doch gar nicht allein! Bernd fuhr doch

immer mit. Er hat den Klappfix hingefahren und aufgestellt.»

«Bernd also. Wieder mal Bernd.» Jakob grinste.

«Warum auch nicht?», erwiderte ich. «Er ist schließlich Christians Onkel.»

«Nur sein Stiefonkel, wenn ich deine verworrenen Familienverhältnisse recht verstehe. Hat Bernd denn nie eine eigene Familie gehabt? Keine Frau? Kinder?»

«Nein», antwortete ich.

«Aha. Und findest du das nicht etwas seltsam? Ich meine, wie sieht er denn aus? Irgendwie abstoßend?»

«Wo denkst du hin», widersprach ich. «Er sieht nett aus mit seiner geraden Nase und dem Wirbel auf der Stirn.»

«Ein Foto hast du nicht zufällig in deiner unerschöpflichen Handtasche?», fragte Jakob neugierig.

Ich war erstaunt. «Natürlich nicht. Warum sollte ich ein Foto meines Schwagers mit mir herumschleppen? Aber von Christian habe ich welche, wenn du willst.»

«Hast du mir schon gezeigt.» Jakob winkte ab.

«Auch die von seiner Rede bei der Tagung über die historische Anthropologie der Musik?»

«Mhm», brummte Jakob und tat so, als wisse er, was das bedeutete.

«Es ist schon schön, wenn man merkt, dass aus dem eignen Kind etwas Gutes geworden ist», sagte ich stolz. «Christian studiert jetzt Musikwissenschaft. Wie ich damals.»

«Ich würde meinen Kids niemals reinreden, was sie studieren sollen», bemerkte Jakob.

«Also, das war seine Entscheidung, nicht meine!», rief ich entrüstet.

Jakob sah mich skeptisch an. Auch wenn er es nicht glaubte, ich hatte Christians Studienwunsch tatsächlich nicht beeinflusst. Meinetwegen hätte er auch Maschinenbau oder Sport studieren können. Aber so war es natürlich viel schöner. Und im Grunde meines Herzens wusste ich auch, warum er ausgerechnet dieses Fach gewählt hatte. Er wollte zu Ende bringen, was ich nicht geschafft hatte.

«Mit meinem Christian hab ich eben Glück. Wir sind uns einfach immer einig», behauptete ich.

«Tja», seufzte Jakob. «Schön, wenn man ein Kind hat, das keinerlei Probleme macht.»

Wenigstens in diesem Punkt hatte ich im Vergleich mit meinem Reisegefährten wohl die Nase vorn. Ich lächelte zufrieden und tätschelte Jakob den Arm.

«Das wird schon noch», versicherte ich.

In diesem Moment leuchtete über uns das Anschnallzeichen auf, und die Stewardess verschwand hinter dem Vorhang.

«Was ist los?», fragte ich nervös. «Warum müssen wir auf unseren Sitzen bleiben?»

«Nur das Wetter», beruhigte mich Jakob.

Kurz darauf schüttelte uns die erste Sturmbö, und ich verkrampfte mich in die Armlehne meines Sitzes.

Es folgte eine kurze Ansage, in der vor Turbulenzen und

Gewitter gewarnt wurde. Eilig sammelte die Stewardess ein paar Gläser ein und kontrollierte kurz unsere Gurte. Dann rollte sie den Getränkewagen weg und verschwand.

Bevor sich der Vorhang hinter ihr komplett schloss, beobachtete ich etwas, das mir Sorgen bereitete.

«Die Stewardess hat sich selbst angeschnallt», flüsterte ich Jakob entsetzt zu.

Er zuckte nur mit den Schultern. «Es wird vermutlich etwas unruhig. Das kommt immer mal vor. Wir werden schon nicht gleich abstürzen.»

«Abstürzen?!» Entsetzt zog ich meinen Gurt so eng es ging und ächzte. «Ach, hätte ich nur auf Christian gehört!»

«Ich denke, ihr seid euch immer einig?», wunderte sich Jakob.

«Ja, also ... Im Prinzip schon», druckste ich herum. «Aber von meiner Reise war er nicht besonders begeistert.»

«Warum nicht? Sie führt immerhin zu seinem Vater.»

«Genau deshalb war er ja dagegen», gab ich zu.

Forschend sah Jakob mich an. «Vor fünf Minuten hast du mir erzählt, dass Christian seinen Vater immer vergöttert hat. Und jetzt das. Du verwickelst dich in Widersprüche, Ingrid!»

«Er hat ihn wirklich vergöttert», beteuerte ich. «Aber dann kam er in die Pubertät.»

«Autsch. Davor graut mir auch», seufzte Jakob. «Ich kann mir einfach nicht vorstellen, dass mein Kleiner irgendwann mit tiefer Stimme spricht.»

«Wenn es bloß die Stimme gewesen wäre, aber all das andere Zeug … und ich als alleinerziehende Mutter.» Ich verdrehte die Augen, und wir mussten beide lachen. Dann wurde ich wieder ernst. «In dieser Zeit ist er irgendwie störrisch geworden. Die Mauer war schließlich längst offen.»

Jakob verstand. «Er fing an, Fragen zu stellen.»

Ich nickte, denn das stimmte leider. Irgendwann ließ sich Christian von mir nicht mehr mit Ausreden abspeisen. Er wollte wissen, warum sein Vater nicht zu uns zurückkam und warum er sich kein bisschen für seinen Sohn interessierte. Und ich hatte keine Antworten darauf. Ich weiß nicht, ob es daran lag, dass sich unser Verhältnis veränderte. Unmerklich und schleichend zunächst, aber irgendwann stellte ich fest, dass wir die Rollen getauscht hatten. Während ich früher Christian ins Gewissen geredet hatte, wenn er Entscheidungen traf, die ich nicht billigte, war er es jetzt, der mir Vorwürfe machte.

«Christian wurde richtig wütend wegen dieser Reise», erklärte ich. «Da war er sich sogar mal mit meiner Mutter einig. Sie haben sich gegenseitig übertroffen mit schlimmen Ausdrücken für Milan. Die will ich lieber nicht wiederholen.»

«Vielleicht haben sie einfach Angst, dass du nicht zurückkehrst?»

«Vermutlich hast du recht», sagte ich traurig. «Deswegen war Bernd wohl auch der Einzige, der mich ermutigt hat. Für ihn ist es eben leichter, mich ziehen zu lassen. Wir sind ja bloß Freunde.»

Ob einer von ihnen geahnt hatte, dass ich tatsächlich darüber nachdachte, bei Milan in Amerika zu bleiben? Nicht für immer natürlich. Sterben wollte ich schließlich auf keinen Fall in der Fremde.

Das Flugzeug stellte meinen letzten Gedanken in Frage, indem es erneut abrupt nach unten wegsackte.

Jakob 23:02 Uhr

Mein Herz schlug plötzlich schneller. Natürlich tat ich alles, damit Ingrid meine aufkommende Nervosität nicht bemerkte. Womöglich hätte sie einen hysterischen Anfall bekommen, wenn ich nicht so gelassen wie möglich betont hätte, wie häufig Flugzeuge in ein Unwetter gerieten.

«Normalerweise umfliegen Piloten ein Gewitter», erklärte ich weiter, weil ich in Ingrids Gesicht die nackte Panik sah. «Wir sind bestimmt gleich dran vorbei.»

Sie krallte sich an ihrer Handtasche fest, die noch immer auf ihrem Schoß lag, und sagte kein Wort mehr. Ich war schon kurz davor, diesen ungewohnten Umstand ironisch zu kommentieren. Doch dann ruckelte der Flieger erneut so gewaltig, wie selbst ich es noch nie erlebt hatte.

Ingrid schloss die Augen. Ob ich ihr beruhigend meine Hand auf den Arm legen sollte?

Da meldete sich der Pilot überraschenderweise zu Wort: «Liebe Fluggäste, hier spricht noch mal Ihr Flugkapitän aus dem Cockpit. Sie haben es bemerkt, wir haben es heute auf unserem Flug von Berlin nach New York mit starken Unwettern aufgrund eines Tiefausläufers zu tun. Nach neuesten Vorhersagen ist dies der Vorbote eines Hurrikans, der sich aktuell über Grönland herausbildet. Nach Rücksprache mit der Flugsicherheitsbehörde haben wir folgenden Entschluss getroffen: Ich muss Ihnen leider mitteilen, dass wir uns angesichts der Wetterverhältnisse gezwungen sehen, Kurs auf Island zu nehmen. Nach derzeitiger Lage werden wir unseren Zielflughafen Newark heute nicht erreichen können. Wir bitten Sie um Verständnis für diese Vorsichtsmaßnahme und halten Sie selbstverständlich auf dem Laufenden. Des Weiteren bitten wir Sie, die Waschräume nach Möglichkeit nicht mehr aufzusuchen und angeschnallt zu bleiben, bis wir sicher in Reykjavík gelandet sind. Vielen Dank für Ihre Aufmerksamkeit!»

«O, mein Gott!», stieß Ingrid hervor, und nun war sie es, die nach meiner Hand griff.

Ich blickte sie genauso entsetzt an wie sie mich. Meine Sorge galt allerdings dem Meeting, das wohl ohne mich stattfinden musste. Ausgerechnet!

Seit Monaten hatte ich mich darauf vorbereitet. Nicht nur in allen juristischen Details, sondern auch mental. Denn selbst wenn Kate es nie direkt ausgesprochen hatte: Jeder in der Firma wusste, dass der prestigeträchtige Deal mit *Clarks & Sons* meine Feuertaufe sein würde. Es war mein Baby, auf dessen Geburt ich seit dem Sommer hinfieberte. Würde alles nach Plan laufen, und danach hatte es bislang ausgesehen, stand ein beachtlicher Karrieresprung zum Teamleiter an. Und nicht nur das, mit der Beförderung würde eine satte Provision und die nächste Stufe auf der Gehaltsskala einhergehen, die nur eine Handvoll anderer Angestellten mit mir teilten. Unter ihnen mein Kollege Greg, der mich stets in all die unausgesprochenen Geheimnisse der Firmenpolicy einweihte. Ich brauchte ihm nur ein Stichwort oder einen Namen zu liefern, den ich irgendwo aufgeschnappt hatte, und schon klärte er mich über die Hintergründe auf. Greg war bereits in den Fünfzigern und so etwas wie mein Mentor, wie Kate es ihm aufgetragen hatte. Doch so manches Mal erschien es mir, als hätten wir vertauschte Rollen. Jedenfalls, wenn es ums Privatleben ging, dann war ich derjenige, der um Rat gefragt wurde. Greg war geschieden, hatte drei Kinder und sah keines davon regelmäßig, weil die Mutter mit ihnen an die Westküste gezogen war. Auch bei seinen aktuellen Frauengeschichten hatte er kein Glück. Entweder waren seine Eroberungen eine Generation zu jung und für keine ernstzunehmende Unterhaltung zu gebrauchen. Oder er verguckte sich in Damen wie Kate, die unerreichbar schienen.

«Wo sollen wir denn bloß schlafen?», riss Ingrid mich aus meinen Gedanken.

Auch wenn mir selbst etwas mulmig zumute war, musste ich schmunzeln über Ingrids Naivität. «Die Fluggesellschaft wird das alles regeln und die Übernachtung in einem Hotel organisieren.»

«Das hoffe ich. Ich will doch nicht schon auf dem Weg mein ganzes Erspartes ausgeben», wimmerte sie. Plötzlich richtete sie sich auf. «Und das Ticket? Es wird doch ein Vermögen kosten, von Island weiterzufliegen!»

«Das sollte jetzt nicht unser Problem sein», versuchte ich sie zu beruhigen, doch sie schnitt mir das Wort ab.

«Das ist ein böses Omen! Ich fliege zum ersten Mal in meinem Leben – und schon geht alles schief.»

Ich tätschelte ihren Arm. «Mein Vater sagte immer: Geh einmal in Gedanken den schlimmsten Fall durch, dann bist du drauf vorbereitet, und alles ist halb so wild.»

Es wackelte erneut. Ingrid bohrte ihre Finger kräftiger in meine Hand. «Das ist der schlimmste Fall, eine Notlandung! Ich möchte nicht nach Island!»

Ich ließ mir nichts anmerken und widersprach: «Also, ich wollte schon immer mal nach Island. Das ist jetzt zwar eine sehr spontane Gelegenheit, aber sieh es doch als nettes kleines Abenteuer, von dem du eines Tages deinen Enkeln erzählen kannst.»

Ich wollte sie aufmuntern, war mir aber plötzlich selbst nicht mehr sicher, ob ich nicht zu viel versprach. Denn im nächsten Moment wurden wir heftig in unseren Sitzen hin- und hergerüttelt. Ich sah mich in der Kabine nach Anhaltspunkten um, die mir versicherten, dass wir nicht in Gefahr waren, fand aber keine. Hinter dem Vorhang war klirrendes Geschirr zu vernehmen, das ebenso durchgeschüttelt wurde. Keine der Stewardessen lief mehr durch die Gänge. Die Stimmung war gespenstisch angespannt, bis wir erneut stark absackten und einige Passagiere ihre Angst einfach hinausschrien, einschließlich Ingrid.

Ich beugte mich zu ihr. «Schon rein statistisch gesehen wird uns nichts passieren.» Dennoch ging mein besorgter Blick durchs verregnete Fenster in den Nachthimmel, der noch immer im Sekundentakt blitzhell aufleuchtete.

«Einmal ist immer das erste Mal», entgegnete Ingrid und schloss erneut die Augen. «Hoffentlich ist das nicht unser letztes Mal.»

Sie tat mir leid. Dann brach ein gewaltiges Beben über uns herein, das unsere Hände auseinanderriss. Ich stieß mir den Kopf an der Bordwand und wünschte mich plötzlich nach Hause. Wie ein kleines Kind.

Ingrid 23:11 Uhr

«Ich will noch nicht sterben!», rief ich.

«Meinst du, ich vielleicht?», wies mich Jakob zurecht. «Jetzt beruhig dich wieder und mach hier nicht alle verrückt. Der Pilot hat das im Griff.»

Jakob faltete die Hände.

«Betest du?», schluchzte ich. «Ich will auch beten! Warum hat man uns das nicht beigebracht?»

Jakob murmelte etwas Unverständliches.

Weil ich nichts anderes wusste, begann ich die einzigen zehn Gebote aufzuzählen, die ich kannte: «Wir Jungpioniere halten Freundschaft mit den Kindern der Sowjetunion und aller Länder», flüsterte ich. «Wir Jungpioniere treiben Sport und halten unseren Körper sauber und gesund. Wir Jungpioniere achten alle arbeitenden Menschen und helfen überall tüchtig mit …»

Währenddessen versuchte ich ganz fest an eine höhere Macht zu glauben, die uns beschützte. Falls es einen lieben Gott gab, war er bestimmt großzügig, und es machte ihm nichts aus, dass ich die richtige Zauberformel nicht kannte. So oder so, beruhigte mich mein eigener Singsang wenigstens ein bisschen.

Es hatte Momente in meinem Leben gegeben, da wäre ich mit meinem Tod einverstanden gewesen. Aber nicht jetzt. Nicht so kurz bevor ich Milan wiedersehen durfte. Nicht bevor ich Amerika entdeckt hatte. Nicht bevor Christian mir Enkelkinder schenken konnte. Nicht solange ich mich um meine Mutter kümmern musste.

Und es gab noch eine weitere offene Rechnung.

«Ich kann noch nicht sterben», stellte ich mit Nachdruck fest. «Nicht bevor Milan es gesagt hat.»

«Was gesagt?», fragte Jakob abwesend. Er starrte angestrengt nach draußen. Ich war dankbar, dass wenigstens er die Nerven behielt.

«Na, dass ich nicht schuld bin», sagte ich.

«Schuld woran?»

«Ich will einfach nur hören, dass es nicht an mir lag, dass er mich verlassen hat», sagte ich und fing an zu zittern.

Diesen kleinen, bösen Zweifel schleppte ich schon seit so vielen Jahren mit mir herum. Vielleicht war Milan gar nicht aus der DDR, sondern aus der Ehe mit mir geflohen?

Jakob sah mich an und nahm meine Hand. «Ich denke, jetzt ist der richtige Zeitpunkt gekommen, um dir etwas Wichtiges zu sagen: Du bist definitiv nicht daran schuld, Ingrid! Dein Mann ist einfach ein verdammter Idiot, weil er auf so eine tolle, loyale Frau wie dich verzichtet hat.»

Ich fühlte Tränen aufsteigen. Wenn das ein unparteiischer Fremder zu mir sagte, der noch dazu ein erfolgreicher Anwalt war und sich in der Welt auskannte, dann musste es wirklich stimmen. Es hatte nicht an mir gelegen.

Ich atmete tief durch und wartete schicksalsergeben auf die nächste Sturmbö.

Es war merkwürdig, was mir in diesem Moment so alles durch den Kopf schoss. Ich hatte immer gedacht, dass ich am Lebensende am meisten diese verdammte Unterschrift bereuen würde, die ich unter die Zwangsscheidung gesetzt hatte. Oder die Kopfnuss, die ich Christian gegeben hatte, als er sein Notenbuch in die Ecke feuerte, weil er keine Lust mehr zum Üben hatte. Aber zu meinem eigenen Erstaunen war es nicht das, weshalb ich mich im Angesicht der zuckenden Blitze grämte.

«Weißt du, was ich am meisten bereue?», fragte ich Jakob.

«Nein», stöhnte er. Seine Fingerknöchel waren unnatürlich weiß und stachen von seinem Handrücken ab, so sehr hielt er sich an der Armstütze fest.

«Am meisten bereue ich, dass ich noch nie in einer Kutsche gefahren bin. Bist du schon mal?»

Jakob schüttelte den Kopf. «Daran hätte ich auch gar kein Interesse.»

Gedankenverloren fuhr ich fort: «Und dass ich nie ein Ballkleid besessen habe. Das bereue ich auch. Ich war immer so knauserig mir selbst gegenüber. Überhaupt habe ich noch nie beim Opernball getanzt, sondern immer nur an der Garderobe die Luxuscapes und Pelzmäntel entgegengenommen. Und im Gospelchor habe ich mich auch nicht angemeldet, obwohl ich dort so gern mitsingen würde. Die haben einen wundervollen Hüftschwung und glänzende, lila Roben. Aber ich hab es nie gewagt, weil ich doch nicht kirchlich bin. Ich dachte, da darf man das bestimmt nicht. Genau weiß ich es natürlich nicht, und ich hätte ja mal fragen können. Und ich verstecke seit zwei Jahren in meiner Schublade einen knallroten Nagellack. Den habe ich mich bisher nie getraut zu benutzen. Auch habe ich mir nie Ohrlöcher stechen lassen. Das alles bereue ich. Es ist –»

«Könntest du bitte einfach still sein?», presste Jakob zwischen den Lippen hervor.

Aber ich konnte nicht schweigen. Wenn ich in diesem

Moment mit meinen Gedanken allein geblieben wäre, dann hätte ich bestimmt einen Herzkasper bekommen. So viel Druck kann ein Mensch wie ich einfach nicht aushalten. Ich brauchte unbedingt ein Ventil, und das war nun mal mein Mund.

Die Blitze ließen ein wenig nach. Für einen kurzen Moment war es draußen nur noch schwarz, und ich schöpfte ein klein wenig Hoffnung.

«Falls wir heute noch einmal mit dem Schrecken davonkommen», versprach ich, «werde ich alles anders machen! Vielleicht wird uns eine zweite Chance geschenkt! Und wenn man die bekommt, darf man auf keinen Fall so weitermachen wie bisher. Sonst hat man die zweite Chance einfach nicht verdient. Aber ich würde sie wirklich nutzen!» Ich überlegte. «Bestimmt ist das Unwetter auch gar kein schlechtes Vorzeichen, sondern ein Warnschuss. Vielleicht müssen wir endlich etwas wagen, das wir uns bisher nie getraut haben! Vielleicht ist das der eine Moment im Leben, in dem wir alles noch einmal auf null stellen sollten!»

«Auf null stellen?», fragte Jakob und wurde noch eine Spur blasser.

«Ja!», sagte ich begeistert. «Was ist es bei dir? Was bereust du? Und was würdest du anders machen, wenn du die Chance bekommen würdest?»

«Ich würde gar nichts anders machen!», schnauzte ich Ingrid an. Es war weiß Gott nicht der richtige Zeitpunkt, meine Lebensbeichte abzulegen.

«Hast du denn gar keine Angst?», wimmerte Ingrid.

Sie tat mir schon wieder leid. Natürlich hatte ich Angst. Große Angst sogar! Am meisten ängstigte mich die Vorstellung, einfach so abzutreten. Ohne Vorwarnung oder Vorzeichen. Und ohne alles ins Reine gebracht zu haben. Ich konnte doch noch nicht gehen. Nicht so!

«Dann hast du es ja gut», jammerte sie weiter. «Wenn du nichts anders machen würdest in deinem Leben, hast du wohl alles richtig gemacht. Ich dagegen hab alles falsch gemacht. Weißt du was? Ich hatte in meinem ganzen Leben nie ein eigenes Auto! Und warum? Bloß, weil ich nie einen Kredit aufnehmen wollte. Hätte ich es mal gemacht. Dann würde die Bank aber schön blöd gucken, wenn wir abstürzen.» Sie nickte. «Aber wenn wir nicht abstürzen, dann steht für mich eins fest: Ich werd mir nie wieder was verkneifen, bloß weil es zu teuer ist. Zum Glück komme ich nun durch Milan auch an Geld und habe die Möglichkeiten dafür. Ich schwöre dir, Jakob, und du bist mein Zeuge, wenn wir hier lebend rauskommen: Ich werde meine zweite Chance nutzen! Ich fange wirklich mit allem ganz von vorne an!»

«Das wirst du auch müssen», sagte ich und war mindestens genauso überrascht wie Ingrid über die Entschiedenheit und Strenge, mit der ich den Satz vortrug. Aber ich konnte nicht länger schweigen.

Der Flieger wackelte nach wie vor extrem. Ich nahm erneut Ingrids Hand, die mich noch immer mit großen Augen ansah. Fast flehend. Es zerriss mir das Herz. Aber ich hatte keine andere Wahl.

«Ich muss es dir jetzt sagen», begann ich, um sie gezielt auf den vielleicht schlimmsten Schlag ihres Lebens vorzubereiten. «Etwas wirklich sehr Wichtiges.»

«Was ist? Ist es so weit? Stürzen wir jetzt ab?»

Ingrid drückte meine Hand so stark, dass es schmerzte. Ich hätte sie gerne in die Arme geschlossen, um sie zu trösten. Aber ich musste mit ihr reden. Alles andere wäre ein verdammter, nicht zu entschuldigender Fehler gewesen. Ich wollte mir nicht noch mehr Schuld aufladen. Nicht jetzt.

«Wir werden bestimmt sicher landen.» Ich schlug bewusst einen sachlichen Ton an. «Es kann nicht mehr lange dauern. Die Maschine ist bereits im Sinkflug und –»

«Im Sinkflug? Landen wir etwa auf dem Wasser? Ich bin keine gute Schwimmerin! Wo sind die Schwimmwesten? Jakob, ich hab das vergessen!» Sie war vollkommen panisch.

«Ganz ruhig. Ich will damit nur sagen, wir sind gleich raus aus dem Gewitter, weil wir bald landen werden. Das ist doch reine Routine für die Piloten», erklärte ich, obwohl mir im selben Moment klarwurde, dass ich schon wieder die Wahrheit verdrehte. Ganz bewusst vermied ich das Wort Hurrikan. Ich ermahnte mich innerlich, stark zu sein. Obwohl mir das Schicksal die Ironie meines Lebens vor Augen führte, so kurz vor dem möglichen Ende. Ausgerechnet ich, der Anwalt der Wahrheit, der ich zu Beginn meiner Karriere um jeden Preis hatte sein wollen, scheute nichts mehr als die Auseinandersetzung mit derselben. Ich war ausgebildet worden, um Sachverhalte richtigzustellen, Unstimmigkeiten aufzudecken, Konflikte zu schlichten – und tat doch das genaue Gegenteil. Schon länger schummelte ich mich durchs Leben, machte der ganzen Welt etwas vor. Das Schlimmste aber war, dass ich mich selbst belog.

Deshalb war jetzt die Stunde der Wahrheit gekommen. Ich wollte tatsächlich etwas anders machen. Ich hatte plötzlich das unbedingte Verlangen, aus meinem selbstgebauten Gefängnis auszubrechen. Ingrid schien mir wie ein gesandter Engel, der mir die Gelegenheit – oder wie sie es nannte, die Chance – bot, zu zeigen, dass tief in mir drin doch noch ein echter, ein wahrer Kern verborgen war. Ein Kern, der viel zu lange von Furcht, Eitelkeit und Scham überdeckt worden war.

Ich holte tief Luft, beugte mich zu Ingrid, um ihr direkt in die Augen blicken zu können. Dann sprach ich sie aus, die Wahrheit: «Milan Bering ist ein Betrüger.» Ingrid starrte mich einfach nur an, und ich fuhr fort. «Du bist nicht die Schuldige in diesem Spiel. Du bist das Opfer. Ein

Opfer, das auf dem besten Wege ist, wieder in seine Falle zu tappen. Er will dich nur benutzen!»

Ingrid löste ihren Griff. Wortlos ließ sie sich tiefer in ihren Sitz sinken, ohne den Blick von mir abzuwenden. Es fühlte sich an, als könnte sie direkt in den Abgrund meiner Seele blicken, jetzt, nachdem der Weg dorthin sich geöffnet hatte. Endlich.

Ingrid 23:28 Uhr

Ich war fassungslos. Wie konnte Jakob in so einem Moment diese alte Geschichte ausgraben?

«Warum reitest du immer noch darauf herum?», fauchte ich ihn an. Ich brauchte meine innere Balance, um das Gewackel im Flugzeug ausgleichen zu können. «Die Sache mit der blöden Geige ist doch längst verjährt!»

«Du verstehst nicht, Ingrid», mahnte Jakob und ließ meine Hand nicht los, obwohl ich sie wegziehen wollte. «Es geht überhaupt nicht um irgendeine Geige.»

«Nur weil du berufsmäßig mit Lügnern zu tun hast, siehst du in jedem einen Verbrecher!»

«Vielleicht. Aber es hat auch zur Folge, dass ich einen Betrüger leichter durchschaue.»

Für einen Moment wurde ich unsicher. Mich verwirrte

nicht, was er sagte, sondern wie er es sagte. Er hatte nicht zurückgeschossen, sondern mit behutsamer Stimme gesprochen, als wäre ich krank. Oder als müsse man Mitleid mit mir haben.

«Ich weiß alles von Milan», stellte ich klar. «Da gibt es keine Abgründe. Ich liebe ihn. Schon immer. Und zwar so, wie er ist.»

«Auch wenn er jetzt ein Pflegefall sein sollte?», wollte Jakob wissen. «Und primär eine Betreuerin sucht?»

«Gerade dann», gab ich trotzig zurück.

«Und wenn Milan keinen Pfennig mehr besitzen würde?»

Ich verdrehte die Augen. «Nur weil ich vorhin gesagt habe, ich will nicht mehr knausern? Es geht mir nicht um Milans Geld. Ich würde ihn ganz genauso lieben, wenn er arm wie eine Kirchenmaus wäre. Was willst du mir hier eigentlich unterstellen? Hältst du mich etwa für eine Mitgiftjägerin?»

«Nein, nein. Ich weiß ja, dass Geld für dich nicht wichtig ist. Aber Aufrichtigkeit ist es doch, oder?», bohrte Jakob weiter.

«Ja, natürlich», sagte ich wahrheitsgemäß und bemerkte ein triumphierendes Zucken in Jakobs Augen.

Ich hatte das unterschwellige Gefühl, mit dieser Antwort in eine von ihm vorbereitete Falle getappt zu sein.

«Warum reden wir überhaupt davon?», fragte ich ungehalten. «Solltest du dir nicht lieber um Wichtigeres Gedanken machen? Dein Testament zum Beispiel?»

Jakob ließ sich nicht beirren und ging gar nicht darauf ein. «Das hier gehört eindeutig in die Kategorie ‹Wichtigeres›. Ob du es hören willst oder nicht, Ingrid: Milan Bering ist pleite!»

Er flüsterte die letzten Worte fast, sodass ich hoffte, ihn falsch verstanden zu haben. Ich sah auf meine Hände. Sie waren ganz kalt und weiß, so als wäre kein Blut mehr in ihnen. Die Kälte breitete sich aus, sie kroch in meine Arme, überflutete meine Brust, und ich bekam Kopfschmerzen.

«Woher willst du das wissen?», fragte ich schließlich und musste mich räuspern, weil meine Stimme kratzte.

«Ich habe die ganze Zeit überlegt, woher ich den Namen Milan Bering kenne. Und irgendwann ist es mir eingefallen. Ich habe durch einen befreundeten Kollegen von ihm gehört.»

«Ich gebe nichts auf Klatsch und Tratsch», sagte ich trotzig und versuchte, die Illustrierten unauffällig tiefer in meine Tasche zu stopfen.

«Du hast mich nicht richtig verstanden. Ich habe den Namen nicht in einer Zeitschrift gelesen, sondern in einem Dokument, das ich für diesen Kollegen übersetzt habe. Er hat eine Schweizer Firma vertreten», berichtete Jakob. «Der Name ist unerheblich. Aber Milan Bering war Hauptgesellschafter. Er hatte seine Anteile haushoch beliehen, sich verkalkuliert und dann immer seltener die Gehälter an die Mitarbeiter ausgezahlt. Irgendwann ließen die sich dann nicht mehr vertrösten. Und trotzdem war am Ende nichts mehr zu retten. Inzwischen ist Bering bis über beide Ohren verschuldet und lebt vollkommen über seine Verhältnisse. Ihm gehört nichts mehr.»

Ich starrte Jakob an und konnte das einfach nicht glauben. «Du lügst! Die schöne Villa, die Ländereien! Ich habe das doch alles auf den Fotos gesehen!»

«Davon gehört ihm längst nichts mehr», behauptete Jakob.

Wir schwiegen für einen Moment, und ich versuchte, zu begreifen, was ich gerade gehört hatte. Konnte das wahr sein, was Jakob sagte?

Das Flugzeug schlingerte immer noch, auch der Regen hörte nicht auf. Ich zog meine Füße unter den Sitz, um die abgewetzten Spitzen meiner Schuhe nicht mehr sehen zu müssen. Eigentlich hatte ich sie nach dem Flug wegwerfen und mir schicke neue kaufen wollen.

«Das ändert trotzdem nichts», beteuerte ich. «Ich brauche kein Geld zum Glücklichsein.» Gleichzeitig ärgerte ich mich über mich selbst. Denn ein wenig war ich doch enttäuscht. Ich hatte schon ein bisschen darauf gehofft, mir keine finanziellen Sorgen mehr machen zu müssen. Ich trauerte der Staffelei hinterher, die ich nun ebenso wenig bekommen würde wie Leinwände oder Künstlerfarben von Winsor & Newton.

«Es ist mir nicht wichtig, was er besitzt», ergänzte ich starrköpfig.

«Wenn Milan kein Geld besitzt, bedeutet das, er hat dich belogen», gab Jakob zu bedenken.

Ich dachte darüber nach und sagte dann zögernd: «Aber doch nur, wenn er selbst weiß, dass er nichts mehr hat.»

«Richtig.» Jakob nickte. «Und er weiß es definitiv. Er hat so viele Klagen am Hals und sicher etliche persönliche Gerichtsvorladungen erhalten, er weiß es!»

Ich versuchte, mir Milan vor einem Gericht vorzustellen. Er musste sich gefühlt haben wie ich beim Verhör durch die Stasi, als mir Fluchthilfe unterstellt wurde. Ich konnte Milans empfindsames Gesicht vor mir sehen, seine feingliedrigen Hände, mit denen er vor lauter Nervosität nicht wusste, wohin. Eine Welle von Mitgefühl schlug über mir zusammen. Und ich glaubte auch zu wissen, warum er mir seine Schwierigkeiten verschwiegen hatte.

«Bestimmt hat er sich geschämt», verteidigte ich Milan.

«Ingrid!», sagte Jakob streng. «Sei bitte nicht so naiv. Eine Tatsache zu verschweigen ist eine Sache, aber bewusst zu lügen eine ganz andere. Denk nach, was er dir erzählt hat!»

Ich erinnerte mich an Milans ausschweifende Beschreibungen von all dem Luxus, der auf mich warten würde. Ich dachte an Bilder von seinem Privatpark und vom Pool mit dem Poolboy, an den Privatkoch, der uns Meeresfrüchte und Rinderfilets bereiten würde, an den Modedesigner, der mich standesgemäß einkleiden würde, damit ich Milan überallhin begleiten könnte, ohne mich schämen zu müssen. Nein, das war wirklich etwas anderes, als ein bisschen Flunkern oder etwas zu unterschlagen, weil man sich schämte. Milan hatte bewusst gelogen. Und ich hatte mich wie ein dummes Äffchen mit einer Banane aus dem Urwald locken lassen.

«Dieser Mann ist gerade dabei, dich zum zweiten Mal reinzulegen», versicherte mir Jakob.

Auf meiner Hand spürte ich einen Tropfen. Ich hatte gar nicht bemerkt, dass mir Tränen hinunterliefen.

Aber Jakob setzte noch eins drauf. «Der will dich als billige Pflegekraft ausnutzen und dann mit einem Berg Schulden sitzenlassen.»

Ich erschrak. Konnte es wirklich noch schlimmer kommen? Ich hatte bisher nie Schulden gehabt!

«Aber ich habe doch gar nichts damit zu tun!», rief ich erschüttert.

«Wenn eure Scheidung wirklich nicht rechtsgültig sein sollte, hast du sehr wohl etwas damit zu tun. Jedenfalls rein rechtlich», erklärte er.

«Du meinst, ich muss für seine Schulden geradestehen?», fragte ich entsetzt.

Jakob nickte. «Theoretisch ja. Und du müsstest außerdem für seine Pflege aufkommen. Da würde man aber natürlich erst einmal prüfen, um welche Rechtsform es sich bei der Firma handelt.»

«Was meinst du? Um wie viel geht es denn da?»

«Keine Ahnung. Womöglich Millionen», mutmaßte Jakob.

«Oh. Dann hoffe ich, wir stürzen wirklich ab.» Das war der einzige Ausweg, der mir einfiel.

«Wenn du dir einen ordentlichen Anwalt nimmst, kommst du ohne Schaden aus der Sache raus.»

«Ohne Schaden?», fragte ich und lachte bitter. «Mein ganzes Leben, meine Träume, meine Hoffnungen, alles basiert auf einer Lüge.»

«Tut mir wirklich leid», sagte Jakob verlegen.

Plötzlich wurde mir bewusst, dass mir nicht nur für neue Schuhe das Geld fehlte. «Ich kann mir gar keinen ordentlichen Anwalt leisten», stellte ich fest.

Jakob zögerte kurz, dann sagte er: «Ich würde dir schon irgendwie helfen.»

«Warum hast du es mir nicht gleich gesagt?», fuhr ich ihn an.

«Das habe ich mehrmals versucht, aber du wolltest es nicht hören», verteidigte sich Jakob.

«Das will ich auch jetzt noch nicht. Warum hast du es nicht für dich behalten?»

«Weil es die Wahrheit ist.»

«Aber musstest du es mir gerade jetzt sagen?», fragte ich anklagend. «Hättest du mich nicht glücklich und erwartungsvoll sterben lassen können?»

«Wir werden nicht sterben», versicherte Jakob.

«Das ist ja noch schlimmer», schluchzte ich. «Wie soll ich denn mit diesem Wissen leben?»

Plötzlich fühlte ich ein Brennen in mir hochsteigen, mein Herz klopfte wie wild, und meine Hände verkrampften sich immer stärker um die Taschenhenkel. Dann fing ich an, hektisch an meiner Tasche zu zerren.

Jakob sah mich besorgt an. «Alles in Ordnung? Du suchst jetzt aber nicht Tabletten, um eine Überdosis zu schlucken?»

«Nein!», gab ich patzig zurück.

Ich versuchte, mich zusammenzunehmen, aber ich konnte meine Hände nicht kontrollieren. So hatte ich mich noch niemals gefühlt. Was war das?

«Ich glaube, ich werde einfach nur verrückt», stieß ich hervor. «Ich habe plötzlich das dringende Bedürfnis, die Henkel meiner Tasche abzureißen!»

Erleichtert atmete Jakob aus. «Du wirst nicht verrückt, Ingrid. Das ist nur die Wut.»

Ich warf mich in den Sitz zurück und horchte in mich hinein. So konnte sich also Wut anfühlen? Dann war ich offensichtlich noch nie wirklich wütend gewesen.

Plötzlich verstand ich die Leute, über die so oft in meiner Lieblingskolumne berichtet wurde, Frauen, die in rasender Wut Autos zerkratzten, Männer, die einen Rivalen erschlugen.

Ich schnaufte laut, und der Asiate reckte neugierig seinen Kopf. Daraufhin schoss ich ihm einen bösen Blick rüber, und er zuckte zurück.

Was wollte ich überhaupt noch in Amerika? Ich hatte kein Interesse mehr daran, auf demselben Erdteil wie Milan Bering zu sein. Schlimm genug, dass wir uns auf demselben Planeten befanden.

«Lass deine Wut raus», forderte mich Jakob auf. «Dann geht's dir besser.»

Wie recht er hatte! Ich musste diese ganze unsinnige Aktion abbrechen. Blitzschnell öffnete ich die Lasche an meinem Sitzgurt und sprang auf.

«Können wir umdrehen?», rief ich laut. «Kann bitte irgendjemand dieses Flugzeug wenden?»

Jakob 23:44 Uhr

«Ingrid, Ingrid! Bitte beruhige dich!», ermahnte ich sie eindringlich. Ich sprang auf und umklammerte sie. Doch sie wehrte sich.

«Lass mich in Ruhe!», schrie sie mich an.

Mir war in dem Moment scheißegal, was die anderen Passagiere dachten, deren Blicke ich in meinem Rücken spürte. Alles, was zählte, war, meine Reisegefährtin aufzufangen. Doch sie riss sich los, trat zwei Schritte zurück im Gang und nahm eine abwehrende Haltung ein. Sie fixierte mich, so, als wäre ich ein Verbrecher, der sie mit einem Messer angreifen will. Dabei wollte ich sie einfach in die Arme schließen.

«Es tut mir wirklich sehr leid», sagte ich, als ich langsam einen Schritt auf sie zuging.

Aber das Flugzeug sackte ein weiteres Mal ruckartig ab, sodass ich ebenso plötzlich wegrutschte, zu Boden stürzte und mir den Kopf stieß. Ingrid kam mir sofort zu Hilfe, obwohl das gar nicht nötig gewesen wäre. Auch unsere Flugbegleiterin war sogleich zur Stelle und ermahnte uns eindringlich, unverzüglich unsere Plätze wieder einzunehmen und uns anzuschnallen.

«O mein Gott, du blutest ja!», entfuhr es Ingrid entsetzt.

Doch ich spürte lediglich ein leichtes Brennen an meiner Schläfe oberhalb des linken Auges, sodass ich davon ausging, bloß einen kleinen Kratzer abbekommen zu haben.

«Lassen Sie mal sehen!», sagte die Flugbegleiterin, während sie uns zu unseren Plätzen schob.

Ingrid wurde kreidebleich, weswegen ich Sorge hatte, sie konnte womöglich zusammenbrechen. Ich hatte ihr offenbar zu viel zugemutet. Und doch wusste ich, es war richtig gewesen, ihr die Wahrheit zu sagen.

Beide Frauen musterten mich betroffen.

«Hier pressen Sie das fest auf die Wunde. Ich bin gleich wieder da», sagte die Stewardess und reichte mir eine saubere Stoffserviette.

«Ich wünschte, ich hätte dir das ersparen können», unternahm ich einen nächsten Versuch, Ingrid zu trösten.

«Ach was, mir tut's leid!», entgegnete sie. «Das wollte ich nicht.» Sie schlug sich die Hände vor den Mund.

«Was tut dir leid?», fragte ich und warf einen Blick auf die Serviette, um zu sehen, ob ich noch blutete. Sie war nass und tiefrot.

«O nein, o nein!», stieß Ingrid gequält hervor und drückte den Stoff sofort wieder an meine Stirn. «Du wirst verbluten! Und es ist meine Schuld!»

Ich atmete tief durch und fragte mich, warum Frauen immer so übertreiben mussten. Es war mir extrem unangenehm, als ich plötzlich auch noch die Durchsage der Stewardess hörte: «Liebe Fluggäste, falls sich unter Ihnen ein Arzt befinden sollte, bitte ich Sie umgehend nach vorn zu kommen. Danke sehr!»

«Das darf doch nicht wahr sein! Ich habe mir bloß den Kopf gestoßen!», empörte ich mich.

«Aber vermutlich an einer scharfen Kante.» Ingrid deutete auf einen kleinen Koffer auf dem Boden in der Reihe hinter uns. «Und der Kerl starrt seelenruhig mit Kopfhörern auf seinen Bildschirm, während sein Gepäck dich fast umgebracht hat!»

Erst jetzt spürte ich einen stechenden Schmerz an der Schläfe. Er raubte mir beinahe den Atem. Ich lehnte den Kopf zurück und schloss einen Moment die Augen.

«Was habe ich bloß getan?», wimmerte Ingrid.

«Du hast gar nichts getan», versuchte ich, sie zu beschwichtigen. «Du kannst –»

Doch sie fiel mir ins Wort: «Ich hätte nicht so geistesgestört aufspringen dürfen. Ich hätte dir gar nichts erzählen dürfen! Ach, ich hätte einfach niemals in dieses Flugzeug steigen dürfen!»

Plötzlich füllten sich ihre Augen wieder mit Tränen. Sicher wäre kein Halten mehr gewesen, wenn die Stewardess nicht im selben Moment mit einer älteren Frau zurückgekehrt wäre. Sie stellte die rundliche Dame als Krankenschwester vor. Beide versorgten meine Wunde mit einem Druckverband, was einige Zeit in Anspruch nahm.

Als ich wieder freie Sicht hatte, realisierte ich, dass Ingrid verschwunden war.

«Wo ist – Moment, sie kann doch nicht …» Ich versuchte, aufzustehen, um nach ihr zu sehen.

«Es ist noch immer viel zu gefährlich, seinen Platz zu verlassen und nicht angeschnallt zu sein.» Die Stewardess hielt mich zurück, während die Krankenschwester meinen Puls fühlte. Erst jetzt bemerkte ich, dass der Flieger wieder ruhiger in der Luft lag. Ich spürte, wie wir eine scharfe Linkskurve flogen.

«Was ist? Kehren wir um?», fragte ich die Stewardess.

«Wie es aussieht, müssen wir doch nicht auf den Flughafen Keflavík in Reykjavík ausweichen. Es sei denn, Ihr Zustand verschlechtert sich.»

Sie suchte den Blick der Krankenschwester, die gerade dabei war, die Schere im Verbandskasten zu verstauen. «Es sollte noch mal ein Arzt draufschauen», erklärte diese, «ob eine Naht notwendig ist. Fürs Erste ist unser Patient aber ausreichend versorgt, denke ich.» Sie lächelte mir aufmunternd zu.

Ich lächelte zurück, verzog dann aber doch mein Gesicht, weil es schmerzte.

Ich bedankte mich und hörte, wie sich die beiden noch über Schmerzmittel austauschten.

«Entschuldigung», unterbrach ich ihr Gespräch. «Wären Sie so freundlich, einmal nach meiner Sitznachbarin zu sehen?»

Die Stewardess nickte.

Ich hoffte inständig, dass es Ingrid gutging.

Ingrid 23:52 Uhr

Ich saß unten auf dem Boden der Toilettenkabine. Neben mir lag eine kleine Box mit Pflegeutensilien, die ich mit heruntergerissen hatte. Das Flugzeug war so plötzlich zur Seite gekippt, dass ich den Halt verloren hatte. Auch meine Brille war beim Sturz verlorengegangen, und ich sah alles nur noch verschwommen. Tastend suchte ich den genoppten Boden ab und fand sie zum Glück wieder. Eine Dose mit Wattetupfern und ein kleines Duschbad rollten langsam aus der Pflegebox. Noch immer flogen wir mit einer ziemlichen Schräglage.

Für einen winzigen Moment bildete ich mir tatsächlich ein, dass der Flugkapitän mein Flehen erhört hatte und wendete. Dann wurde mir klar, dass niemand ein vollbesetztes Flugzeug einfach so wenden würde. Schon gar nicht für eine Ingrid Meier, die sich plötzlich alles anders überlegt hatte. Für mich hielt ja nicht einmal der Bus zwischen zwei Stationen an, auch wenn ich der einzige Fahrgast war und es in Strömen goss.

Die Schräglage des Flugzeugs konnte also nur eins bedeuten: Wir stürzten nun tatsächlich ab. Dabei war es mir so vorgekommen, als hätte sich der Sturm ein wenig gelegt.

Ich wollte aufstehen und stellte fest, dass ich zwischen Toilettenbecken und Wand feststeckte. Alle Versuche, mich aus meiner unglücklichen Lage zu befreien, misslangen. Wie gut, dass ich nur nach einem Vorwand gesucht und nicht wirklich die Toilette benutzt hatte, schoss es mir durch den Kopf. Ich wollte schließlich nicht mit heruntergelassener Strumpfhose in den Flugzeugtrümmern aufgefunden werden.

Unwillkürlich musste ich an Christian denken und an meine Mutter und merkwürdigerweise auch an Bernd, und es tröstete mich, dass ich ihnen fehlen würde. An Jakob dachte ich ebenfalls. Seine Verletzung, die ich verschuldet hatte, würde in ein paar Sekunden nicht mehr wichtig sein. Man regte sich immer so lange über Kleinigkeiten auf, bis sie von einer richtigen Katastrophe überdeckt wurden.

Irgendwo über mir knackte ein Lautsprecher, und ich zuckte zusammen.

«Hier spricht noch einmal Ihr Flugkapitän», ertönte eine unangemessen gutgelaunte Stimme. «Wir haben das Unwetter umflogen und kehren nun auf unsere geplante Reiseroute zurück. Wir befinden uns derzeit über dem Nordatlantik in einer Reiseflughöhe von 33 000 Fuß.

Die Verspätung sollten wir im Laufe des Fluges wieder aufholen. Unsere restliche Flugzeit beträgt in etwa zwei Stunden und 45 Minuten. Also keine Sorge, Sie werden pünktlich zur Tonight Show mit Jimmy Fallon in Ihren Fernsehsesseln sitzen. Etwas anderes wollen Sie heute auch ganz sicher nicht unternehmen, denn das Wetter in New York ist scheußlich mit regnerischen sieben Grad Celsius. Genießen Sie also den restlichen Aufenthalt in unserer beheizten Kabine.»

Wir stürzten also nicht ab. Wir würden nicht einmal auf Island ausweichen. Wir näherten uns unerbittlich New York.

Ich ließ den Kopf auf den Toilettendeckel sinken. Es roch ein wenig nach Chlor und Zitrone und gar nicht so unangenehm wie sonst auf öffentlichen Toiletten. Vermutlich konnte man sich hier nicht mal eine tödliche Krankheit einfangen!

Noch vor einer halben Stunde hatte ich das Wetter verflucht, weil es mich von Milan fernhielt, nun verfluchte ich es, weil es mich ihm näher brachte.

War Milan wirklich so ein kaltschnäuziger Betrüger? Ich rief mir unsere Telefonate wieder ins Gedächtnis. Der erste Anruf war vor ungefähr sechs Wochen gekommen. Als das Telefon klingelte, dachte ich, es wäre Bernd. «Bernd, ich bin heil angekommen», hatte ich deshalb gutgelaunt in den Hörer gerufen. Aber statt der Stimme meines Schwagers hörte ich zuerst fernes Knistern, und dann kam: «Wer ist Bernd?»

Die Stimme war ein wenig schütter gewesen, fast atemlos, aber sie hatte immer noch diesen Klang, der mein Herz stolpern ließ, und ich erkannte ihn sofort.

«Milan», hatte ich geflüstert, und mir war schwindlig geworden.

Und dann begann unser erstes Gespräch nach über 30 Jahren mit einer Lüge. Diese Lüge kam von mir, nicht von ihm. Denn wenn ich erklärt hätte, dass Bernd mein Schwager war, hätte ich auch sagen müssen, dass ich noch einmal geheiratet hatte. Diese kleine, dumme Schwindelei trug ich seitdem wie einen Stein mit mir herum. Hatte ich daher überhaupt das Recht, Milan zu verurteilen? Ich hatte ja auch nicht alles von mir erzählt. Und sicher hatte auch er Gründe für seine Lüge gehabt. Vielleicht war es die Angst, ich würde nicht kommen, wenn er nichts mehr besaß? Vielleicht hatte er deshalb das teuerste Ticket für mich gebucht, obwohl er es sich gar nicht leisten konnte? Aber warum hatte er das Geldthema nicht einfach vermieden, sondern alles in Prunk und Protz ausgeschmückt? Ich hatte doch auch nicht behauptet, dass ich eine Bikinifigur habe und er an der Poolbar mit mir angeben könne. Ich umschiffte das Thema Gewicht einfach, so gut ich konnte. Warum also hatte Milan von Designerläden, Juweliergeschäften und exklusiven Restaurants geschwärmt, in denen er mir jeden Wunsch erfüllen wollte? Warum von mehreren Bädern mit goldenen Wasserhähnen und beheizten Marmorböden?

Es war unangenehm, mir seine Lügen wieder ins

Gedächtnis zu rufen. Ich schob sie in die hinterste Ecke meiner Erinnerungen und hoffte, ich würde sie vergessen. Leider vergaß ich immer nur Sachen, die ich mir merken wollte.

Jemand klopfte vorsichtig an die Tür.

«Frau Meier? Geht es Ihnen gut?», fragte die Flugbegleiterin durch die Tür.

«Ja», ächzte ich. «Nein. Ich weiß nicht.»

Langsam schlief mir nämlich das Bein ein.

Ich versuchte, mich nach oben zu stemmen, aber ich war so unglücklich in den Spalt gerutscht, dass ich es nicht schaffte. Ich stellte mir vor, dass sich inzwischen eine lange Schlange vor der Toilette gebildet hatte. Womöglich hielt ich hier den ganzen Betrieb auf.

«Frau Meier? Können Sie bitte die Tür öffnen?»

Ich musste einsehen, dass ich es nicht allein schaffte. Wenn die nette Stewardess nur ein wenig an mir zog, würde ich sicher aufstehen können. Aber so klein die Kabine auch war und wie sehr ich mich auch streckte, ich erreichte den Hebel nicht, mit dem sich die Tür öffnen ließ.

Langsam wurde mir die Peinlichkeit meiner Situation bewusst. Womöglich musste ich bis zur Landung hier verharren. Vielleicht kam dann ein amerikanischer Klempner, der seine schneeweißen Zähne zusammenbeißen musste, damit er nicht laut losprustete.

Es klopfte erneut. «Brauchen Sie vielleicht Hilfe?»

«Ja», sagte ich unglücklich. «Aber ich bekomme die Tür nicht auf.»

Es klapperte kurz, dann schob sich der Riegel wie von Zauberhand geführt auf. Die Stewardess lugte herein – und verzog keine Miene, ganz so, als würde sie täglich mehrmals ältere eingeklemmte Damen in der Toilette vorfinden.

«Haben Sie sich verletzt?», fragte sie sachlich.

«Nein, ich hab nur das Gleichgewicht verloren», bekannte ich.

«Es ist immer besser, wenn Sie die Anschnallvorschriften befolgen», stellte sie ohne Vorwurf in der Stimme fest.

Ich nickte zerknirscht und dachte, dass ich an ihrer Stelle ordentlich mit mir geschimpft hätte. Sie aber ergriff nur meine Hände und zog kräftig. Sie war viel stärker, als ihre zierliche Figur vermuten ließ, und endlich konnte ich mich aufrichten. Ich atmete auf, ordnete mir vorm Spiegel schnell die Haare und versuchte, die Schatten unter meinen Augen wegzuwischen.

Dann klopfte ich meinen Rock ab und sah nach unten. «Ach, verflixt!», entfuhr es mir.

Ich hatte mir auf Kniehöhe ein Loch in die Strumpfhose gerissen.

«O nein», ärgerte ich mich. «Meine Ersatzstrümpfe sind im Koffer. Verkaufen Sie so etwas vielleicht in Ihrem kleinen Rollwagen?»

«Tut mir leid», bedauerte sie.

«Aber so kann ich doch nicht nach Amerika! Was sollen die denn von mir denken?» Ich geriet schon wieder in Panik.

«Ganz ruhig. Ich mache Ihnen einen kleinen Verband darüber. Damit verstecken wir das Malheur, und Sie sehen wieder ordentlich aus.»

Mit dem Verband am Knie wagte ich einen Blick aus der Toilettenkabine. Ich hatte befürchtet, dass dort eine Traube Schaulustiger, womöglich noch mit Handykameras bewaffnet, auf mich warten würde. Aber die Flugbegleiterin hatte den Vorhang geschlossen und mich so vor neugierigen Blicken bewahrt.

Dankbar schlüpfte ich hindurch und zu meinem Platz. Nicht einmal der asiatische Geschäftsmann hob den Kopf. Nur Jakob sah mir erwartungsvoll entgegen. Sein Kopf steckte in einem beeindruckenden Mullverband.

Er beobachtete, wie ich zu meinem Platz humpelte, weil mein Knie durch den Verband etwas steif war. Beim Setzen entstand Spannung in der Strumpfhose, und schon rollte eine breite Laufmasche unter dem Mullstreifen hervor bis nach unten zum Fuß.

«Alles in Ordnung?», fragte Jakob besorgt. «Du kannst doch nicht herumlaufen, wenn die Anschnallzeichen aufleuchten. Bist du gestürzt?»

«Nicht schlimm», versicherte ich. «Was macht dein Kopf?»

Er winkte ab. «Nicht dramatisch. Nur etwas Kopfweh. Viel wichtiger ist, wie es dir geht.»

«Ich bin nicht sicher», sagte ich traurig.

Wir blickten uns an. Jakob mit seinem Kopfverband und zerzaustem Haar, ich mit meinem Knieverband und der Laufmasche, und plötzlich bekam ich einen Lachanfall und konnte mich gar nicht mehr beruhigen.

«Und was ist daran jetzt so lustig?», wollte Jakob wissen.

«Na, sieh uns doch an», stieß ich atemlos hervor. «Wir sind völlig ramponiert! Man könnte denken, wir haben uns geprügelt.»

Bei dieser Vorstellung lachte er ebenfalls auf und gab mir recht. «Es ist einiges passiert, seit wir in diesen Flieger gestiegen sind.»

Ich wurde wieder ernst. «Ja», sagte ich nachdenklich. «Es hat sich viel verändert.»

Jakobs Lachfalten verschwanden. «Wie kommst du damit klar?», fragte er.

«Nicht so gut.»

«Vielleicht hätte ich dir nichts davon erzählen dürfen», sagte Jakob zerknirscht. «Es geht mich doch auch gar nichts an.»

«Ach, weißt du», erwiderte ich sanft. «Die erste Lüge damals, die kann ich verzeihen. Die Heirat mit mir war nun einmal der Preis für seinen Reisepass. Irgendwie kann ich es verstehen.»

«Das solltest du aber nicht», fand Jakob.

«Wir hatten alle so eine große Sehnsucht nach der Welt», erzählte ich. «Das kannst du dir vielleicht nicht vorstellen.»

«Nein, sicher nicht. Aber wie weit darf man für seine Sehnsucht gehen? Wie weh darf man einem anderen Menschen deswegen tun?»

Diese Frage hatte ich mir auch schon oft gestellt. Die Antwort lautete wohl für jeden anders.

«Weißt du», sagte Jakob plötzlich. «Ich finde noch etwas merkwürdig. Wieso konnte dich Bering plötzlich nach 30 Jahren Funkstille einfach so anrufen?»

«Er hat mich über das Rote Kreuz kontaktiert», erklärte ich.

Milan hatte mir erzählt, dass er mich nie vergessen, aber lange keine Spur von mir gefunden hätte. Das war durchaus möglich, denn er hatte ja nach Ingrid Bering gesucht, die es seit 20 Jahren nicht mehr gab. Aber beim Suchdienst des DRK hatte ich auch meinen alten Namen hinterlegt. Und so konnte er mich endlich nach so langer Zeit finden.

«Ich habe dort ständig meine Daten aktualisieren lassen.»

«Alle Daten?», fragte Jakob eindringlich.

«Ja, natürlich», versicherte ich.

Ich hatte mich dort gleich nach der Wende angemeldet für den Fall, dass Milan mich suchte. Er wäre für mich leicht zu finden gewesen, ich hätte nur seine Agentur anschreiben müssen. Aber ich wollte mich nicht aufdrängen. Ich wollte, dass er den ersten Schritt machte.

«Aber ist dir nicht klar, was das bedeutet?», fragte Jakob. «Er weiß längst, dass du nicht mehr Bering heißt.»

Ich schüttelte verwirrt den Kopf und musste dann zugeben, dass er recht hatte. Mein Datenblatt beim Suchdienst enthielt alle Angaben von mir, auch den Familienstand und meinen neuen Namen.

«Aber das verstehe ich nicht», sagte ich irritiert. «Das ergibt doch überhaupt keinen Sinn.»

Jakob kratzte sich am Kinn und dachte nach. Dann sagte er langsam: «Doch, ich finde, das ergibt sogar sehr wohl einen Sinn.»

Ich sah ihn fragend an und wartete auf eine Erklärung.

«Er ignoriert deine zweite Ehe, damit er dich emotional erpressen kann», folgerte er.

Ich saß wie betäubt in meinem teuren Luxussitz, den Milan bezahlt hatte. Vermutlich hatte er sich das Geld dafür von jemandem geliehen, dem er es nie zurückzahlen würde.

Was erwartete mich, wenn wir landeten? Würde in der Flughafenhalle wirklich Milans Fahrer warten und ein Schild hochhalten, auf dem Ingrid Bering stand, wie wir es ausgemacht hatten? Oder konnte er sich gar keinen Chauffeur mehr leisten? Und wollte ich Milan überhaupt wiedersehen? Nach all diesen Lügen?

Außerdem hatte ich das dumpfe Gefühl, dass es da noch mehr Geheimnisse gab.

Jakob sah mich so mitfühlend an, dass er mir leidtat. Er fühlte sich verantwortlich für mich – und konnte doch gar nichts dafür. Ich musste ihn ein wenig aufmuntern.

«Es ist alles gut», versicherte ich und lächelte. «Weißt du, ich beneide deine Frau fast ein bisschen. Sie hat einen wundervollen Mann, der zu ihr hält und sie nie belügen würde. Ich beneide sie wirklich.»

«Ach, weißt du …», sagte ich und spürte, wie sich mein Hals zuschnürte. Ich wollte Ingrids Kompliment instinktiv runterspielen, schoss aber direkt übers Ziel hinaus. Zu meinem eigenen Entsetzen hörte ich mich sagen: «Meine Ehe ist eine einzige Lüge! Alles *fake*, verstehst du?»

Es kam mir einfach über die Lippen. So, als würde irgendeine Macht mich zwingen, bei der Wahrheit zu bleiben.

«Was?» Ingrid machte große Augen.

Sie tat mir irgendwie leid. Schließlich war sie es, deren Leben gerade aus den Fugen geraten war. Durch mich. Und nun schienen sich unsere Rollen umzudrehen.

«Fake? Meinst du etwa so wie diese Handtaschen, die aussehen wie von Chanel und nur eine billige Fälschung sind?», fragte sie und legte behutsam ihre Hand auf meinen Arm.

Ich lachte bitter auf. Hier oben in der Luft gab es kein Entkommen und schon gar nicht vor Ingrid Meier.

«Man könnte tatsächlich von Fälschung sprechen.»

«Aber das verstehe ich nicht. Das musst du mir schon genauer erklären. Bist du in Wahrheit etwa …» Ingrid suchte nach den richtigen Worten. Vorsichtig drehte sie sich nach allen Seiten um, ehe sie mit deutlich gedämpfter Stimme fragte. «Bist du etwa homosexuell?»

Ich konnte mir ein kurzes Grinsen nicht verkneifen und entgegnete lapidar: «Nein, das bin ich nicht. Aber ich bin …» Nun rang ich um Worte. Dabei lagen alle Fakten plötzlich auf dem Tisch. Es war so simpel und gleichzeitig so verdammt schwer, endlich auszusprechen, was ich seit Monaten mit mir herumschleppte. Wie tonnenschwere Gewichte, die mir jegliche Lebensfreude nahmen. Und schlimmer noch: jede Selbstachtung.

«Was bist du denn?», bohrte Ingrid weiter. «Mir kannst du es ruhig erzählen. Ich meine, du wirst ja wohl nicht gleich ein Mitgiftjäger oder Heiratsschwindler sein. Oder hat es etwa abgefärbt, dass du ständig mit Kriminellen zu tun hast?»

Mit einem warmen Lächeln sah sie mich an, während ich stocksteif dasaß mit starren Gesichtszügen.

«Es stimmt», sagte ich mit rauer Stimme. Ich räusperte mich und spürte, wie sich meine Wangen aufheizten. «Ich bin vielleicht nicht kriminell. Aber ich bin trotzdem ein Verbrecher.»

Ich wandte den Kopf ab und spürte Ingrids bohrenden Blick.

«Was soll das heißen? Du bist doch kein Verbrecher. Im Gegenteil! Ich habe selten einen so anständigen Menschen wie dich getroffen.»

Dieser Satz traf mich bis ins Mark. Zu meinem eigenen Erstaunen stiegen Tränen in mir auf, die ich mit aller Macht zu unterdrücken versuchte. Ich atmete tief ein und aus und hob den Kopf. Nun gab es keine Ausflüchte mehr.

Ich sah Ingrid direkt in die Augen, als ich erklärte: «Ich betrüge Veronika mit einer anderen.»

Ingrid 00:12 Uhr

Erschrocken zog ich meine Hand weg.

Es kam mir fast so vor, als hätte Jakob *mich* betrogen und nicht Veronika. So als wären wir in einem Gerichtssaal, und Jakob hätte mir die ganze Zeit vorgegaukelt, er wäre der Richter, aber nun stellte sich heraus, dass er der Angeklagte war.

Wie konnte ich mich nur so in diesem Mann irren! Ich hatte mir immer etwas auf meine Menschenkenntnis eingebildet, aber damit war es wohl nicht weit her. In Milan hatte ich mich ja auch gründlich getäuscht, und den kannte ich etwas länger als ein paar Stunden.

Ich spürte ein leichtes Brennen im Magen. Genauso hatte es sich angefühlt, als Milan dieser hochnäsigen Ekatarina Wesnina Pralinen geschenkt hatte.

Ich schüttelte irritiert den Kopf. Wieso war ich denn plötzlich eifersüchtig? Es kam mir so vor, als müsste ich Veronikas Ehre verteidigen. Dabei kannte ich sie doch gar nicht! Konnte es mir nicht egal sein, wenn sie betrogen wurde? Aber in den Gesprächen mit Jakob hatte ich mich gedanklich mit ihr verbündet. Mittlerweile kam es mir so vor, als wären wir schon seit Ewigkeiten Freundinnen. Und außerdem, eine so hübsche und nett aussehende Frau betrog man einfach nicht. Das passierte vielleicht einer Ingrid Meier, aber doch nicht einer Veronika von Wieding!

Vor Ärger und Enttäuschung schlug ich mit der Hand auf den kleinen Klapptisch, sodass Jakob zusammenzuckte und den Kopf einzog. Trotzig sah er aus dem Fenster, obwohl da nichts zu finden war außer Dunkelheit. In diesem Moment erinnerte er mich an Christian, als der sieben Jahre alt gewesen war und seinen besten Freund versetzt hatte, um stattdessen mit dem Klassenrüpel zu spielen.

Jakob schniefte kaum hörbar. Meine harsche Reaktion tat mir leid. Ich griff wieder nach seiner Hand und tätschelte sie.

«Entschuldige bitte, es steht mir überhaupt nicht zu, ein schnelles Urteil zu fällen», versicherte ich und reichte ihm ein Taschentuch.

Er schnäuzte sich, und ich wies ihn darauf hin, dass seine Nase nicht ganz sauber war. Irgendwie fand ich es sehr beruhigend, dass so ein guterzogener, erfolgreicher Mann mit tadellosem Erscheinungsbild auch Fehler machte. Es schien, als wäre er geschrumpft und ich gewachsen. Jetzt mochte ich ihn fast noch ein bisschen mehr.

Meine Mutter hatte mir immer das Gefühl vermittelt, ich wäre die einzige Niete im Universum. Noch nie hatte ich ein Gespräch über Fehler von der vorbildlichen Position aus geführt. Plötzlich floss ich über vor Mitleid. Auf keinen Fall wollte ich, dass sich Jakob neben mir so elend fühlte wie ich mich in Gegenwart meiner Mutter.

«Du bist doch auch nur ein Mensch», tröstete ich ihn. «Wir machen alle mal Fehler. So was kann passieren.»

«Ach, dir ist so was garantiert noch nie passiert», vermutete er unglücklich.

«Nein», bestätigte ich nachdenklich. «Noch nie.»

«Na siehst du», sagte er noch unglücklicher.

Ich war tatsächlich noch niemals in Versuchung geraten, weil es für mich keine Versuchungen gab. Ich hatte nicht den Hauch einer Ahnung, wie ich mich an seiner Stelle verhalten würde. Was wusste ich schon von den Fallstricken, die nur für schöne Menschen ausgelegt waren?

«Man kann eine Menge falsch machen im Leben, Jakob, nicht nur das.»

«Aber du hast wenigstens niemals jemanden betrogen», sagte er zerknirscht.

«Doch, ich habe Milan betrogen, als ich einen anderen geheiratet habe», erinnerte ich ihn.

Überrascht stellte ich fest, dass ich mich dabei überhaupt nicht mehr schuldig fühlte.

«Das zählt nicht», wandte Jakob prompt ein. «Er hat dich schließlich vorher verlassen. Aber Veronika hat das nicht verdient. Was soll ich nur tun?»

«Du darfst es ihr auf keinen Fall sagen», riet ich ihm.

«Meinst du?» Jakob sah mich irritiert an, dann winkte

er ab. «Ach, warum rede ich überhaupt mit dir darüber. So aufrichtig wie du bist, hast du doch überhaupt keine Erfahrung mit Untreue.»

«Oh», bemerkte ich traurig. «Da irrst du dich gewaltig. Ich kenne mich sogar sehr gut mit Untreue aus. Liebst du die andere denn?»

«Natürlich nicht», versicherte Jakob.

«Und liebst du deine Frau?»

«Natürlich!», rief er voller Überzeugung.

«Dann hör auf meinen Rat», bat ich. «Bring es in Ordnung und tu Veronika nicht unnötig weh. Du darfst nicht dein Problem zu ihrem machen.»

Jakob sah mich zweifelnd an. «Kurze Frage: Glaubst du wirklich, dass du Expertin auf diesem Gebiet bist?»

«Kurze Gegenfrage: Wie oft bist du schon selbst betrogen worden?»

«Noch nie, soviel ich weiß», antwortete er verunsichert.

«Dann bin ich eindeutig die größere Expertin auf diesem Gebiet», versicherte ich, «denn ich weiß, wie man sich in Veronikas Lage fühlt.»

Nun schien sich Jakob zu wundern. «Also noch vor zwei Stunden hast du behauptet, Milan hätte keine Geheimnisse vor dir gehabt.»

«Hat er auch nicht», sagte ich. «Leider.»

Von Milans kleinen Affären und Liebschaften hatte ich während unserer gemeinsamen Zeit immer gewusst, weil er mir jedes Mal davon erzählte. Ihm hatte das ein reines Gewissen gebracht und mir nichts als Schmerz.

Ich riet Jakob also, was ich mir damals für mich gewünscht hätte: «Da es für dich keine Bedeutung hat, mach es einfach nie wieder. Glaub mir, Veronika will das gar nicht wissen. So ein kleiner Seitensprung ist doch verzeihlich!»

Jakob 0:20 Uhr

Mein Mund wurde noch trockener. Meine Lippen bebten. «Es war aber nicht bloß ein Seitensprung», presste ich hervor. «Ich habe eine Affäre!» Ich schämte mich zutiefst.

Ingrid schlug die Hände vors Gesicht und schüttelte fassungslos den Kopf.

Ich schielte nach oben, um zu verbergen, dass ich wieder mit den Tränen kämpfte. Am liebsten hätte ich alles rausgelassen wie ein kleiner Junge im Arm seiner Mutter. Denn ich spürte einen gewissen Trost, weil ich es ausgesprochen hatte. Endlich. Ich hatte das Kind beim Namen genannt. Zwar war ich wahrlich nicht stolz auf meine Verfehlungen, aber ich war tatsächlich etwas erleichtert. Auch wenn Ingrid offenbar immer noch nicht wusste, was sie auf mein überraschendes Geständnis erwidern sollte.

«Das geht schon seit Monaten», fuhr ich ungefragt fort.

«Obwohl ich weiß, dass es grundfalsch ist. Ich komme da einfach nicht raus. Es ist kompliziert, ein einziger Albtraum!»

Erschöpft lehnte ich mich zurück, ohne den Blick von Ingrid abzuwenden. Als Instanz meines Gewissens. Ich konnte es in ihren Augen lesen. Sie verurteilte mich und das vollkommen zu Recht.

«Sie hat mir von Beginn an Avancen gemacht, und irgendwann bin ich dann schwach geworden. Und klar, es hat mir auch geschmeichelt, dass eine solche Frau Interesse an mir hat. Trotzdem wünschte ich, ich hätte mich niemals darauf eingelassen.»

Fragend sah Ingrid mich an.

«Ja, ausgerechnet mit meiner Chefin fange ich eine Affäre an!» Meine Stimme wurde brüchig.

«Und das läuft immer noch mit euch beiden?» Endlich hatte Ingrid ihre Sprache wieder gefunden.

Ich nickte zaghaft.

«Und deine Frau ahnt nichts von alledem?»

«Nein, das wäre …» Ich wand mich. «Ach, Scheiße, ich bringe es einfach nicht übers Herz. Sie würde es nicht verkraften. Und unsere Ehe schon gar nicht. Du hast selbst gesagt, ich soll es geheim halten. Weil es besser für Veronika ist.»

Ich sah aus dem Fenster in das Dunkel. Erleichtert, dass ich mich geoutet hatte, und doch gefangen in dieser verfahrenen Situation. Wenn ich die Sache mit Kate beendete, würde es auch das Aus für meine Karriere bedeuten.

Und wenn ich mit Veronika redete, das Aus für unsere Ehe. Ich konnte nur verlieren.

Ingrid rückte von mir ab. «Tut mir leid, aber ich habe die Situation falsch eingeschätzt. Ich dachte schließlich, es wäre nur ein Ausrutscher gewesen. Aber wenn das schon länger geht und so vertrackt ist, solltest du doch mit Veronika reden. Eure Ehe scheint ohnehin in der Krise zu stecken, da kann so ein Offenbarungseid vielleicht sogar Wunder bewirken.»

Sie nestelte viel zu ausgiebig an ihrem Knieverband, was mir signalisierte, dass sie selbst nicht an ihre Worte glaubte.

«Niemals! Veronika hat hohe moralische Ansprüche. Und ich auch. Zumindest dachte ich das immer.» Ich schüttelte den Kopf. Es war einfach zu unwirklich. Die letzten Monate waren wie im Rausch vergangen und hatten nichts als Verwüstung hinterlassen. Fast kam es mir so vor, als hätte ich mein eigenes Leben bloß wie ein Zuschauer beobachtet. Bis zu diesem Flug hatte ich mir nicht eingestehen wollen, wie tief die Misere war, in die ich mich, nein, uns alle, hineingeritten hatte.

«Zum Fremdgehen gehören immer zwei», erklärte Ingrid entschlossen und richtete sich auf.

«Ja, genau. Eine verführerische Frau und ein Depp, der sich ködern lässt!»

Aber Ingrid winkte ab und entgegnete: «Ich meinte aber zwei Eheleute! Wenn einer untreu wird, hat der andere auch etwas damit zu tun.»

«Ach ja? Dann wärst du also mitschuldig daran, dass Milan dich betrogen hat?»

«Ja», sagte sie. «Ich war zu nachsichtig. Und ich glaub auch nicht, dass deine Frau so gar nichts bemerkt hat. Wir Frauen haben einen siebten Sinn für so was!»

Mein Herz stockte. Die Vorstellung, Vroni könnte womöglich irgendwann mein Gepäck durchwühlt oder in mein Handy geguckt haben, war erschütternd. Aber ich war mir sicher, dass sie keinen Verdacht schöpfte. Dazu war ich perfiderweise viel zu gewissenhaft. Niemals hätte ich meiner Frau Gelegenheit geboten, mich zu überführen. Weder ließ ich zu, dass Kate und ich private Nachrichten austauschten, noch war ich so blöd, mich zu Hause mit Lippenstift am Revers oder Kondomen in der Hosentasche erwischen zu lassen.

«Vroni ist viel zu sehr mit sich und den Kindern beschäftigt. Für sie existiere ich eigentlich gar nicht mehr», sagte ich mit Bedauern, obwohl ich wusste, dass sie gar nichts dafür konnte.

«Aha! Du hast dich also einsam gefühlt.»

«Nein!»

Ingrid interpretierte die Lage vollkommen falsch. Wie eine Komplizin beugte sie sich zu mir rüber und setzte nach: «Einsamkeit macht verletzlich. Und empfänglich für Avancen. Sprich mit ihr!»

Erneut wehrte ich entschieden ab. «Das ist unmöglich! Ich habe Veronika ewige Treue geschworen. Deshalb ist das, was ich getan habe, unentschuldbar. Schon bei der ersten Versuchung werde ich schwach?! Das würde sie mir nie verzeihen. Und ich mir schon gar nicht.»

Ingrid 0:28 Uhr

«Natürlich ist das unentschuldbar», versicherte ich Jakob. «Deshalb musst du die Sache ja auch wieder in Ordnung bringen.»

«Als ob das so einfach ginge.» Jakob wirkte ehrlich zerknirscht. «Du kennst Veronika nicht. Sie wird das nicht verstehen.»

«Dann musst du versuchen, es ihr zu erklären. Es gibt oft gute Gründe, um sich mit den falschen Leuten einzulassen», sagte ich. «Mein Sohn Christian zum Beispiel. Er ist in der Schule immer gehänselt worden. Weil er statt Fußball lieber Klavier spielte. Und im Winter zwang ich ihn, Unterhemd, Schal und Bommelmütze zu tragen, damit seine Stimme nicht litt.»

«Verstehe», murmelte Jakob.

Mir kam der Verdacht, dass er diese Situation kannte. Ich war mir nur nicht über seine Position dabei im Klaren.

«Christian hat geglaubt, wenn er sich mit den Anführern und größten Chaoten anfreundet, würde es für ihn leichter werden.»

«Und? Hat es was gebracht?»

«Wie man's nimmt», fuhr ich fort. «Er hat seinen besten Freund verloren und wurde trotzdem von der tonangebenden Clique weiter gequält.»

«Und was hat das mit mir zu tun?», fragte Jakob.

«Ich will damit sagen, wenn du nicht aufpasst, verlierst du am Ende alles», prophezeite ich.

Jakob seufzte tief und fuhr sich mit der Hand übers Gesicht.

«Du denkst bestimmt, es ist bloß ein Scheißgefühl, wenn man betrogen wird», sagte er. «Aber glaub mir, selbst der Betrüger zu sein, ist auch ein verdammtes Scheißgefühl.»

Plötzlich konnte ich mir vorstellen, dass Schuldgefühle sogar schlimmer waren als Eifersucht. Und dennoch war ich mir in einem Punkt sicher. «Du bist trotzdem in der besseren Position, Jakob. Du musst nämlich nicht abwarten, was passiert. Du kannst es jederzeit beenden.»

«Ach, ich habe so ein Chaos angerichtet, das ist nicht zu kitten.»

«Solange ihr beide am Leben seid, gibt es nichts, was nicht wieder in Ordnung gebracht werden könnte», versicherte ich ihm. «Also, ich mache mir in kniffligen Fällen immer eine Liste, die ich dann abarbeite. Ich habe Unmengen an Listen, musst du wissen.»

Ich durchsuchte meine Handtasche, bis ich das Notizbuch fand. Der Papiereinband war abgegriffen. Die Seiten klafften auseinander, weil ich manchmal wichtige Kolumnen hineinklebte, an deren Inhalt ich mich erinnern wollte. Ich blätterte das Buch durch und blieb bei einer beliebigen Seite hängen. Sie trug die Überschrift «Foto-Problem» und hatte mehrere Unterpunkte.

«Siehst du?» Ich hielt ihm das Büchlein hin. «Ich hatte die unglaubliche Unordnung meiner Fotos satt. Mit den Jahren haben sich kistenweise unsortierte Abzüge und Filme angesammelt, dann sind da diverse Speicherkarten mit Fotos, und auf meinem Computer gibt es auch noch Unmengen von Bildern. Ich hab mir also vorgenommen, alle zu sortieren und Alben anzulegen. Deshalb gibt es eine Aufgabenliste mit mehreren Punkten, und man muss unbedingt die Reihenfolge einhalten! Guck mal, hier, es gibt –»

Jakob unterbrach mich. «Nichts für ungut, Ingrid, so was funktioniert vielleicht bei Haushaltskram, aber ganz sicher nicht bei richtigen Problemen.»

Ich ignorierte seinen geringschätzigen Ton.

«Weißt du was? Wir werden für dich auch eine Liste anlegen», beschloss ich. «Wenn du einen Schritt geschafft hast, darfst du den Punkt abhaken. Du kannst dir nicht vorstellen, wie befriedigend das ist.»

Ohne seinen belustigten Blick zu beachten, riss ich ein Blatt aus meinem Büchlein. Darüber schrieb ich *Jakob-Problem* und unterstrich es mit einer dicken Linie. Dann überlegte ich kurz und notierte:

Schritt 1: Mit Chefin Schluss machen.

Dahinter malte ich ein Kästchen, in das Jakob später einen Haken setzen konnte.

Er las mit und sagte: «Wenn ich das befolge, kannst du als zweiten Schritt gleich hinschreiben: neuen Job suchen.»

«Und was wäre so schlimm daran?», fragte ich. «Du kommst mir nicht besonders glücklich mit deiner Arbeitsstelle vor. Denk nur an deine Bandscheibe. Die weiß längst, wie es um dich steht.»

Er reckte sich und verzog ein wenig das Gesicht. Ich hatte recht, und das wusste er. Trotzdem widersprach er mir: «Von einem Job, der glücklich macht, kann man meistens nicht leben. Besonders nicht, wenn man solche Ansprüche hat wie wir.»

Ja, es war schwer, seine Ansprüche herunterzuschrauben. Selbst für mich. Dabei hatte ich bisher überhaupt keine großen Forderungen ans Leben gestellt. Und ich wäre auch weiter mit dem, was ich hatte, zufrieden gewesen, wenn Milan mir nicht unendlichen Reichtum vorgegaukelt hätte. Deshalb fiel es mir schwer, einzusehen, dass sich an meiner finanziellen Lage niemals mehr etwas änderte. Wie würde es da erst Jakob und Veronika gehen?

«Außerdem haben wir einen Hauskredit abzuzahlen. Und dann die Leasingraten der Autos, die Gebühren für den privaten Kindergarten ab nächstem Jahr.» Jakob redete sich in Rage. «Und wieso sollte Veronika zurückstecken müssen, bloß weil ich Mist gebaut habe?»

«Dieser Punkt kommt später. Der nächste Schritt muss nämlich erst einmal dieser sein», bemerkte ich und schrieb auf:

Schritt 2: Mit Veronika reden.

«Und wenn sie sich daraufhin scheiden lässt und mir die Kinder wegnimmt?»

«Das wird sie nicht tun», versicherte ich. «Ich bin nämlich sicher, dass sie dich vermisst.»

«Wenn ich ihr alles beichte, ganz bestimmt nicht.»

«Aber ich vermisse Milan auch», gestand ich. «Und er hat Schlimmeres getan als du.»

«Vergleiche mich bitte nicht mit Herrn Bering», regte sich Jakob auf. «Du solltest wirklich aufhören, dein Herz an diesen Mann zu hängen. Das hat er überhaupt nicht verdient.»

«Aber nein, ich vermisse nicht Milan selbst, sondern den Mann, den ich in ihm gesehen habe», stellte ich richtig. «Und Veronika vermisst mit Sicherheit den Mann, in den sie sich einmal verliebt hat.»

«Du meinst, ich müsste wieder ein wenig so werden wie früher?», fragte Jakob.

«Ja, das wäre ein guter Anfang», fand ich. «Was hast du damals gemacht? Womit hast du sie beeindruckt?»

Er zuckte mit den Schultern. «Keine Ahnung.»

«Dann finde es heraus. Das ist wichtig!», versicherte ich ihm und schrieb auf:

Schritt 3: Sich auf die eigenen guten Eigenschaften besinnen.

«Hast du das in deinen albernen Frauenzeitschriften gelesen?», fragte er spöttisch.

Ich nickte hoheitsvoll und notierte:

Schritt 4: Älteren Frauen mehr Respekt entgegenbringen.

Zuerst bekam Jakobs Stirn eine Zornesfalte, dann musste er lachen.

Ich ließ mich nicht beirren und schrieb weiter:

Schritt 5: Mehr Zeit mit den Kindern verbringen.

Jakob nickte. Das schien der erste Punkt zu sein, den er für umsetzbar hielt.

«Ja, das würde ich wirklich gern. Und eigentlich ist das auch hinzukriegen», überlegte er. «Ich meine, es ist schon verrückt, erst wollten wir jahrelang Kinder haben, und nun sind sie da, und ich habe keine Zeit? Da stimmt doch was nicht!»

Ich nickte. «Genau! Und deshalb ist Schritt 6: *Einen Job suchen, der die Familie ernährt und glücklich macht.*»

«So einen Job gibt es nicht», behauptete Jakob. «Jedenfalls nicht in meiner Branche.»

«Nach welchen Gesichtspunkten hast du denn bisher deine Jobs ausgesucht?», fragte ich.

«Unter karrieretechnischen Gesichtspunkten natürlich. Nach dem Gehalt. Nach den Aufstiegschancen.»

«Na bitte», sagte ich. «Dann kannst du es also gar nicht wissen. Du weißt vermutlich nicht mal, welche Tätigkeit dich glücklich machen würde.»

«Ach, Ingrid. Du stellst dir das alles so einfach vor. Aber du hast wirklich keine Ahnung, wie es in meiner Welt zugeht», behauptete er.

Ich zuckte mit den Schultern. «Vermutlich nicht. Aber manche Dinge treffen auf alle Menschen zu. Ich habe da kürzlich einen Artikel in dieser Kolumne gelesen –»

Er unterbrach mich. «Nein, bitte nicht schon wieder!»

Ich suchte in meinem Notizbuch, bis ich die richtige Seite gefunden hatte. Wortlos tippte ich auf die eingeklebte Zeitungsspalte und las laut vor: *«Trennen Sie sich von allem, was nicht glücklich macht.»*

«Wie stellst du dir das vor?», beklagte er sich. «Ich kann nicht von einem Tag auf den anderen mein ganzes Leben umschmeißen.»

«Du sollst es nicht *umschmeißen*, du sollst es in Ordnung bringen. Das ist etwas völlig anderes. Und es geht nicht von einem Tag auf den anderen. Deshalb ja die Liste. Damit du schön langsam Schritt für Schritt gehen kannst.»

Jakob fuhr sich übers Kinn. Er schien noch einmal über alles nachzudenken. Während des Fluges waren mikroskopisch kleine Stoppeln nachgewachsen und machten sein Gesicht eine Spur weicher.

«Vielleicht ist so ein Plan wirklich nicht schlecht», sagte er schließlich.

Zögernd streckte er die Hand aus, um die Liste an sich zu nehmen, aber ich hielt ihn zurück.

«Ein ganz wichtiger Punkt fehlt noch», erklärte ich und schrieb ganz unten hin:

Schritt 7: Sich selbst verzeihen.

Das ist doch albern, dachte ich im Stillen. Aus reiner Höflichkeit nahm ich Ingrids Liste zur Hand und tat so, als würde ich sie ernsthaft prüfen.

Tatsächlich aber gab mir ein Blatt beschriebenes Papier ein bisschen Sicherheit zurück. Vielleicht war ich auch deswegen Jurist geworden: Buchstaben und Zahlen strahlten etwas Seriöses, etwas Verlässliches aus. Jedenfalls solange sie nicht in irgendwelchen Klatschblättern verdreht wurden.

«Hat dir Dr. Sommer aus der *Brigitte*, oder wo auch immer, solche Methoden ans Herz gelegt?» Ich konnte mir den Spott nicht verkneifen.

«Wer ist Dr. Sommer?»

Ich stutzte. «Also … Ich meinte damit, ob du dein Leben tatsächlich nach küchenpsychologischen Empfehlungen fragwürdiger Frauenunterhaltung ausrichtest?»

Mein Einwand klang schärfer, als er gemeint war. Ich hatte eigentlich wieder ein bisschen Leichtigkeit in die Unterhaltung bringen wollen. Vergeblich.

«Nun lenk nicht ab!» Ingrid ließ sich nicht beirren. «Willst du nun etwas an deiner Situation ändern oder nicht?»

Sie sah mir fest in die Augen, sodass ich mich nicht entziehen konnte. Unter anderen Umständen hätte ich eine

Floskel bemüht, um mich davonzustehlen. Aber hier war nichts mehr normal.

«Wenn es einen gangbaren Weg gäbe, hätte ich das schon längst getan», entgegnete ich und rollte mit den Augen.

«Es gibt immer einen Weg!»

Ingrid sah mich erwartungsvoll an und deutete auf die Liste, bevor sie sich in ihrem Sitz zurücklehnte. So als hätte sie den Auftrag ihrer Reise erfüllt.

Mein Kopf schmerzte plötzlich wieder, und ich war mir nicht sicher, ob das an der Verletzung lag.

Ich starrte auf die Liste und wusste zum ersten Mal in meinen Leben nicht weiter. Ich las zwar die Worte, aber sie kamen nicht bei mir an. Dafür registrierte ich Ingrids geschwungene, schöne Handschrift, die gut von einer Künstlerin hätte stammen können. Alles in allem wirkte meine Sitznachbarin wie eine Frau aus der Generation meiner Großmutter, obwohl sie wahrscheinlich nicht einmal zwanzig Jahre älter war als ich.

«Was ist denn das Schlimmste, was dir passieren kann?», fragte Ingrid plötzlich.

Auch diese mir eigentlich vertraute Frage traf mich völlig unvorbereitet. Genau wie die jüngste Volte meines Lebens. Ich hatte mir das alles ganz anders vorgestellt. Niemals hätte ich von mir selbst gedacht, dass ich zur Untreue überhaupt fähig war.

«Dass Vroni mir die Kinder wegnimmt», erklärte ich nach einer quälenden Denkpause. Augenblicklich spürte ich einen hämmernden Schmerz an der Schläfe. Die Vorstellung, Freddi und Elli nur noch sporadisch sehen zu können, brachte mich um den Verstand.

«Aber das ist doch Blödsinn», entgegnete Ingrid überraschend scharf, «du solltest doch am allerbesten wissen, dass es dafür klare gerichtliche Regelungen gibt.»

«Ich muss mich korrigieren», hörte ich mich sagen, «das Drama ließe sich natürlich noch toppen, indem Vroni sofort die Scheidung einreicht und den berühmten Rosenkrieg vom Zaun bricht. Sie wird mich bis aufs letzte Hemd ausnehmen, sodass mir gar nichts anderes übrig bleibt, als bis zum Umfallen zu arbeiten.»

«Aber hast du nicht gesagt, ihr habt einen Ehevertrag? Außerdem arbeitest du auch jetzt schon bis zum Äußersten! Du lebst eigentlich nur noch für deinen Job, und deine Kinder siehst du kaum», gab Ingrid zu bedenken.

«Das ist nicht –»

Ich hatte protestieren wollen, unterbrach mich aber. Ihre Worte hallten in mir nach und trafen mich wie ein Schlag. Ein Schlag, der ebenfalls weh tat. Womöglich hatte sie recht, verdammt noch mal. Doch so deutlich hatte mir das noch nie jemand unter die Nase gerieben. Nicht einmal Nick, dem gegenüber ich in einem schwachen Moment mal eine Andeutung gemacht hatte, dass es privat nicht so rund lief. Doch der war nicht müde geworden, zu betonen, dass ich ja wohl keinen Grund zum Jammern hätte. Im Gegenteil, ich sollte ihn bloß mit meinen Luxusproblemen verschonen. Wer so viel Kohle nach Hause brachte und es sich dafür in so einer geilen Stadt wie New York auf Kosten der Firma gutgehen ließ, durfte sich nicht beschweren. Tatsächlich hatte ich mich plötzlich schrecklich undankbar gefühlt und nur noch mehr verachtet.

«Ich fürchte, ich muss mich noch mal korrigieren.» Ich richtete mich auf. «Das Schlimmste, was mir passieren könnte, wäre, wenn ich auch noch mein allerletztes Fünkchen Selbstachtung verlieren würde. Das wäre in der Tat der Super-Gau.»

«Na, siehst du, und deswegen musst du dir verzeihen!», befahl Ingrid und verlieh ihren Worten noch mehr Gewicht, indem sie sich wieder zu mir rüberbeugte und auf den letzten Punkt der Liste tippte.

«Aber wie soll das denn gehen? Wie macht man das? Ich kann ja wohl schlecht einfach auf einen Knopf drücken, und schon kann ich mir im Spiegelbild wieder in die Augen gucken», entgegnete ich energisch. Ich spürte, wie eine tiefe Wut hochkam. Auch wenn Ingrid die volle Ladung abbekam, wusste ich natürlich, es war allein die Wut auf mich selbst.

«Jedem Menschen, den man liebhat, kann man verzeihen. Vielleicht musst du dich einfach ein bisschen selbst mögen. Und vielleicht solltest du nicht immer so streng mit dir sein.»

Ich schluckte. Jedes einzelne Wort ging mir direkt durch Mark und Bein. Am liebsten wäre ich einfach davongelaufen. Dieses Flugzeug, die Business Class, der Sitz neben Ingrid – all das löste plötzlich Klaustrophobie in mir aus.

Ich bekam keine Luft mehr und griff mir mechanisch an den Hals, um die Krawatte zu lockern – musste jedoch feststellen, dass ich sie längst abgelegt hatte.

Ich hatte die orange-grün-karierte genommen, die mir Vroni zum letzten Nikolaus in den Schuh gesteckt hatte. Dabei war ich erst versucht gewesen, eine etwas klassischere in einem dunklen Blauton zu wählen. Doch die hatte ich auf der 5th Avenue bei einem Bummel mit Kate erstanden, die mich zu dem Kauf ermuntert hatte. Immer wenn ich die Krawatte zur Hand nahm, bildete ich mir ein, sie würde von einer Aura des Verbotenen umwabert und es wäre nur eine Frage der Zeit, wann sie mir zum Verhängnis werden würde. Wann sie sich wie eine Schlinge um meinen Hals legen würde.

Augenblicklich suchte ich nach Vronis Schlips und fand ihn direkt neben mir, zwischen Lehne und Hüfte gestopft. Ich versuchte, ihn glatt zu streifen, vergeblich. Er warf Falten, weswegen ich beinahe liebevoll weiterstreichelte.

Ich musste dabei wohl wieder geseufzt haben. Denn Ingrid riss mich aus meinen Gedanken, indem sie sagte: «Durchatmen ist schon mal ein guter Anfang. Aber Selbstmitleid bringt dich nicht weiter.»

Sie sah mich an, als wäre ich ein kleiner Junge, den man dazu ermunterte, sich das erste Mal allein in den Kindergarten zu trauen.

«Hör auf mich so anzustarren, *Mama*», beschwerte ich mich und grinste verlegen. Im Job war ich selten sprachlos, sondern schwieg eigentlich immer nur dann, wenn es angebracht war, und nicht, weil ich nicht wusste, was zu sagen war. Kommunikation war nun mal meine Stärke. Eigentlich. Die Fähigkeit hatte ich von meinem Vater geerbt. Aber wieso nur war es mir in zwischenmenschlichen Dingen so wenig vergönnt, das Richtige zu sagen?

«Ich … Ich habe es ja sogar schon mal versucht, Vroni reinen Wein einzuschenken …», erklärte ich zögerlich. «Aber sie kreiste mit ihren Problemen wieder mal nur um sich. Es wäre einem Nachtreten gleichgekommen, wenn ich ihr alles gesagt hätte. So, als würde ich sie bestrafen wollen.» Ich redete mich raus und schämte mich, dass ich nicht den Arsch in der Hose hatte, zu meiner Feigheit zu stehen.

«Du bist doch bloß zu feige», hörte ich Ingrid auch prompt sagen. Sehr zu meinem Entsetzen. Es war, als könnte sie meine Gedanken lesen.

Ich war kurz davor, ihr den Mund zu verbieten. Doch sie sah mich auf ihre sanfte Art an und fuhr ungehindert fort: «Das ist doch auch verständlich. Die meisten Menschen mogeln sich irgendwie durchs Leben. Aber nicht du! Du gehörst doch zu den Guten! Dein Elternhaus hat dir Herz, Verstand und Anstand mitgegeben. Da ist es kein Wunder, dass du so hohe Ansprüche an dich selbst stellst. Jetzt reinen Tisch zu machen, machst du also auch für dich. Und nicht bloß, weil es von dir erwartet wird.»

Mir blieb der Mund offen stehen. So viel Brillanz in der Argumentation hatte ich meiner Sitznachbarin gar nicht zugetraut. Womöglich redete sie sich aber nur so in

Rage, weil sie von ihren eignen Problemen ablenken wollte? Auch das wäre nur allzu verständlich.

Ich dachte darüber nach, was Ingrid gesagt hatte. Und blieb doch immer wieder in dem einen Horrorszenario stecken.

«Was mache ich denn bloß, wenn ich Vroni alles gestehe und sie mich auf der Stelle verlässt?», fragte ich leise, als diese unheilvolle Szenerie erneut vor meinem geistigen Auge ablief.

«Dann musst du um sie kämpfen», entgegnete Ingrid. «Aber die wichtigere Frage ist doch, was passieren würde, wenn du so weitermachst!»

Ich zuckte mit den Schultern. Dass das keine Option war, wusste ich insgeheim schon lange. Aber es gab immer einen Spielraum. Immer ein nächstes Mal, eine bessere Gelegenheit. Einen besseren Zeitpunkt.

Wie um alles in der Welt machte man es richtig? Der eigenen Frau und Mutter der eigenen Kinder ins Gesicht zu sehen und ihr weh zu tun? Und wie brachte man seiner Chefin bei, dass das Spiel aus war, die hocherotischen Abenteuer vorbei waren und man trotzdem weiter vertrauensvoll zusammenarbeiten wollte?

Ich schüttelte den Kopf. Vielleicht war ich wirklich nicht der, für den mich alle hielten. Vielleicht war ich doch bloß ein mutloser Mann ohne Rückgrat.

Jakob hatte schon recht. Es war wirklich verlockend, einfach so weiterzumachen wie bisher. Aber leider ging das manchmal nicht.

Nicht, nachdem sich Milan bei mir gemeldet hatte, nach über 30 Jahren.

Und auch nicht, nachdem ich erfahren hatte, warum er mich zu sich holen wollte. Nämlich nur, um mir noch einmal das Herz zu brechen!

Hätte er mich nicht ahnungslos und glücklich mit meinen Erinnerungen an ihn lassen können? Dann wäre alles geblieben wie bisher.

Aber war es bisher denn gut, dieses Leben, das zwischen der Operngarderobe und meiner vorwurfsvollen Mutter hin und her pendelte?

Ich stellte mir das Gesicht vor, das sie machen würde, wenn ich zurückkehrte. Sie würde ihre Schadenfreude nur schlecht verbergen können. Oft genug hatte sie mir prophezeit, dass es mit Milan nicht gutgehen konnte. Genauso oft hatte sie mir vorgeworfen, verantwortungslos zu sein, sie einfach im Stich zu lassen mit ihrer Hüfte und ihrer Verdauung und ihren ganzen anderen Problemen.

Für einen kleinen Moment wünschte ich mir, man hätte mich neben den asiatischen Geschäftsmann gesetzt, mit dem ich ohne Jakobs Einfluss natürlich niemals geflirtet hätte. Dann wäre ich noch einen ganzen, kostbaren Tag länger ahnungslos geblieben. Und vielleicht sogar noch länger, bis ich Milan selbst durchschaut hätte.

Ich seufzte tief. In Zukunft nicht mit Milan zusammenzuleben war eine Sache, in mein altes Leben zurückzukehren eine ganz andere. Daran wollte ich lieber nicht denken. Ich würde mich stattdessen um Jakob kümmern. Wie gut, dass mich seine Probleme von meinen eigenen ablenkten.

«Hör mal», sagte ich zu ihm. «Du musst mehr auf dich Acht geben. Wenn du so weitermachst, brauchst du dir bald gar keine Gedanken mehr um irgendetwas zu machen. Dann bekommst du nämlich einen Herzinfarkt.»

«Wäre vielleicht nicht das Schlechteste», gab er grimmig zurück.

«Kommt gar nicht in Frage, dass du dich wegen so einem Unsinn einfach davonstiehlst», wies ich ihn streng zurecht.

«Für dich scheint die Welt immer ganz einfach zu sein, Ingrid. Ist sie aber nicht.»

«Und du siehst sie viel zu kompliziert. Dabei hast du so viele Möglichkeiten», gab ich zurück. «Schau mal, wenn sich mein Chef ständig an uns Garderobenfrauen randrückt, dann kann ich nur eine einzige Sache dagegen unternehmen.»

Jakob verzog angewidert das Gesicht. «Ich hoffe, du hast den Kerl angezeigt?»

Ich schüttelte den Kopf. «Nein. Denn es gibt nur eine

Oper in meiner Nähe, und in der will ich gern arbeiten. Ich halte also die Luft an, um sein Rasierwasser nicht zu inhalieren, und stelle mir vor, ich stehe in einer überfüllten S-Bahn.»

Jakob sah mich ratlos an. «Ich weiß bei deinen merkwürdigen Anekdoten nie, worauf du hinauswillst.»

«Du bist manchmal wirklich begriffsstutzig», tadelte ich ihn. «Ich frage mich, was man euch im Studium beigebracht hat. Nichts fürs Leben jedenfalls. Also wenn man Probleme mit seinem Chef hat und die Chance bekommt, einfach keinen Chef mehr zu haben, sondern selbst einer zu sein, ich würde es sofort machen.»

«Als Garderobenfrau kann man sich aber schlecht selbständig machen», bemerkte Jakob spöttisch.

«Richtig», entgegnete ich. «Aber als Anwalt schon.»

Jakob erwiderte darauf nichts, sondern schien nachzudenken. Dann schüttelte er unmerklich den Kopf. «Das wäre ein Schritt nach unten auf der Leiter.»

Ich lächelte. «Das kommt darauf an, welche Leiter du benutzt und wo sie hinführt.»

Er flüsterte nur: «Küchenpsychologie …», und ich tat, als hätte ich es nicht gehört.

Stattdessen zog ich die Liste wieder auf meinen Tisch. «Wir werden jetzt Schritt 1 von deiner Liste umsetzen», sagte ich resolut.

«Wir?», fragte Jakob verwundert.

«Ja. Mach deinen Computer auf, wir schicken jetzt eine E-Mail an deine Chefin.»

«Was?» Jakob sah mich ungläubig an. «Aber das geht nicht.»

Ich nickte eifrig. «Natürlich geht das. Wir haben nämlich Internetverbindung. Das hab ich in dem kleinen Heft hier gelesen.» Ich tippte auf die Informationsbroschüre der Fluggesellschaft, die in einem Seitenfach meines Sitzes steckte und in der ich zu Beginn des Fluges interessiert herumgeblättert hatte.

«Ja, *das* weiß ich», erklärte er. «Ich meinte, das kann *ich* nicht tun.» Jakob wurde ganz blass.

«Dann mach ich es. Gib her!» Ich versuchte, seinen Laptop zu mir herüberzuziehen.

«Hör auf», wehrte Jakob mich ab. «Wenn, dann schreib ich das selbst.»

Er klappte seinen Laptop auf, und ich sah ihm dabei über die Schulter. Er versuchte, ein wenig von mir wegzurücken, stieß dabei jedoch sofort an die Bordwand, er hatte keine Chance.

Schnaubend öffnete er das Mailprogramm und klickte auf «Neue Nachricht». Er tippte:

Dear Kate

Dann wartete er.

«Ich weiß nicht, was ich schreiben soll», gab er schließlich zu und sah mich hilflos an.

«Wie wär's mit der Wahrheit?», ermunterte ich ihn. «Schreib: Ich habe einen Fehler gemacht, und es tut mir leid. Ich habe mit dir eine Beziehung angefangen, weil ich mir davon Vorteile versprochen habe. Du bist eine kluge, bewundernswerte Frau und hast das nicht verdient.»

«Aber das stimmt nicht», wehrte sich Jakob. «Ich habe sie nicht benutzt. Eher hat sie mich benutzt!»

Ich hob meine Augenbrauen. Das genügte schon, damit sich Jakobs Gewissen regte.

«Ich meine, jedenfalls habe ich nicht vorsätzlich gehandelt. Oder aus Berechnung.» Er ruderte zurück. «Sondern weil sie tatsächlich eine sehr faszinierende Frau ist.»

«Dann schreib: Es hat mir imponiert, dass eine so faszinierende und attraktive Frau wie du Interesse an mir gezeigt hat», diktierte ich und nickte auffordernd.

Jakob hatte die ersten Worte in englischer Übersetzung eingetippt, doch dann zögerte er. «Du weißt doch überhaupt nicht, ob sie attraktiv ist. Sollte ich nicht einfach auf den Punkt kommen, warum ich es beenden will? Nämlich wegen Veronika?»

«Auf keinen Fall!», befahl ich streng. «Du schreibst das, was sie gern lesen möchte. Wenn du ihr einen Korb gibst, solltest du ihr nicht mehr weh tun als nötig. Und sie darf nicht den Respekt vor dir verlieren. Das sagt jedenfalls meine … *Küchenpsychologie.*»

Jakob musste gegen seinen Willen lächeln und tippte tatsächlich ein, was ich ihm vorgeschlagen hatte.

«Was soll's. Ich schick das sowieso nicht ab», erklärte er.

«Zum Schluss entschuldigst du dich noch bei ihr», fuhr

ich fort, «aber du machst ganz klar, dass du einen Schlussstrich ziehen willst, und bittest darum, deine Entscheidung zu respektieren, höflicher Gruß und fertig, aus.»

Als Jakob zu Ende übersetzt hatte, schrieb er ins Adressfeld Kates Namen.

«Was soll ich für einen Betreff wählen?», fragte er.

«Ich würde sagen: Korrektur.»

Er sah mich überrascht an. «Das trifft es tatsächlich.» Dann dirigierte er den Mauszeiger auf das Feld «E-Mail senden» – und zögerte.

«Ich glaub nicht, dass ich das wirklich abschicken sollte.» Er schüttelte den Kopf.

Bevor er mich daran hindern konnte, langte ich rüber und klickte auf die Eingabetaste. Es rauschte, und die Mail an Kate war verschickt.

«Bist du verrückt?», fuhr Jakob mich entsetzt an. «Ich wollte mir das noch mal überlegen!» An seinem Hals pulsierte eine Ader.

«Es ist besser so», beruhigte ich ihn. «Nur nicht zu lang nachdenken. Das Pflaster muss man schnell von einer Wunde abreißen, sonst tut es nur noch mehr weh.»

«Ich fasse es nicht!», fluchte er und hämmerte hektisch auf seine Tastatur ein.

Jakob wusste eben nicht, was gut für ihn war. Ich wünschte, ich hätte jemanden, der die Dinge genauso unerbittlich und konsequent für mich in die Hand nahm.

«Sag mal?», fragte ich vorsichtig. «Vielleicht könntest du mir einen Gegengefallen tun?»

«Wofür?», rief er aufbrausend. «Dafür, dass du gerade mein Leben ruiniert hast?»

«Du wirst mir noch dafür danken, das steht schon mal fest.» Ich beugte mich vertrauensvoll zu ihm. «Könntest du dich deshalb vielleicht bei Milan als mein Anwalt ausgeben? Keine Angst, du sollst das nur spielen, es kommt keine Arbeit auf dich zu. Du musst ihn nur anrufen und sagen, dass du mein Anwalt bist und ich nicht mehr mit ihm verheiratet bin. Und vielleicht noch, dass ich nichts mehr von ihm wissen will, weil er mich nach Strich und Faden belogen hat. Wenn das nicht zu viel verlangt ist.»

Jakob schien mir überhaupt nicht zuzuhören. Er sagte stattdessen: «Ich muss diese verdammte Mail irgendwie zurückholen», und suchte im Internet verzweifelt nach einer Möglichkeit dafür. «Alles andere ist jetzt unwichtig.»

«Du irrst dich», sagte ich behutsam. «Das Wichtigste ist jetzt Punkt 2 unserer Liste, bevor dich deine Chefin erpressen kann.»

Jakob riss entsetzt die Augen auf. «O Gott, du hast recht! Sie wird mir damit drohen, es Vroni zu erzählen!»

«Ganz richtig. Deshalb musst du ihr zuvorkommen.»

«Ich muss Vroni anrufen! Aber wenn wir landen, ist es in Berlin mitten in der Nacht!»

Suchte er etwa nach einer Ausrede?

«Sie sollte es besser von dir als von Kate erfahren», gab ich zu bedenken.

Jakob fuhr sich wiederholt durch die Haare, die aus seinem Kopfverband hervorlugten, und atmete stoßweise.

Ich versuchte, ihn zu beruhigen. «Du könntest dir schon mal Stichpunkte machen, dann fällt dir das Gespräch sicher leichter.»

Ich schob ihm mein Notizbuch hin, und er nahm mechanisch einen Stift zur Hand.

Jakob durfte Veronika auf keinen Fall belügen. Man konnte seinen Chef anlügen, den Fahrkartenkontrolleur, sogar seine Mutter, aber niemals den Menschen, von dem man geliebt werden wollte. Sonst war es vorbei.

Selbst Milan hätte mich nicht belügen dürfen. Es war mir nie um seinen Erfolg oder seinen Reichtum gegangen, sondern immer nur um ihn selbst. Es verletzte mich, dass er mich so falsch einschätzte. Er hätte ehrlich sein können. Dieses eine Mal wenigstens. Von seiner Krankheit hatte er mir doch auch erzählt, warum also nicht auch von seinem finanziellen Ruin? Aber wenn ich so darüber nachdachte, hatte er mir nur den medizinischen Befund mitgeteilt und mich anschließend mit seinen Ländereien und Besitztümern gelockt. Im Nachhinein kam es mir so vor, als hätte ich ein Einstellungsgespräch als Pflegerin absolviert. Ich erfuhr von Milan nicht, was die Krankheit mit ihm machte, wie er sich mit der Diagnose fühlte und wovor er Angst hatte. Er bat mich auch nicht um Hilfe, sondern machte mir klar, dass es meine Pflicht war ihn zu versorgen. Damals leuchtete mir das sofort ein, und ich fand nichts seltsam daran. Aber damals hatte ich auch noch keinen Nachtflug mit Jakob von Wieding verbracht.

Ich sah zu ihm hinüber. Er saß immer noch mit dem Stift in der Hand da und hatte kein einziges Wort notiert.

«Ich weiß nicht, was ich tun soll», flüsterte er, und seine Stimme klang rau.

«Dann sag ihr genau das. Bitte sie um Hilfe.»

Jakob 1:19 Uhr

Weil meine Stirn brannte, löste ich den Kopfverband. Oder vielmehr, ich versuchte es. Doch Ingrid hielt mich davon ab.

«Das lassen wir schön dran. Bist du verrückt geworden?!», schimpfte sie.

«Allerdings!», beschwerte ich mich und warf Ingrid einen vorwurfsvollen Blick zu. Doch sie ließ sich nicht beirren und deutete mit einem Nicken auf den Stift in meiner Hand.

Wenn es ein Abschiedsbrief kurz vor dem Absturz gewesen wäre, hätte ich gewusst, was ich schreiben will. Aber wir stürzten nicht ab.

Ich kam mir wie ein Schüler vor, der unter Aufsicht seiner strengen Lehrerin eine Strafarbeit zu erledigen hatte.

«Du brauchst ja noch keine Beichte abzulegen. Das

solltet ihr ohnehin besser in einem Gespräch unter vier Augen klären», sprach Ingrid beherzt weiter.

«Ach!», entgegnete ich ironisch.

Ich lehnte meinen dröhnenden Kopf gegen die Bordwand und biss mir auf die Lippen. In welch unmögliche Lage hatte ich uns nur gebracht! Vroni so sehr weh tun zu müssen, war das eine. Gleich meine ganze Familie zu enttäuschen das andere. Ich hatte bereits die Schimpftirade meiner Mutter im Ohr. Ganz sicher würde sie einmal mehr den Vergleich zu «Vater», wie sie immer sagte, bemühen. Der war viel zu anständig gewesen, als dass ihm Fehltritte dieser Art unterlaufen wären.

«Meine Mutter wird mich mit Verachtung strafen ...», murmelte ich. Offenbar aber laut genug für Ingrids gespitzte Ohren.

«Das tut meine Mutter auch ständig. Vielleicht gewöhnt man sich irgendwann daran. Aber meinst du wirklich, deinen Eltern ist so was nie passiert?», fragte sie trocken.

Ich zuckte mit den Schultern und hatte gar keine Lust auf diese Frage einzugehen. Also beschränkte ich mich darauf, zu erklären, wie wichtig die Außenwirkung in unserer Familie war, und zu betonen, dass mein Vater trotz seines Todes vier Jahre zuvor noch immer der hohe Wächter über unsere konservativen Werte war.

«Die Konservativen sind die Schlimmsten», erklärte Ingrid. «Vielleicht tut es dir ja ganz gut, mal aus eurem engen Familienkorsett auszubrechen.»

Ich schüttelte verständnislos den Kopf und entgegnete

spöttisch: «An dir ist echt eine Psychotherapeutin verlorengegangen.»

«Ist doch wahr! Es lässt jedenfalls tief blicken, dass du dich offenbar mehr um das Urteil deiner Mutter sorgst als um die Gefühle deiner Frau.»

«Das stimmt doch gar nicht!», schnauzte ich Ingrid an. So laut, dass der Asiate wieder zu uns rübersah. Aber das war mir scheißegal.

«Das beruhigt mich. Also, dann weißt du ja, was du zu tun hast!» Ingrid hob wieder oberlehrerhaft die Augenbrauen und sah mich über den Rand ihrer Brille auffordernd an.

Ich hätte ihr den Hals umdrehen können. Sie hatte meine Existenz quasi ruiniert. Nur ihretwegen würde ich meinen Job verlieren! Jemanden wie Kate als Feindin zu haben, war ein unkalkulierbares Risiko. Und jetzt wollte Ingrid auch noch meine Ehe zerstören?!

Ich ließ mich in meinen Sitz sinken und schloss die Augen. Sie brannten. Alles brannte! Meine Platzwunde, meine Kehle, mein Herz … Ich befürchtete, eine Panikattacke zu erleiden. Zahlen geisterten wie wild in meinem Kopf herum. Die Bilanzen für das bevorstehende Meeting vermischten sich mit den Raten, die monatlich von meinem Konto abgingen. Mindestens zwölf weitere Jahre, so war es mit der Bank vereinbart, würde ich ein Drittel meines Einkommens abtreten müssen. Ganz zu schweigen von den Zinsen, die mir den Schlaf raubten.

Wenn Vroni die Scheidung einreichte, wäre dieser Spuk

immerhin vorbei. Denn um den Verkauf der Villa würden wir dann nicht drum herumkommen. Ein beängstigender und seltsam beruhigender Gedanke zugleich. Wieso nur waren wir nicht mit dem Flugzeug abgestürzt?!

Ich erschrak und öffnete die Augen. Denn plötzlich spürte ich Ingrids Hand auf meiner Schulter.

«Jakob, du weißt doch, was zu tun ist», sagte sie sanft.

«Ja, verdammt noch mal!» Wütend stieß ich ihre Hand weg und richtete mich mit einem schnellen Ruck auf. Autsch! Jetzt spürte ich das Brennen auch an der Bandscheibe.

Als ich Ingrids erschrockenen Gesichtsausdruck sah, tat mir mein Gefühlsausbruch leid. Wohlvertraute Schuldgefühle krochen von meinen Fersen hoch über den Bauch bis in meine Brust hinein und raubten mir die Luft zum Atmen. Ich war kurz davor zu hyperventilieren. Außerdem spürte ich, wie mein Mund zitterte. Ich bekam schon wieder feuchte Augen und klang einfach nur noch erbärmlich, als ich wimmerte: «Ich will Vroni nicht verlieren! Ich hab solche Angst!»

Dann geschah etwas Seltsames. Ich verlor endgültig die Kontrolle. Das erste Mal in meinem Leben. Ich heulte wie ein Schlosshund und zitterte am ganzen Körper.

Ingrid schloss mich in ihre Arme und drückte mich fest an ihre Brust. Es war mir unendlich peinlich, und doch ließ ich es geschehen.

«Es wird alles gut!», versprach ich Jakob und wiegte ihn beruhigend in meinen Armen. «Sei mutig. Du schaffst das.» Ich flüsterte diese Worte immer wieder.

Nach einer Weile war ich mir nicht mehr sicher, ob ich das jetzt zu ihm oder zu mir selbst sagte. In was für einen Schlamassel war ich da nur geraten? Ich musste aufpassen, dass ich nicht ebenfalls gleich losweinte. Aber Jakob hatte damit angefangen, und wer zuerst anfing, hatte das Recht getröstet zu werden. Diese Regel hatte Bernd eingeführt. Und egal wie oft ich ihm sagte, dass sie ungerecht war, weil ich viel näher am Wasser gebaut hatte als er, bestand Bernd immer darauf, dass sie eingehalten wurde. Für ihn war die Regel nicht ein einziges Mal von Vorteil gewesen. Ich habe ihn jedenfalls nie weinen sehen.

Aber wie oft hatte ich hingegen in Bernds Armen geweint! Wenn sein Bruder grob zu mir gewesen war, als Christian in eine andere Stadt zog, als mein Vater starb, als ich keine Anstellung als Sekretärin fand, als ich 50 Jahre alt wurde und jedes Mal, wenn ich Sehnsucht nach dem verschollenen Milan hatte. Selbst da flüsterte mir Bernd zu: «Sei mutig. Du schaffst das.» Und das, obwohl er Milan gegenüber skeptisch war. Ich hätte damals schon wissen können, dass Milan nichts taugte. Aber Bernd sagte immer: «Du siehst eben nur, was du sehen willst.»

Und plötzlich erinnerte ich mich wieder an unseren Abschied am Flughafen. War das wirklich erst ein paar Stunden her? Es kam mir vor wie Jahre. Ich hatte es eilig gehabt wegzukommen. Ich war aufgeregt und voller Vorfreude gewesen und hatte nichts dabei gefunden, dass Bernd sich ganz schnell von mir wegdrehte, als ich durch die Sicherheitskontrolle ging. Ein einziges Mal nur hatte ich mich noch nach ihm umgeschaut und war für einen flüchtigen Augenblick gekränkt gewesen, weil er mir nicht winkte.

Aber schon war ich weiter gehastet und hatte nicht über das nachgedacht, was ich gesehen hatte: Bernd, der in seinem Regenmantel mit leicht gebeugtem Rücken zwischen all den vorbeiströmenden Menschen stand, ab und zu angerempelt wurde, nicht reagierte und auch nicht zum Ausgang lief.

Als ich dieses Bild jetzt wieder vor meinem inneren Auge abrief, wusste ich, was ich auch da schon gewusst hatte, aber nicht wahrhaben wollte: Er hatte geweint.

Ich hätte umkehren und ihn in die Arme nehmen müssen. Aber Abschiedstränen passten nicht in den Plan für die Reise meines Lebens.

Jakob drückte sich an meine Brust, und ich wünschte mir, es wäre Bernd. Warum hatte ich ihn nicht das einzige Mal getröstet, als er es gebraucht hatte?

Ich fühlte plötzlich eine merkwürdige Sehnsucht nach ihm. Wie gern würde ich mit Bernd eine Reise machen. Es musste gar nicht Amerika sein. Mir würde Bayreuth genügen.

Das Gefühl, dass ich mich mit jeder Sekunde weiter von ihm entfernte, machte mir Angst. Er war der einzige Mann, der weinte, weil ich ging. Und er war der einzige Mann, der mir das niemals zeigen würde, weil er wollte, dass ich glücklich war.

Aber all das hatte ich nicht gesehen, weil ich Scheuklappen mit einem Heiligenbild von Milan drauf vor den Augen getragen hatte. Ich hatte es verpatzt. Da hatte ich jahrelang neben einem wunderbaren Mann gelebt und ihn nicht gesehen, weil ich etwas nachgejagt war, das es gar nicht gab. Kein Wunder, dass er in mir immer nur die Schwägerin sah. Vielleicht war er sogar schon heute Abend mit seiner Nachbarin ausgegangen, die ihn seit Monaten bedrängte.

Ich fühlte ein unangenehmes Ziehen in der Brust. War ich etwa eifersüchtig?

Mit keinem anderen Menschen machte der Tag so viel Vergnügen wie mit Bernd. Er las genauso gern wie ich die Ratgeberspalten, und wir hörten beide mit großer Leidenschaft Opern. Wir konnten beide für ein Stück Kuchen das Mittagessen ausfallen lassen, und wir liebten alte Kriminalfilme in Schwarzweiß mit Spionen und Geheimbotschaften. Wir konnten eine ganze Nacht auf der Couch vor dem Fernseher lümmeln, Schokolade essen und mitfiebern.

Als ich jetzt daran dachte, kam mir plötzlich eine vage Erinnerung, ein Gefühl, als hätte ich in Bernds Brief etwas übersehen. Ich musste ihn unbedingt noch einmal lesen. Aber noch atmete Jakob schwer an meiner Brust und wollte offenbar gar nicht mehr auftauchen.

Vorsichtig angelte ich mit einer Hand nach meiner Tasche, aber ich kam nicht ran, und es wäre sehr taktlos gewesen, den untröstlichen Jakob einfach zur Seite zu schieben.

Ich streichelte ihn mechanisch weiter und versuchte, mir den genauen Wortlaut des Briefes ins Gedächtnis zu rufen, bekam ihn aber nicht mehr zusammen. Da war irgendetwas Merkwürdiges gewesen. Vielleicht hatte Jakob tatsächlich recht gehabt mit seiner Einschätzung, dass es eben doch nicht nur ein gewöhnlicher Brief voller Belanglosigkeiten war.

Mittlerweile hatte sich Jakob in ein wimmerndes Kind verwandelt. Und nachdem ich mit seiner Chefin Schluss gemacht hatte, konnte ich jetzt schlecht sagen: «Rutsch mal, ich will was aus meiner Handtasche holen.» Schließlich war ich an seinem ganzen Elend schuld.

Ich riss mich also zusammen und legte eine Hand auf seinen Kopf.

«Es ist gut, wenn du alles rauslässt», sagte ich. «Und jetzt wisch deine Tränen ab, putz dir die Nase, und dann bringen wir alles wieder in Ordnung.»

Jakob gehorchte und richtete sich auf.

Sofort griff ich nach meiner Tasche, aber er sah mich so erwartungsvoll an, als wäre ich eine Fee, die einen Zauberstab herausholen würde. Ich schämte mich und konzentrierte mich wieder völlig auf ihn.

«Jakob, die Wahrheit ist immer gut. Auch wenn sie weh tut und Mut erfordert.»

Er lachte trotzig auf. «Ich bin nicht mutig.»

«Aber ich bin sicher, deine Frau ist es», sagte ich. «Denn die Wahrheit auszuhalten, erfordert ebenso viel Mut wie sie auszusprechen.»

«Ja», gab Jakob zu. «Ich glaube, sie ist mutiger als ich. Ich an ihrer Stelle hätte den Kaiserschnitt gewählt oder wenigstens eine PDA. Ich bin immer für Betäubung. Auch beim Zahnarzt. Vroni hält viel mehr aus.»

«Und sie wird auch das aushalten», versicherte ich. «Die Wahrheit tut ja weniger weh als eine Lüge. Ich meine: Guck mich an! Unterm Strich bin ich froh, dass ich die Wahrheit über Milan jetzt weiß. Meinst du nicht, dass Veronika die Wahrheit verdient hat?»

Jakob sah mich fest an, er klammerte sich förmlich an meinen Augen fest. Er brauchte mich und hatte meine volle Aufmerksamkeit verdient. Damit ich nicht wieder in Versuchung geriet, schob ich meine Handtasche mit dem Fuß ganz tief nach hinten unter meinen Sitz.

Jakob war jetzt wichtiger. Der Brief musste warten.

Jakob 1:38 Uhr

Ich traute mich kaum, wieder aufzutauchen, und hoffte noch immer, ich würde aus einem Traum aufwachen, der harmlos angefangen hatte, aber sukzessive in einen Albtraum übergegangen war. Aber nein, ich war trotz der späten Stunde hellwach, fand mich am Rockzipfel einer mir eigentlich fremden, älteren Dame wieder und hatte meine Lebensbeichte abgelegt.

Das Schlimmste stand mir aber noch bevor.

«Okay», sagte ich zu Ingrid und versuchte, entschlossen zu klingen. Doch es gelang mir nicht. Ich richtete mich auf, nickte ihr beschämt zu und starrte auf das schwarze Display meines Handys, genauer, meines Diensthandys, das ich vermutlich bald nicht mehr würde nutzen können.

«Darf man im Flugzeug telefonieren?», fragte Ingrid und sah sich um, so als würde ich etwas Verbotenes planen.

«Ich schreib ihr eine Nachricht», erklärte ich und begann, die Messenger-App zu öffnen. «Vroni liest sie garantiert gleich nach dem Aufstehen. Es ist also nur eine Frage von Stunden, wie lange meine Ehe noch hält.»

Ich verzog die Mundwinkel und suchte fieberhaft nach einer Formulierung, die meine Frau nicht dazu veranlassen würde, sofort die Scheidung einzureichen. Auch wollte ich nicht, dass sie Mord-, geschweige denn Suizidgedanken hatte.

Ich tippte:

Liebes, bin noch im Flieger … es gab einen Zwischenfall, der mir klargemacht hat: Ich liebe dich – mehr denn je. Ich muss dir dringend etwas gestehen. Also nehme ich die nächste Maschine zurück, sobald ich in NY ankomme.

Wieder und wieder las ich die Nachricht und quälte mich mit dem Gedanken, ob ich wirklich das Richtige tat.

«Meinst du, ich kann das so schreiben?», fragte ich Ingrid nach einer Weile und reichte ihr das Handy rüber.

Zu meiner Überraschung wehrte sie ab: «Nein, mein Lieber, dabei werde ich dir nicht helfen!»

«Wie? Eben noch hast du mein Leben auf den Kopf gestellt, und jetzt soll ich das allein ausbaden?», entgegnete ich verständnislos. Und doch musste ich unweigerlich schmunzeln, weil dieser Vorwurf plötzlich albern klang, als ich ihn laut aussprach.

Ich versuchte es mit einem Dackelblick, um Ingrids Herz zu erweichen.

Aber sie blieb hart: «Deiner Chefin den Laufpass zu geben, ist eine Sache. Aber dir diktieren, was du der Frau schreibst, die du liebst? Das darf ich nicht!»

«Schade», spottete ich, «ich dachte, ich könnte dich jetzt zu meiner persönlichen Assistentin machen, wo du doch offenbar meine Dinge viel besser regeln kannst als ich selbst.»

Ingrid schmunzelte und tätschelte mir wieder die Hand. «Du machst das schon. Wenn einer die richtigen Worte findet, dann du.»

Ich nickte zögerlich.

Ich brauchte nur noch auf den kleinen Pfeil zu gehen, und schon würde es kein Zurück mehr geben. Kein Zurück mehr zu einem ungetrübten Vertrauensverhältnis, kein Zurück mehr zur Geborgenheit, zum gewahrten Schein … Aber vielleicht auch keine Schuldgefühle und Panikattacken mehr. Und eine Spur mehr Selbstachtung, wenn ich Glück hatte.

Noch ein letztes Mal hielt ich das Display in Ingrids Richtung und hoffte, ihr die Verantwortung zuschieben zu können, aber sie rührte sich nicht.

«Und was mache ich, wenn sie –» Ich unterbrach mich. Wieder spürte ich einen Kloß im Hals. Aber ich hatte mich schon genug zum Horst gemacht, saß mit verheulten Augen und Kopfverband derangiert in einem Flieger, der mich ins Ungewisse brachte.

«Wenn du nicht weiterweißt, schau auf die Liste», sagte Ingrid mit einem milden Lächeln. «Du wirst deinen Weg schon machen. Ich an deiner Stelle würde deiner Frau einfach Zeit geben. Vielleicht verzeiht sie dir eines Tages. Und in der Zwischenzeit baust du dir etwas Neues auf, in Berlin. Um für deine Kinder da zu sein.»

Ich wollte schon widersprechen. Einfach aus einem Reflex heraus, der mir nur allzu vertraut war. Wann immer jemand gegen meine Karrierepläne wetterte, wie zuletzt meine Schwester auf Mutters 75. Geburtstag im Sommer, brachte ich schlagende Argumente zu meiner Verteidigung vor, die mein Gegenüber schnell verstummen ließen.

«Wenn Vroni die Scheidung will», erklärte ich, «werde ich die Kids vermutlich auch nicht öfter sehen als jetzt. Ganz egal, ob ich nun in den Staaten oder in Berlin arbeite.» Freddi und Elli waren noch zu klein. Sie würden sich später ohnehin nicht daran erinnern, wenn ich ihnen zuliebe die Zelte in New York abbrach.

Aus dem Augenwinkel beobachtete ich, wie Ingrid sich ächzend nach unten beugte und ihre Handtasche unter dem Sitz hervorzerrte.

«Das ist doch Unsinn!», entgegnete sie, ohne aufzuschauen, und durchsuchte ihre Tasche. Sie wurde immer hektischer.

«Hast du etwas verloren?» Irgendwie war mir der Moment nicht erhaben genug, um die alles entscheidende Nachricht an Vroni zu schicken, während Ingrid womöglich nach einem Tempotaschentuch oder der neuen *Brigitte* wühlte.

«Verloren?», fragte sie und sah mich mit großen Augen an. «Vielleicht!»

«Was denn? Kann ich dir helfen?», bot ich an, oder besser gesagt, drängte ich mich auf. Es war die willkommene Gelegenheit, vielleicht doch noch aus der Nummer herauszukommen.

«Du hast mir schon geholfen. Sehr sogar!», erklärte Ingrid bedeutungsschwanger und kramte weiter fieberhaft in den Tiefen ihrer riesigen Tasche herum. Dann endlich hellte sich ihr Gesicht wieder auf. Sie hielt den Brief von ihrem Schwager in die Höhe. Ich schmunzelte.

«Ich glaube, ich habe etwas übersehen», murmelte sie und faltete das Papier ungeduldig auseinander.

«Das hat aber lange gedauert!», entgegnete ich amüsiert. Schließlich hatte ich sofort gewusst, wer der wahre Mann ihres Herzens war.

Gespannt beobachtete ich, wie sie auf den Brief starrte und aufmerksam die Zeilen studierte. Erst nach ein paar Sekunden wurde sie auf mich aufmerksam.

«Was ist?», fragte sie ungehalten.

Ich hob meine Augenbrauen und grinste weiter in mich hinein.

«Bring lieber dein eigenes Leben in Ordnung!», befahl sie und fuchtelte dabei mit einer Hand vor meinem Gesicht herum, so als würde sie nicht wollen, dass ich mitlas. «Du glaubst wohl, ich habe nicht bemerkt, dass du die Nachricht noch nicht abgeschickt hast, Jakob?!»

Ihr Blick war streng. Sehr streng.

Ich schluckte schuldbewusst und merkte, wie schwitzig meine Hände geworden waren.

«Nun mach schon!», sagte Ingrid mit scharfem Unterton.

Ich hielt die Luft an und überflog noch einmal meine Zeilen. Dann drückte ich auf den Pfeil.

Aufgeregt faltete ich den Brief auseinander und hätte ihn dabei am Rand fast eingerissen. Bernd hatte das Papier zweimal quer geknickt, damit es in den schmalen Umschlag passte. Der Briefbogen wirkte schwer wie Leinenstoff, und das Futter im Umschlag war aus grauem Seidenpapier. Ich roch daran, nahm aber nichts Vertrautes wahr.

Dann las ich noch einmal Bernds Zeilen – und plötzlich wusste ich wieder, was ich schon beim ersten Lesen merkwürdig gefunden hatte.

… *Dafür siehst Du das Land, in dem all unsere Lieblingsserien spielen in echt (bis auf eine)* …

Warum war Bernd die belanglose Tatsache, dass eine unserer Lieblingsserien nicht in Amerika spielte, so wichtig? Wollte er mich damit auf die britische Filmreihe «Mit Schirm, Charme und Melone» aufmerksam machen? Wir liebten diese Agentenstreifen und machten uns manchmal gemütliche Filmabende zusammen. Einmal hatten wir eine ganze Nacht damit zugebracht, uns auszudenken, wie wir geheime Botschaften verschlüsseln würden. Plötzlich war ich mir sicher, dass er genau das hatte sagen wollen. In seinem Brief war eine wichtige Botschaft versteckt! Ich sollte sie allerdings nur finden, wenn mir unsere Agentenabende wichtig waren. Und wenn ich sie vergessen hatte, würde der Brief ein netter Abschiedsgruß sein, mehr nicht.

Noch einmal las ich den Nachsatz am Ende.

PS. Die Wahrheit liegt in der Mitte.

Es war ein Spruch, den Bernd gern benutzte, wenn ich mich mit einer Entscheidung schwertat und er mir zu einem Kompromiss riet. Ich hielt den Brief gegen das Licht, drehte und wendete ihn, untersuchte auch die Rückseite, aber ich konnte mir keinen rechten Reim darauf machen.

Ich wandte mich Jakob zu und hoffte, er könne eine Idee haben. Geistesabwesend starrte er auf das Display seines Telefons. Er lauerte. Aber es war nicht zu erkennen, ob er eine Nachricht erhoffte oder fürchtete. Sein Rücken war gekrümmt und sein Gesicht ein wenig verzerrt. Über meine eigenen Gedanken hatte ich völlig vergessen, wie es in ihm aussehen musste. Ich durfte nicht zulassen, dass wir uns wieder auseinanderbewegten, nachdem wir einander so vertraut geworden waren.

Ich legte meine Hand auf seine. Und als hätte er nur darauf gewartet, umklammerten seine Finger meine.

«Das hast du gut gemacht», sagte ich mit aller Überzeugungskraft, die ich aufbringen konnte. «Glaub mir. Es war das Richtige.»

«Mhm», murmelte er.

«Geht es dir gut?», fragte ich besorgt.

«Was ist mit dem Brief», fragte er zurück. «Lass uns lieber darüber reden. Ich brauche dringend Ablenkung, sonst werde ich noch verrückt.»

Er steckte das Telefon in seine Hemdtasche, damit er nicht mehr darauf starren musste, und drehte sich mir zu.

Im gleichen Moment ertönte eine Durchsage.

«Meine Damen und Herren, unsere restliche Flugzeit beträgt weniger als eine Stunde. Bitte überprüfen Sie nun, ob Sie Ihre Zollerklärung vollständig ausgefüllt haben, die Sie dann bei der Landung vorlegen müssen.»

Überrascht sah ich auf meine Uhr und dann zu Jakob.

«Du solltest deine Uhr umstellen», schlug er vor.

Ich drehte die Zeiger meiner Armbanduhr zurück und war froh, dass damit nicht auch die letzten sechs Stunden gelöscht wurden.

Bald würde unsere gemeinsame Reise enden. Vielleicht würde ich nicht einmal mehr erfahren, was aus Jakobs Ehe wurde. Aber nachdem wir uns so nahe gekommen waren, konnte ich mir nicht vorstellen, ihn wieder zu verlieren. Wir waren nicht mehr zwei Fremde, die zufällig nebeneinander saßen. Er war zu einem Teil meiner Geschichte geworden. Ich hatte ihm eine Narbe verpasst, und er mir eine Wunde aufgerissen.

Natürlich wusste ich, dass wir viel zu verschieden waren, um Freunde sein zu können. Und doch hätte ich gern noch ein wenig auf ihn Acht gegeben. Ich hätte gern seine Kinder kennengelernt und Vroni. Und ich hätte ihm unglaublich gern Bernd vorgestellt. Es war tröstlich, dass ich wenigstens noch das Geheimnis des Briefes mit ihm teilen konnte.

«Ich glaube, du hattest recht», sagte ich und spürte wieder eine gewisse Aufregung. «Vielleicht steht in diesem Brief wirklich nicht bloß der nette Wunsch für eine gute Reise.»

«Hab ich doch gleich gesagt.» Jakob richtete sich auf. Seine Anspannung löste sich.

Ich nickte eifrig und beugte mich zu ihm hinüber. «Ich glaube», flüsterte ich, «Bernd hat eine geheime Botschaft darin versteckt.»

Irritiert sah er mich an. «Das habe ich allerdings nicht gesagt», stellte Jakob richtig. Der Hauch von einem Lächeln zeigte sich, verschwand aber gleich wieder. «Ich finde nur, wenn jemand, der so ganz offensichtlich nie mit der Hand schreibt, sich solche Mühe gibt, steckt mehr dahinter.»

«Woher willst du das wissen? Du kennst Bernd doch gar nicht», wunderte ich mich.

Jakob nahm mir den Brief ab und tippte auf einige Buchstaben. «Ist dir das nicht aufgefallen? Die Schrift ist sehr ungleichmäßig. Mal sind die Wörter eng zusammengedrängt, mal weit auseinandergezogen.»

«Vielleicht hatte er es eilig?», vermutete ich.

«Und trotzdem hat er gutes Briefpapier ausgewählt, mit blauer Tinte geschrieben und einen gefütterten Umschlag benutzt?»

Jakobs Bedenken brachten mich zum Grübeln. Tatsächlich steckte Bernd seine Korrespondenz immer in einfache Umschläge mit Fenster, das sparte Zeit. Dann fiel mir ein, dass er seine Formulare und Protokolle auf Reisen immer handschriftlich ausfüllte. Er hatte keine Lust, auch noch einen Drucker mitzunehmen.

«Das ist wirklich merkwürdig …» Nachdenklich sah ich auf. «Ich weiß genau, dass Bernd gar nicht so selten mit der Hand schreibt.»

Je länger ich darüber nachdachte, umso sicherer war ich, dass sich Bernds Botschaft in den zusammengedrängten und auseinandergezogenen Wörtern versteckte. Ich versuchte, aus ihnen Sätze zu bilden, aber sie ergaben keinen Sinn.

«Die Wahrheit liegt in der Mitte», las ich noch einmal den Nachsatz vor. «Das muss doch etwas bedeuten.»

«Moment mal!», entfuhr es Jakob plötzlich. «Ich habe mal über einen Fall gelesen, da waren Nachrichten aus dem Gefängnis geschmuggelt worden. Man musste den Brief nach einem bestimmten System falten. Die Buchstaben auf den Faltlinien ergaben dann eine Botschaft. In dem Fall war es ein Mordauftrag. Und nachdem der Staatsanwalt das entschlüsselt hatte, konnte der Anwalt seinem Mandanten leider auch nicht mehr groß helfen.»

Ich legte den Brief auf den kleinen Tisch vor mir und hob unschlüssig die Ecken an. «Und nach welchem System wurde das Papier gefaltet?»

«Wenn ich mich recht erinnere, war es ein Kranich», antwortete Jakob.

Meine Mutter liebte Origami. Sie faltete den ganzen Tag irgendwelche Frösche, Blumen und natürlich auch Unmengen an Kranichen, die ich dann heimlich entsorgte. Jetzt bereute ich, für dieses Hobby niemals Interesse aufgebracht zu haben.

«Ich kann keinen Kranich falten», sagte ich hilflos. «Du etwa?»

«Das brauchen wir auch nicht», beruhigte mich Jakob. «Bernd hat dir doch eine Anweisung hinterlassen. Es steht genau beschrieben, wie du das Papier falten sollst.»

In der Mitte! Denn die Wahrheit lag immer in der Mitte! Bernd hatte die Wörter gestaucht und gezogen, damit immer der richtige Buchstabe an einer bestimmten Stelle auf dem Papier saß.

«Bereit für die Wahrheit?», fragte Jakob und rückte noch ein Stückchen näher.

Ich nickte. Mit einem entschlossenen Ruck hob ich das feste Papier auf der linken Seite an und faltete es auf die lange Kante der rechten Seite. Mit dem Fingernagel strich ich über den Falz und erzeugte einen langen, geraden Knick. Dann öffnete ich den Brief wieder. Er hatte nun in der Mitte einen scharfen Bruch, der auf jeder Zeile einen Buchstaben kennzeichnete.

Wir entzifferten die Botschaft beinahe gleichzeitig. Ich errötete, und in Jakobs Augen blitzte etwas auf.

Die Buchstaben ergaben, von oben nach unten gelesen:

Ich liebe dich.

Ungläubig schüttelte ich den Kopf und versuchte, das Gelesene zu begreifen. Das war also Bernds Wahrheit. Er hatte gewollt, dass sie mich auf meiner Reise begleitete. Aber sie sollte mich auch nicht zurückhalten. Vermutlich hatte er gar nicht damit gerechnet, dass ich sie finden würde. Und ohne Jakob wäre das auch nie passiert.

«Da hast du nun doch einen Liebesbrief bekommen», sagte Jakob und lächelte. «Tut mir nur leid, dass du so lange darauf warten musstest.»

«Nein», flüsterte ich. «Er kam genau im richtigen Moment.»

Mit zitternden Händen strich ich über Bernds Zeilen. Es war so, als hätte ich all die Enttäuschungen und Zurückweisungen und die vielen Jahre gebraucht, um den unermesslichen Wert dieser kleinen Botschaft schätzen zu können.

Und weil ich nicht wusste, wohin mit meinen überquellenden Gefühlen, umarmte ich Jakob und presste ihn ganz fest an mich.

In diesem Moment ertönte ein leises Geräusch, wie von einem Glöckchen, und gleichzeitig spürte ich, dass etwas in Jakobs Hemdtasche vibrierte.

Jakob 20:16 Uhr (2:16 Uhr MEZ)

Das konnte nur Vroni sein! Mein Herz schlug mir sofort bis zum Hals. Ich löste mich aus Ingrids Umarmung und bekam trotzdem kaum Luft.

Hoffentlich hatte ich nicht bloß eine Nachricht von einem Kollegen bekommen. Oder gar wüste Beschimpfungen von Kate. Wohl kaum, denn das wäre unter ihrem Niveau. Ich ahnte, dass sie es bei meiner Ansage belassen und mich ab sofort keines Blickes mehr würdigen würde. Aber das war mir erschreckend egal, hier, so hoch oben über dem Land der unbegrenzten Möglichkeiten, das sich allmählich durch Abertausende Lichter am Horizont bemerkbar machte. Alles, was jetzt zählte, war meine Frau!

Tief in mir wusste ich, dass Vroni meine Ankündigung bereits gelesen und direkt geantwortet hatte, obwohl es bei ihr mitten in der Nacht war.

Ich warf Ingrid einen unheilvollen Blick zu. Sie nickte mir aufmunternd zu. Dann holte ich mit schweißnassen Händen mein iPhone aus der Hemdtasche. Ich schloss die Augen in Erwartung eines Urteils, das lebenslänglich galt. Aber was auch immer kommen würde, alles war besser, als weiterzumachen wie bisher. Das hatte ich endlich begriffen.

Ich öffnete die Augen wieder und war zunächst irritiert, dann jedoch dankbar, dass Ingrid sich auf die Toilette verabschiedete, obwohl in diesem Moment die Anschnallzeichen aufleuchteten. Wir begannen mit dem Sinkflug. Ingrid wollte mir die nötige Privatsphäre verschaffen. Gleichzeitig wäre sie in der Nähe.

Ich schielte aufs Display. Es war schwarz. Natürlich war es schwarz. Also drückte ich auf die Hometaste und erstarrte. Wie oft hatte ich schon Nachrichten von Veronika erhalten, und wie oft in letzter Zeit hatte ich sie bloß beiläufig gelesen. Zu Beginn meines Karriereschrittes nach Übersee waren unsere Texte durchaus liebevoll, manchmal sogar voller Sehnsucht gewesen. Aber das war lange vorbei. In den letzten Monaten hatte es kein einziges «Du fehlst mir» oder sonst irgendeine Liebeserklärung gegeben. Die Kommunikation hatte sich schleichend zu organisatorischen Absprachen entwickelt. Und ich fragte mich das erste Mal, wie es bloß so weit hatte kommen können.

Tatsächlich! Die WhatsApp war von Vroni. Ich versuchte, mit einem Blick auf die Vorschau in dem Bruchteil einer Sekunde zu erfassen, ob es das Ende war. Das erste Wort, das mir ins Auge sprang, war «Ultimatum». Leider konnte ich nicht sehen, ob sie eine Abschiedsformel daruntergesetzt hatte. Dafür musste ich die Nachricht anklicken. Ich wusste, im selben Moment würde sie eine Lesebestätigung durch die zwei blauen Häkchen erhalten.

Meine Hände zitterten. In wenigen Augenblicken würde ich erfahren, ob Vroni bereits Verdacht geschöpft hatte und mich nun zum Teufel jagte. Das Wörtchen Ultimatum ließ jedenfalls nichts Gutes vermuten und machte mir eine Scheißangst.

Hilfesuchend blickte ich mich in der Kabine nach Ingrid um. Aber womöglich wollte sie auch einen Augenblick mit sich und Bernds Zeilen allein sein. Oder sie war doch diskret genug, um mich in einem so wichtigen Moment allein zu lassen. Beides sprach für ihre überaus menschliche Natur. Ich hatte sie tatsächlich in mein Herz geschlossen.

Endlich klickte ich Vronis Nachricht an und las:

Du glaubst gar nicht, wie lange ich schon auf deine Beichte warte! Mein Ultimatum wäre am Jahresende abgelaufen. Nimm nicht die nächste Maschine. Jedenfalls nicht, ohne vorher alles restlos geklärt und beendet zu haben, falls wir dir überhaupt noch genug bedeuten. V…

Meine Augen wurden glasig, sodass ich Mühe hatte, die Worte noch einmal zu lesen. Mir war heiß und kalt gleichzeitig. Vroni hatte es also die ganze Zeit gewusst! Und trotzdem nichts gesagt. Ich konnte es nicht fassen und ging im Geiste die Momente durch, in denen wir uns in letzter Zeit nahe gewesen waren. Nicht körperlich. Seit Ankunft der Kinder konnte man die intimen Momente an einer Hand abzählen. Aber es hatte Gelegenheiten gegeben, in denen wir uns innig umarmt oder tief in die Augen gesehen hatten. Doch wenn ich ehrlich war, hatte ich mich dabei schon lange nicht mehr wohl gefühlt und Vronis traurigen Blick durchaus wahrgenommen. Allerdings hatte ich angenommen, sie wäre einfach bloß erschöpft. Genau wie ich wegen all der Strapazen, die ein Leben in zwei Welten mit sich brachte. Aber das war jetzt endgültig vorbei!

Ich holte tief Luft und blickte zum Horizont, vor dem sich allmählich mir wohlvertraute Umrisse markanter Gebäude abzeichneten. Vielleicht würde ich nun tatsächlich das letzte Mal in New York sein. Dann wäre die Stadt für mich nur noch Geschichte.

Ich beschloss, noch am Abend, gleich nach der Ankunft, Greg meine Unterlagen für das Meeting zu überreichen und ihn zu briefen, damit er die Präsentation am nächsten Morgen übernehmen konnte. Denn ich würde stattdessen ins Büro gehen, meine Sekretärin bitten, das Kündigungsschreiben aufzusetzen, um es sogleich der Personalabteilung vorzulegen. Und ich würde mich für immer von Kate verabschieden. Ich malte mir aus, wie es sein würde, als geläuterter Mann wieder aus dem großen Glasgebäude hinaus in die Freiheit zu treten und es ein für alle Mal hinter mir zu lassen. Es fühlte sich gut an. Genauso gut wie das Kürzel, mit dem Vroni ihre Nachricht unterschrieben hatte. Das war unser Geheimcode. Der Schlüssel zum Glück, auf das wir doch noch eine Chance zu haben schienen.

«Na? Da schmunzelt aber jemand!», frohlockte Ingrid, als sie zu unserer Sitzreihe zurückkehrte.

Weil ich meine Erleichterung und Freude nicht in Worte fassen konnte, hielt ich ihr einfach mein Handy unter die Nase.

Ingrid schenkte mir einen ihrer schelmischen Blicke, die sie so liebenswert machten, und überflog schnell Vronis Nachricht.

«Wusste ich doch, dass sie es gewusst hat!», sagte Ingrid mit einem gewissen Stolz in der Stimme.

«Oder *geahnt* hat», entgegnete ich nachdenklich, weil ich noch immer keinen Anhaltspunkt in meiner Erinnerung fand, was mich überführt hatte. Aber das war auch vollkommen egal. So oder so würde ich reinen Tisch machen und Vroni alles gestehen. Vor allem meine Liebe, die ich nie zuvor deutlicher gespürt hatte.

«Was haben die Punkte zu bedeuten?», fragte Ingrid.

«Dass es noch Hoffnung gibt!», antwortete ich geheimnisvoll.

Aber weil Ingrid mich so verständnislos ansah, berichtete ich ihr nur allzu gern von unserem Ritual, dass die drei Punkte unter jedem geschriebenen Brief, jeder gesendeten Nachricht oder auf dem Flurschrank hinterlassenen Notizen früher nichts anderes bedeutet hatten als «Ich liebe dich!».

«Allerdings ist es Jahre her, dass wir zuletzt davon Gebrauch gemacht haben», schloss ich meine kleine Geschichte. «Ich war nicht einmal sicher, ob sie es noch wusste.»

«Dann gibt es also ein Happy End», entgegnete Ingrid selig lächelnd.

Weil sie ihren Brief andächtig an die Brust drückte, wusste ich nicht, wessen Happy End sie wirklich meinte.

«Und? Haben wir nicht allen Grund zu feiern?», fragte ich.

«O ja!», sagte Ingrid aus vollem Herzen und blickte versonnen an mir vorbei aus dem Fenster. Dann stieß sie plötzlich einen Freudenschrei aus, wie es nur Frauen konnten. Offenbar hatte sie etwas entdeckt.

«Ist das … ist das nicht?», entfuhr es ihr wie ein kleines Mädchen. «Das ist sie!» Sie deutete mit staunendem Blick auf die Lichter der Skyline.

«Ja, das ist sie. Sie wirkt viel kleiner, als man sie sich vorstellt, nicht?», entgegnete ich.

«Stimmt! Ich dachte, die Freiheitsstatue überragt die ganze Stadt», sagte sie noch immer mit purer Begeisterung in der Stimme. «Wäre sie nicht angestrahlt, würde man sie einfach übersehen!»

«Was hältst du davon, wenn ich dir die Plätze zeige, von denen aus man wirklich auf ganz Manhattan blicken kann? Und natürlich noch ein paar Attraktionen mehr. Wenn du möchtest, sogar mit einer Kutsche!» Ich beobachtete gespannt Ingrids Gesicht.

«Das … würdest du tun?», stotterte sie und wurde rot. «Aber du hast doch bestimmte wichtige Termine! Und ich bin …»

«… ebenso wichtig», versicherte ich.

Ingrid hatte Mühe, ihren Blick aus dem Fenster abzuwenden. Also schnallte ich mich ab, erhob mich und gab ihr mit einem Wink zu verstehen, dass sie sich auf meinen Platz setzen sollte, damit sie eine bessere Sicht hatte.

«Danke, aber das kann ich nicht annehmen», protestierte sie.

«Was? Den Fensterplatz?», fragte ich lachend, obwohl ich natürlich ahnte, dass sie das andere Angebot meinte.

Sie lächelte mich kurz an, dann tauschte sie doch schnell den Platz mit mir, um die Aussicht zu bewundern.

«Meine Glückssträhne hält an», sagte sie kaum hörbar, immer noch ihren Brief fest umklammernd.

Ich freute mich für sie und war auch ihretwegen unendlich erleichtert, wo es doch eine Zeitlang so ausgesehen hatte, als hätte ich all ihre Lebensträume zerstört. Plötzlich kam mir eine Idee.

«Sag mal, möchtest du eigentlich wirklich wieder in der Oper arbeiten, wenn du nach Deutschland zurückkehrst?», fragte ich und hoffte, sie würde nein sagen.

Ingrid sah sich zu mir um. Plötzlich war da kein kindliches Staunen mehr zu sehen.

«Es geht nicht darum, was ich möchte, Jakob. Ich muss ja von irgendetwas leben. Zum Glück hab ich nur Urlaub genommen und nicht gleich gekündigt. In der Oper ist es vermutlich besser als an der Tankstelle. Tja, und meine Mutter wird sich freuen, dass sie wieder mal recht behält.»

«Könntest du dir vorstellen, für mich zu arbeiten?», fragte ich unumwunden.

«Ich?», entgegnete Ingrid erstaunt. «Für dich? Brauchst du denn eine Garderobiere?»

«Nein, aber eine Sekretärin.»

Sie schnappte nach Luft. «Das ist nicht dein Ernst.»

Ich musste laut lachen über die gelungene Überraschung. Aber warum nicht? Ich hatte ja nichts zu verlieren. Im Gegenteil.

«Du hast mir schließlich den Floh ins Ohr gesetzt, dass ich mich selbständig machen soll», beschwerte ich mich mit gespielter Empörung.

Ingrid schwieg. In ihr schien es zu arbeiten.

Genau wie in mir. Es erfüllte mich mit elektrisierender Vorfreude, mein eigenes Ding zu machen. Natürlich war es ein Risiko, das ich bislang nicht bereit gewesen war, einzugehen. Ich war immer so sehr auf mein sicheres Jahresgehalt aus gewesen, dass ich verdrängt hatte, welchen Preis wir alle dafür bezahlen mussten. Als mein eigener Chef konnte ich nicht nur endlich allein entscheiden, sondern auch das aufreibende Pendeln und die unsäglichen Meetings ad acta legen. Das Beste aber war, ich konnte bei meiner Familie sein. Ich würde Freddi zum Fußball begleiten und die Ballettaufführungen von Elli bewundern. Vielleicht kam sie nach ihrer Mutter und hätte Spaß daran.

«Ich könnte mein eigenes Beraterbusiness gründen und zwei Räume unseres Erdgeschosses gewerblich nutzen. Ich bräuchte lediglich die Genehmigung und eine zuverlässige, patente, vertrauenswürdige und engagierte Frau mit Herz fürs Sekretariat.» Ich lächelte Ingrid gewinnend an.

Am liebsten hätte ich ein Foto von ihrem Gesicht gemacht. Sie staunte mit großen Augen und weit aufgerissene Mund, was wirklich lustig aussah.

«Es könnte allerdings eine Herausforderung werden, die kleinen Leute, die da rumlaufen, zu bändigen.»

Plötzlich füllten sich Ingrids Augen mit Tränen.

Sofort war meine Euphorie verflogen. «Oh. Es tut mir leid, ich weiß, es würde bedeuten, dass du nach Berlin ziehen müsstest. Das wird Bernd nicht gefallen. Ich hätte dich nicht bedrängen –»

«Nun sei schon still, du Dummkopf!», unterbrach mich Ingrid und fiel mir um den Hals.

Ingrid 20:32 Uhr (2:32 Uhr MEZ)

Nachdem ich Jakob aus der Umarmung entlassen hatte, setzte ich mich auf meine Hände, damit er nicht sah, wie sehr sie zitterten. Noch wagte ich nicht, mich zu freuen. Immer, wenn ich mich zu früh freute, ging etwas schief.

«Willst du nicht erstmal mein Zeugnis sehen?», fragte ich vorsichtig. Ich hatte die Ausbildung mit hervorragenden Noten abgeschlossen. Mein Englisch war zwar eher dürftig, aber dafür konnte ich ausgezeichnet Italienisch, immer noch ganz passabel Russisch und ein wenig Französisch.

Er winkte ab. «Alles, was ich über dich wissen muss, weiß ich. Das war vermutlich das längste Einstellungsgespräch, das ich jemals hatte», lachte er. Dann wurde er wieder ernst. «Du bist hochmotiviert, und du bist uneitel. Du hängst auch nicht die ganze Zeit an deinem Smartphone wie meine derzeitige Sekretärin.» Er verdrehte kurz die Augen. «Aber lass es dir in Ruhe durch den Kopf gehen. Ich weiß, es würde große Veränderungen für dich bedeuten. Und das Letzte, was ich will, ist, deinem Glück im Wege stehen.»

Jakob deutete auf Bernds Brief, den ich fein säuberlich auf meinem Schoß abgelegt hatte.

Ein Umzug nach Berlin würde tatsächlich mein ganzes Leben umkrempeln, schon wieder. Mir wurde ein bisschen schwindelig. So viele Veränderungen auf einmal waren schwer zu verkraften. Ich hatte den Abschied von Milan noch nicht einmal richtig weggesteckt. Und was würde Christian sagen? Er studierte in Detmold, und wir sahen uns nur noch selten. Vielleicht würde er nach Berlin sogar öfter kommen wollen? Er hätte gern dort Musik studiert, aber die Hauptstadt war wahnsinnig teuer.

«Würde ich mir denn eine Wohnung in Berlin überhaupt leisten können?», fragte ich erschrocken.

«Das Gehalt müssten wir natürlich noch verhandeln», sagte Jakob. «Aber ich will, dass es dir an nichts mangelt. Für den Übergang könntest du auch gerne erstmal bei uns in der Villa wohnen, wenn dir die Kids nicht zu laut sind.»

Ich stellte mir das kleine Mädchen vor und wie ich ihm die verschwitzten, zerstrubbelten Haare bürstete. Und dann ihren Zwillingsbruder, dem ich ein Pflaster aufs Knie klebte.

«Ach, weißt du», sagte ich sehnsüchtig. «Kinder können niemals zu laut sein.»

«Hast du eine Ahnung!», lachte Jakob.

«Was Kinder betrifft, habe ich Nerven aus Stahl», beteuerte ich. «Vielleicht könnte ich ja ein bisschen bei euch üben. Nur damit ich gerüstet bin, falls ich irgendwann Oma werde.»

«Das wäre ja großartig!», rief Jakob. «Vroni wäre begeistert. Sie wird dich lieben!»

Die Vorstellung von meinem neuen Leben begann langsam Gestalt anzunehmen.

«Dann heißt das also, du bist nicht abgeneigt?», fragte Jakob.

Ich dachte an Bernd, der ohnehin die ganze Woche durch das Land reiste, und der immer sagte, es wäre ihm egal, wo sein Heimathafen war, solange ich in der Nähe wäre.

Ich dachte an meine Mutter, die dann zwei Stunden und nicht nur ein paar Häuser von mir entfernt wohnen würde. Dennoch konnte ich sie ohne großen Aufwand besuchen und nach wie vor viele Dinge für sie regeln, aber ich würde ihr nicht mehr jeden heruntergefallenen Kaffeelöffel aufheben können. Und sie würde auch nicht mehr merken, wann ich abends heimkam, wann ich morgens aufstand und wann ich Besuch hatte.

Ich dachte an die Berliner Staatsoper, an das Deutsche

Theater und an die vielen Gospelchöre, die es in einer Weltstadt gab. Diesmal würde ich den Mut für ein Vorsingen aufbringen und in einem davon mitmachen. Ich würde wieder singen, denn meine Stimme zählte endlich.

Ich dachte an diese ganze wundervolle, laute, bunte Stadt Berlin mit ihren Straßen und Kanälen und Brücken, auf denen ich stehen und malen würde und … Ich musste nach Luft schnappen.

«Alles gut?», fragte Jakob besorgt.

Ich nickte. Die Entscheidung war gefallen. Meine Hände zitterten nicht mehr. Ich zog sie hervor und streckte Jakob meine Rechte hin.

«Ich will es», sagte ich. «Abgemacht!»

«Eine Bessere kann ich nicht kriegen für diesen Job!»

Ich strahlte ihn an, statt verlegen nach unten zu schauen, und stellte überrascht fest, dass sich etwas Grundlegendes verändert hatte. Zum allerersten Mal in meinem Leben fühlte es sich gut an, Ingrid Meier zu sein. Ich wollte an mir nichts anders haben. Wäre ich zwanzig Jahre jünger und bildschön gewesen, hätte mich Jakob niemals einstellen wollen, schon wegen Veronika. Aber nun wurde ich die Chefsekretärin Frau Meier. Und plötzlich störte mich auch mein Nachname nicht mehr, im Gegenteil. Es war schließlich auch Bernds Name.

Glücklich lehnte ich mich zurück und versuchte mir vorzustellen, wie es sein würde, wenn wir landeten. Ich sah Jakob und mich aus dem Flieger steigen, den erfolgreichen Geschäftsmann und seine rechte Hand.

«Weißt du, was ich als Allererstes in New York mache?», fragte ich.

«Ich bin gespannt», gab er lächelnd zurück.

«Ich ziehe mir eine neue Strumpfhose an. So kannst du dich nicht mit mir blicken lassen.»

«Du hast recht.» Jetzt lachte er. «Das erledigen wir gleich am Flughafen.»

Plötzlich fiel mir Milan ein. Würde wirklich sein Privatchauffeur auf mich warten? Den konnte er sich doch gar nicht mehr leisten.

«Weißt du», sagte ich nachdenklich zu Jakob. «Du brauchst Milan nicht anzurufen. Eigentlich will ich es ihm selbst sagen und ihm dabei in die Augen sehen. Ich will ihm die Scheidungspapiere hinknallen. Er soll wissen, dass ich ihn durchschaut habe!»

«Das wird aber sehr hart für dich werden», gab Jakob zu bedenken.

«Ich weiß, er ist krank, und das tut mir unendlich leid», sagte ich. «Aber ich möchte einen Schlusspunkt setzen. Ich will nicht so feige sein wie er und einfach verschwinden.»

«Er wird sicher sofort versuchen, dich umzustimmen, dich zu manipulieren.» Jakob wirkte ernsthaft besorgt.

«Er hat keine Macht mehr über mich», stellte ich fest.

«Sicherheitshalber würde ich dich trotzdem gerne begleiten. Als dein Anwalt. Ich traue dem Kerl nicht. Am Ende drückt er so auf die Tränendrüse, dass du doch noch in seine verschuldete Villa einziehst.»

Meine Güte! Daran hatte ich gar nicht gedacht!

«O Gott!», stieß ich hervor. «Ich weiß ja gar nicht, wo ich heute Nacht schlafen soll!»

Jakob beruhigte mich sofort: «Das regle ich. Du kommst in meinem Hotel unter.»

Instinktiv schüttelte ich den Kopf. Ich konnte mir doch sicher kein Hotel leisten, in dem ein Jakob von Wieding wohnte.

Zögernd sagte ich: «Aber ich dachte eher an ein kleines, bescheidenes Motel.» Als ich dieses Wort aussprach, musste ich sofort an das Bates Motel aus Hitchcocks Psycho denken, und mir lief ein Schauer über den Rücken.

«Kommt nicht in Frage!» Jakob blieb beharrlich. Vielleicht hatte er auch meine Verunsicherung gespürt.

«Ich übernehme die Kosten. Für das Hotel und falls du einen anderen Rückflug brauchst.»

«Das kann ich wirklich nicht annehmen.»

«Das ist kein Geschenk, meine Liebe. Betrachte das Ganze ab jetzt als Dienstreise. Es ist deine Provision. Dafür dass du mich auf eine neue Geschäftsidee gebracht hast. So etwas ist durchaus branchenüblich», versicherte er und zwinkerte verschmitzt.

Ich lächelte dankbar. Wenn es branchenüblich war, dann konnte ich es sicher ohne schlechtes Gewissen annehmen. Kurz dachte ich noch darüber nach, ob ich die Sache mit der Dienstreise auf meiner Zollerklärung eintragen musste, verwarf den Gedanken aber gleich wieder.

Glücklich sah ich aus dem Fenster. Unter uns lag ein Teppich aus Lichtern, auf den wir zurasten.

Als das Flugzeug rumpelnd auf amerikanischem Boden aufsetzte, sagte Jakob zu mir: «Jetzt werden wir New York erobern!»

«Ja!», rief ich. «Und danach erobern wir Berlin!»

Danksagung

Wir möchten uns sehr herzlich bei unserer engagierten Agentin Anja Keil bedanken. Ohne sie wären wir vermutlich niemals zusammengekommen und unsere Helden auch nicht. Dabei sind es genau jene inspirierenden Begegnungen, die dem Leben und unseren Geschichten eine unerwartete Wendung geben können.

Wir freuen uns, dass wir auch unsere sorgsame Lektorin Ditta Friedrich sofort für unseren Nachtflug begeistern konnten. Unser Dank gilt vor allem ihrem Zutun, Ingrid und Jakob so liebenswürdig mitzugestalten. Ohne sie hätte es für Ingrid kein wirkliches Happy End gegeben.

Außerdem geht unser herzlicher Dank an Polizistin Anja Rittel, Flugbegleiterin Reiko Takano und Flugkapitän Thomas Merkel für die unterstützende Hilfe bei unserer Recherche.

Sofie Cramer
SMS für dich

Was ich dir noch sagen will …

Nach einem heftigen Streit verschwindet Claras Freund ohne ein Wort. Kurz darauf erfährt sie, dass Ben auf tragische Weise ums Leben gekommen ist. Dabei hatte er ihr erst vor wenigen Wochen einen Heiratsantrag gemacht! Clara ist am Boden zerstört. Wie soll sie allein weiterleben? Erst als sie vor Sehnsucht beginnt, Ben täglich eine SMS zu schreiben, findet sie allmählich wieder Halt.
Was Clara nicht weiß: Bens Nummer wurde inzwischen neu vergeben. Die Nachrichten landen bei Sven, und sie berühren den jungen Journalisten so sehr, dass er sich auf die Suche nach der geheimnisvollen Absenderin macht …

256 Seiten

Ro 510/1

Weitere Informationen finden Sie unter www.rowohlt.de

MIX
Papier aus verantwortungsvollen Quellen
FSC® C083411

Das für dieses Buch verwendete Papier ist FSC®-zertifiziert.